Birgit Gruber

Herzklopfen und Frühlingsduft

Liebesroman

AF187718

Die Originalausgabe erschien 2018 unter dem Titel "Frühlingsküsse und Erdbeerkuchen" bei *Forever by Ullstein.*

Verlag:
BookRix
Implerstraße 24
81371 München
Deutschland

Text: Birgit Gruber
Bildmaterialien: ©Shutterstock.com (Falsh Vector, LedyX, Chinch, scvrtsv)
Cover: Woklenart.com - Marie-Katharina Becker, www.wolkenart.com
Korrektorat: Dr. Andreas Fischer

ISBN: 978-3-7487-7198-2

Herzklopfen

und

FRÜHLINGSDUFT

1.

Die Regentropfen prasselten mit einem regelmäßigen Klopfen gegen das Fenster. Es war erst fünf Uhr nachmittags und schon relativ dunkel. Dabei war dick auf dem Kalender vermerkt, dass heute Frühlingsanfang war. Aber das Wetter scherte sich nicht darum.

Seufzend legte Doro ihren Koffer aufs Bett, klappte ihn auf und begann im Kleiderschrank zu wühlen. Die wahrscheinlich beste Beschäftigung für diesen wolkenverhangenen Tag. Aber so recht kam sie nicht in Urlaubsstimmung. Ob das mit dieser Aktiv-Woche wirklich so eine gute Idee gewesen war?

Genau genommen war es nicht einmal ihre eigene Idee gewesen, sondern die ihrer Mutter. ›Das wird dir guttun. Du wirst schon sehen. Und wann kommst du für diesen Preis schon in ein Viersternehotel? Also überleg nicht lange.‹ Ihre Mutter war nicht zu bremsen gewesen, und ehe sich Doro versah, war auch schon die Anmeldebestätigung per E-Mail eingetrudelt.

Und nun stand sie da, vor ihrem Kleiderschrank, und hatte keine Ahnung, was sie überhaupt einpacken sollte. Nicht, dass es übermäßig viel Auswahl gegeben hätte. Aktiv-Woche! Soviel sie verstanden hatte, war das ein Programm, das von der Krankenkasse gesponsert wurde.

Eine Möglichkeit für Leute, die im Alltag keine Gelegenheit hatten, Rückengymnastik, Yoga oder sonstigen Sport zu machen. Zwei oder drei solcher Kurse wurden deshalb in ein Wochenprogramm gepackt, versüßt mit Halbpension in einem Viersternehotel, zum unschlagbaren Preis von etwa vierzig Euro pro Übernachtung. Den Rest zahlte die Krankenkasse. Zumindest wenn man zu achtzig Prozent am Kurs teilnahm. Schön und gut. Doch bei der Vorstellung, eine ganze Woche zusammen mit ihrer Mutter verbringen zu müssen, hielt sich ihre Begeisterung in Grenzen. Ihre Mutter war schrill und exzentrisch und fiel überall auf. Doro hatte damit schon ausreichend Erfahrung.

Schließlich hatte ihre Mutter Gundula sie allein großgezogen. Ihren Vater hatte Dorothe nie kennengelernt. Und Gundula brauchte ständig Aufregung. Vielleicht erklärte das, warum sie als Immobilienmaklerin so erfolgreich war. Nachdem Doro mit kaum zwanzig auf eigenen Beinen gestanden hatte, hatte ihre Mutter alle paar Jahre ihren Wohnort sowie ihre Männer gewechselt.

Inzwischen ging Doro auf die magische Vierzig zu, arbeitete in der Buchhaltung eines örtlichen Autohauses und war seit einiger Zeit wieder Single. Genau genommen seit vier Monaten und drei Tagen.

Doro seufzte, drehte dem Kleiderschrank unverrichteter Dinge den Rücken zu und marschierte in die Küche zum Kühlschrank. Irgendwo dadrin müsste noch ein Stück Erdbeerkuchen sein.

Es war inzwischen regelrecht zu einem Reflex geworden, sich etwas Essbares zu suchen, sobald sie sich an ihr Single-Dasein erinnerte. Eigentlich sollte sie jetzt verheiratet und glücklich sein. Doch nach zehn gemeinsamen Jahren, genau zwei Wochen vor der geplanten Hochzeit, war ihr ganz persönlicher Alptraum geschehen: Matthias, ihr Zukünftiger, war zum Optiker gegangen. Dort hatte man festgestellt, dass er eine Sehschwäche hatte. Die nette schwarzhaarige Optikerin hatte die Sehstärke getestet und mithilfe eines dieser unförmigen Brillengestelle angepasst, bis Matthias endlich wieder alles ganz genau sah.

Und das Erste, was er glasklar erkennen konnte, war das liebreizende Gesicht der schwarzhaarigen Optikerin. »Was soll ich sagen, Doro«, hatte er später geknickt beteuert. »Ich sah sie an, sie sah mich an, und ich wusste, das ist die Frau fürs Leben.«

So viel also zu den gemeinsamen Zukunftsplänen. Was waren schon zehn Jahre, verglichen mit dem Augenblick der Erkenntnis?

Teils betrübt, teils immer noch wütend, schob sich Doro ein großes Stück Kuchen in den Mund.

War es wirklich möglich, dass Matthias sie die ganzen Jahre gar nicht mehr richtig gesehen hatte? So als Mensch, innerlich wie optisch? War sie derart hässlich? Sie vertilgte einen weiteren Bissen.

Es stimmte schon, ein Supermodel war Doro nicht gerade. Sie war mittelgroß und hatte langweilige kurze braune Haare, die in der Regel verstrubbelt nach allen Seiten standen. Ihr Körpergewicht lag fünf Kilo über dem für sie idealen BMI, und ihr Sinn für Klamotten war einfallslos. Andere mochten ihn vielleicht auch als unmöglich bezeichnen. Doch Äußerlichkeiten waren ihr nie besonders wichtig gewesen. Viel wichtiger war für sie, dass sie ein fröhlicher und ausgeglichener Mensch war. Also was sollten die paar Gramm zu viel auf den Rippen?

Okay, seit dieser Geschichte mit ihrem Ex-Verlobten und der Brillenschlange waren wohl noch einige mehr dazugekommen. Aber wer zählte das schon. Jedenfalls war Doro seither brillengeschädigt. Menschen mit Brillen betrachtete sie nun mit äußerstem Argwohn. Dass das völliger Quatsch war, wusste sie natürlich. Aber wenn die Psyche nun mal verrücktspielte, kam man schwer dagegen an. Und das mit der Fröhlichkeit war seit Matthias' Geständnis auch nicht mehr so selbstverständlich.

Vor einer Woche war dann plötzlich ihre Mutter vor der Tür gestanden. Wie ein Orkan war sie hereingeweht.

»Dotty, mein Liebling. Wie geht es dir?«, hatte sie gerufen und sie in einer stürmischen Umarmung fest gegen ihren nicht unbeträchtlichen Busen gedrückt. Doro hatte einige Mühe aufbringen müssen, um sich aus ihrer Umklammerung zu befreien. Dotty! Wie sie diesen Spitznamen hasste. Ihre Mutter war die Einzige, die sie so nannte. Doch egal wie viel Überzeugungskraft Doro an den Tag legte, es gelang ihr nicht, ihre Mutter davon abzubringen, sie wie alle anderen ›Doro‹ zu nennen. Bevor sie hatte antworten können, hatte Gundula auch schon weitergeplappert.

»Also, wenn ich mir dich so ansehe«, sie hatte Dorothe einer genauen Musterung von Kopf bis Fuß unterzogen, »hast du schon besser ausgesehen. Bist du in die Breite gegangen?« Ihre linke Augenbraue war missbilligend in die Höhe geschossen.

Doro hatte nur die Augen verdreht und war in die Küche marschiert. Sie hatte erst mal einen Kaffee gebraucht – und ein großes Stück Erdbeerkuchen!

»Ich habe schon gehört, dass du dich gehen lässt«, hatte ihre Mutter unterdessen weiterkommentiert.

Doro hatte genickt. »Klar. Soll ich raten? Du hast mit Simone gesprochen.«

Simone war Doros Tante und mit Gundulas Bruder Gerhard verheiratet. Aber da sie Doro noch nie besonders sympathisch gewesen war und ihre Mutter nicht darauf bestanden hatte, ließ Doro die Anrede ›Tante‹ einfach unter den Tisch fallen. Simone wohnte nur ein paar Häuser weiter und wusste immer alles über jeden. Bestimmt hatte sie mithilfe ihres Fernglases Doros Hüftumfang geschätzt. Das würde zu ihr passen, dachte Doro grimmig.

»Genau. Und wie ich feststellen muss, scheint sie recht zu haben.« Ihre Mutter hatte sich gegen den Küchentresen gelehnt. Natürlich hatte sie wie immer perfekt ausgesehen. Die Haare und das Make-up waren präzise angeordnet, und auch die modische Jeans mit dem legeren und doch stylishen burgunderroten Pulli hatte einen adretten Eindruck vermittelt.

Dagegen war sich Doro in ihrem verwaschenen Trainingsanzug etwas blass vorgekommen. Sie hatte mit den Achseln gezuckt. »Ich weiß gar nicht, was du willst.«

Doch ihre Mutter hatte sich nicht aufhalten lassen. »Dotty, es ist sicherlich nicht schön, was dir mit Matthias passiert ist. Aber das ist doch kein Grund, dich gehen zu lassen. Hör mal, ich habe da kürzlich ein Angebot von meiner Krankenkasse bekommen …«

Doro wandte sich wieder ihrem Kleiderschrank zu und packte wahllos ein. Morgen früh um sieben sollte es losgehen, in den Bayerischen Wald. Ob sie in dem Viersternehotel überhaupt ankamen? Sicherlich würden sie und ihre Mutter sich bereits während der dreistündigen Autofahrt an die Gurgel gehen. Was für Aussichten.

Der nächste Tag begann trocken und klar. Mit etwas Glück würde sich später sogar die Sonne zeigen. Gestärkt mit zwei Tassen Kaffee fügte Doro sich ihrem Schicksal. Ihre Mutter war trotz des frühen Morgens bester Laune. Drei Pinkelpausen und gut zwei Stunden Autofahrt später kam Doro zu der Erkenntnis, dass sie das Geschnatter ihrer Mutter keine ganze Woche am Stück aushalten würde. Sie kniff angespannt die Augen zusammen und umklammerte, um Ruhe bemüht, das Lenkrad ihres schwarzen Golfs, während sie das Ortsschild passierten.

»Ach, ich finde es ja so schön, dass wir endlich einmal richtig Zeit füreinander haben.« Gundula tätschelte vertraut Doros rechten Oberschenkel.

Dorothe biss die Zähne fest zusammen, um nicht loszuschnauben. Als ob es an ihr gelegen hätte, dass sie sich in den letzten Jahren so selten gesehen hatten. Schließlich war es doch ihre Mutter, die ständig ›keine Zeit‹ hatte. Aber gerechterweise musste sie zugeben, dass ihr das nicht ungelegen kam. Die beiden Frauen waren eine explosive Mischung. Sicher würde es auch jetzt nicht lange dauern, bis es zum ersten großen Knall kam.

»An der nächsten Kreuzung rechts abbiegen«, teilte das Navi mit, und die Ampel vor ihnen schaltete auf Rot um.

»Ach, sind wir schon da?«, fragte Gundula überrascht. Sie schaute genauer durch die Windschutzscheibe. »Das ging ja schneller als gedacht. Toll, dann können wir uns gleich noch ein schönes zweites Frühstück genehmigen.«

Felix rieb sich müde über die Augen, während er darauf wartete, dass die Ampel grün wurde. Fast vier Stunden Fahrt lagen nun hinter ihm. Aber das war nicht allein der Grund, warum er erschöpft war. Die ständigen Zeitverschiebungen, die mit seinen Geschäftsterminen einhergingen, machten ihm neuerdings mehr zu schaffen als früher. Wurde er tatsächlich alt? Er war Mitte vierzig, und wenn man den Medien Glauben schenkte, war das doch das neue Dreißig, oder? Aber offenbar war das seinem Biorhythmus egal.

Er lachte für einen kurzen verächtlichen Moment. Bis vor ein paar Wochen hatte er sich nie auch nur im Ansatz solche Gedanken gemacht. Er war Maschinenbauingenieur im Bereich Gasfedern und im Auftrag seiner Firma immer unterwegs, um maßgeschneiderte Lösungen für die Probleme und Anforderungen ihrer Kunden zu entwickeln. Er liebte seinen Job. Er verdiente gut, kam herum und sah viel von der Welt. Des Öfteren machte er dabei auch die Bekanntschaft einer netten Frau, ohne sich festlegen zu müssen. Sein Leben als Single gefiel ihm. Er war rundum zufrieden – eigentlich. Wären da nicht seit einigen Monaten diese vermaledeiten Rückenschmerzen!

Angefangen hatte es vor etwa einem Jahr. Der Arzt hatte ihm bereits damals geraten, dringend Rückengymnastik zu machen, wenn er einen Bandscheibenvorfall vermeiden wolle. Alles Quatsch, hatte Felix gedacht und die Schmerzen auf das Kistenschleppen bei seinem letzten Umzug geschoben.

Aber sie hörten nicht auf, sondern wurden immer stärker. Es half nichts. Er musste sich mit dem Problem auseinandersetzen. Die Worte des Arztes hallten in seinen Gedanken wider. ›Wenn Sie eine Operation vermeiden wollen, ist es jetzt fünf vor zwölf‹, hatte dieser mit Blick auf die MRT-Aufnahme gemahnt. ›Ich rate Ihnen dringend, Ihre Muskulatur im Lendenwirbelbereich zu kräftigen!‹

Felix hatte sich plötzlich uralt gefühlt. Nichts war von dem dynamischen, weltgewandten Mann übrig. Rückengymnastik, das machten Rentner! Aber die Schmerzen gaben keine Ruhe und brachten ihn kurz darauf dazu, auf der Suche nach einem passenden Kurs das Internet zu durchforsten und schließlich zum Telefon zu greifen. Das Ergebnis war fatal. Alle Kurse in seiner Nähe waren belegt, neue starteten erst in ein paar Wochen wieder. Gerade als er sich frustriert in eine Warteliste eintragen wollte, stolperte er auf der Internetseite seiner Krankenkasse über ein Programm, das sich ›fit for health‹ nannte

und sogenannte Aktiv-Wochen anbot. Eine halbe Stunde
später hatte er sich für eine Woche im Bayerischen Wald
eingebucht.

2.

»Ach du großer Gott«, tönte Gundulas Stimme schrill in Doros Ohren. Sie fuhr erschrocken zusammen. Wären sie nicht an der Ampel gestanden, hätte sie garantiert vor Schreck das Lenkrad verrissen. Sie blickte alarmiert zu ihrer Mutter, die ihre Hände gestenreich über ihren Busen gelegt hatte.

»Was ist denn los?«

»Ich glaube, ich habe vergessen meine wasserfeste Wimperntusche einzupacken«, quietschte ihre Mutter, schnappte nach Luft und klappte rigoros die Blende des Beifahrersitzes herunter, um sich im Spiegel zu betrachten. »Wie soll ich nur ohne wasserfeste Wimperntusche das Schwimmbad besuchen? Da verschmiert doch alles ratzfatz.«

Doros Augäpfel traten vor Empörung unschön hervor. Wie oberflächlich war diese Frau eigentlich? Die Ampel schaltete endlich auf Grün um, und Doros aufwallender Zorn entlud sich am Gaspedal. Sie schossen regelrecht um die Kurve.

Felix schüttelte den Kopf. Was war das denn für ein Verrückter? Mit quietschenden Reifen preschte der schwarze Golf vor ihm nach vorne und schnellte um die Kurve. Hatte der seinen Führerschein im Lotto gewonnen? In gebührendem Abstand fuhr er hinterher. Bei genauerem Hinsehen konnte er erkennen, dass der Fahrer eine Fahrerin war. Bruchteile ihres Gesichts waren im Rückspiegel des Golfs flüchtig zu sehen.

Die ersten Sonnenstrahlen des Tages bahnten sich ihren Weg durch die weißliche Wolkenschicht und ließen den schwarzen Lack des Golfs aufleuchten. BTB DD 123 stand auf dem Nummernschild. Der Golf verlangsamte sein Tempo, blinkte und bog in die nächste Straße ein. Was für ein Zufall. Felix musste auch links abbiegen.

Die schmale Straße führte ein Stück den Berg hinauf. Um ein Haar hätte Doro die unscheinbare Abzweigung zum Hotel übersehen. Und das sollte die Zufahrt zu einem Viersternehotel sein?

Sie hatten nun die letzten Häuser hinter sich gelassen. Bäume und Wiesen säumten die Straßenränder. Kurz darauf erhoben sich linker Hand einige Gebäude, die wohl schon zur Hotelanlage gehörten. Dann war das Haupthaus zu sehen. Es war um einiges größer als die Nebengebäude. Der Putz leuchtete weiß, und die Holzbalkone, die sich um das gesamte Konstrukt zogen, verliehen dem Hotel den typisch bayerischen Charme. Ein großer Wendeplatz mit schön angelegten Ziersträuchern, einige Parkplätze und ein rustikaler Holztisch samt Bänken rahmten den Eingang zum Haupthaus ein. Sie hatten ihr Ziel erreicht.

»Das sieht ja schön aus hier«, meinte Doro und duckte sich, um besser durch die Windschutzscheibe sehen zu können, während sie eine der gekennzeichneten Parkflächen ansteuerte.

»Hm, warten wir es erst mal ab«, antwortete Gundula kritisch.

Doro stellte den Motor ab, stieg aus, sog erst einmal tief Luft ein und streckte sich. Direkt neben ihr kam ein weiteres Auto zum Stehen.

Kaum war Felix aus seinem Wagen gestiegen, warf er neugierig einen Blick über sein Autodach zu der rasanten Golffahrerin. Unwillkürlich musste er lachen. Ob das Doppel-D des Kennzeichens wohl ein Hinweis auf ihre Oberweite sein sollte? Die Fahrerin streckte sich gerade. Sie hatte die Augen geschlossen, was Felix die Gelegenheit gab, sie etwas genauer zu betrachten.

Die Frau war ein wenig kleiner als er selbst. Ihre Figur konnte er, abgesehen von ihrer üppigen Oberweite, durch die weiten Klamotten nur erahnen. Aber diese Farbe! Beiger Schlabberpulli und schlammfarbene Hose.

Ziemlich unscheinbar. Dennoch kam ihm irgendetwas an ihr bekannt vor.

Sein Blick wanderte weiter. Ihre Kurzhaarfrisur erinnerte ihn ein bisschen an einen Clown. Vielleicht war es das. Es fehlten nur noch die knallrote Haarfarbe und die obligatorische rote Nase.

Felix kniff die Augen zusammen. Hatte er nicht noch die rote Schaumstoffnase im Auto, die er einmal bei einem der Auftritte von Dr. Hirschhausen erhalten hatte? Vielleicht sollte er sie an die Dame neben sich weiterreichen.

Während er zu dem Schluss kam, dass die Golffahrerin wenig mit den Frauen gemeinsam hatte, die er sonst kennenlernte, er aber mit seinen Rückenproblemen sowieso andere Prioritäten setzen sollte, schwang die Beifahrertür des Nachbarautos auf, und der Kopf einer gänzlich anderen Frau erschien in seinem Blickfeld.

Sie war älter als die Golffahrerin, aber deutlich auffallender. Ihre Haare waren adrett kurz geschnitten und schimmerten rötlich. Im Gegensatz zur Fahrerin trug diese Frau auffälliges Make-up, Lippenstift und große Ohrringe. Als sie vor dem Kofferraum stehen blieb, sah er, dass sie in einer dunkelblauen Jeans steckte und eine schicke dunkelgrüne Bluse anhatte. Dazu lugte eine lange Kette unter einem Schaltuch hervor. Die beiden Frauen konnten optisch nicht unterschiedlicher sein.

»Dotty, Liebling. Was stehst du da so lange rum?« Die Stimme der älteren Dame tönte durchdringend an Felix' Ohr. Sie war grundsätzlich nicht unangenehm, aber für seinen Geschmack eine Spur zu befehlshaberisch. Es handelte sich hier unverkennbar um eine Frau, die gewohnt war, das zu bekommen, was sie wollte.

»Darf man nicht mal kurz verschnaufen?« Die Jüngere warf ihrer Mitfahrerin einen mürrischen Blick zu.

»Oh, hallo!« Jetzt hatte die schicke Dame ihn entdeckt. Ihr Gesicht begann zu leuchten. Lächelnd klimperte sie mit den Wimpern.

Felix nickte. »Hallo.«

»Sind Sie auch gerade angekommen?«, fragte sie mit sonorer Stimme.

»Äh, ja. Genau.« Felix fuhr sich mit der Hand übers Kinn.

»Ich bin Gundula, und das ist meine Tochter Dotty.« Sie zwinkerte ihm keck zu.

Doro stöhnte – schon wieder dieser blöde Kosename –, zwang sich jedoch, dem Mann in die Augen zu schauen. Das Lächeln gefror ihr im Gesicht. Ihr Herz schlug plötzlich doppelt so schnell. Nur ein paar Meter von ihr entfernt stand niemand anderes als Felix Langner! Sie war sich zu neunundneunzig Prozent sicher.

»Felix«, stellte er sich auch schon vor und unterdrückte ein Grinsen. Welche Frau in diesem Alter hieß schon Dotty?

»Dorothe«, presste sie nun zwischen den Lippen hervor und wandte schnell den Blick ab. Das konnte ja eine Woche werden.

Gundula Daubner marschierte wie immer zielstrebig voraus. Die zwei gläsernen Schiebetüren öffneten sich automatisch und gaben das großzügige Foyer preis. Doro überlegte, ob sie noch die Möglichkeit hatte, das gebuchte Doppelzimmer gegen zwei Einzelzimmer einzutauschen. Welcher Teufel hatte sie nur geritten, sich auf diese Woche einzulassen? Die Anwesenheit von Felix, der ihnen in einigem Abstand folgte, verbesserte ihre Laune auch nicht gerade. Er hatte sie anscheinend nicht erkannt. Noch nicht!

Sie schielte unauffällig zu ihm hinüber. Er war groß und relativ schlank, ganz so, wie sie ihn in Erinnerung hatte. Sein dichtes, dunkles Haar hatte an den Schläfen im Laufe der Jahre nicht unattraktive graue Ansätze bekommen. Sein Gesicht war markanter geworden, und um seine Augen lagen nun kleine Lachfältchen.

Für den Bruchteil einer Sekunde zog sich ihr Magen seltsam zusammen. Warum musste sie hier ausgerechnet den Mann wiedertreffen, in den sie vor Ewigkeiten als Teenie so unglücklich verliebt gewesen war? Sie waren ein Jahr gemeinsam in eine Klasse der Berufsschule gegangen. Doro erinnerte sich noch, als wäre es gestern gewesen. Der Moment, als sie ihn zum ersten Mal gesehen hatte. Sie hatte sich sofort in ihn verliebt. Leider war Doro recht schüchtern gewesen, und Felix hatte seinerseits keine Annäherungsversuche unternommen. Ob er es damals überhaupt gewusst hatte? Sie war sich nicht einmal sicher, ob Felix zu dieser Zeit wirklich Notiz von ihr genommen hatte. Obwohl … Was für eine Frage! Sie hatte schon damals eine beachtliche Oberweite besessen, und damit war ihr in der Regel die Aufmerksamkeit der

Jungs sicher gewesen. Ein Umstand, der sie jedoch eher verunsichert hatte – sie war nicht so selbstbewusst wie ihre Mutter. Und so war es rückblickend nicht verwunderlich, dass sie Felix lediglich mit einigen peinlichen Missgeschicken auf sich aufmerksam gemacht hatte. Sie schüttelte unmerklich den Kopf, um die Erinnerungen an diverse Peinlichkeiten zu verscheuchen.

Das Grinsen, mit dem er sie seinerzeit immer bedacht hatte, fiel ihr wieder ein. Als ob er Interesse an einer unscheinbaren Zahnspangenträgerin gehabt hätte! Aber Doro war Meisterin in der Kunst der Schönrederei gewesen und hatte sich lange Zeit immer alles so zurechtgelegt, dass es schon noch werden würde. Es wurde nicht.

Im zweiten Lehrjahr war Felix auf einmal nicht mehr da gewesen. Er hatte seine Ausbildung abgebrochen und war auf die Fachoberschule gewechselt, um zu studieren. Etwas in der Art war ihr damals jedenfalls zu Ohren gekommen. Doro war am Boden zerstört gewesen. Etliche Monate später jedoch hatte sie begriffen, dass es für sie die beste Lösung war. Wer weiß, wie lächerlich sie sich sonst noch gemacht hätte. Ihre Wege hatten sich seither nie mehr gekreuzt. Bis jetzt.

Unwillkürlich dachte sie an Matthias. Ihr Ex-Verlobter war das genaue Gegenteil von Felix. Schmale Statur. Helles Haar. Etwas unscheinbar, aber nett und freundlich. Eben die Art Mann, die besser zu ihr zu passen schien. Doch auch da hatte sie sich getäuscht.

Doro warf Felix nochmals einen Blick zu. Dieser Kerl war ein Draufgänger, damals wie heute. Wahrscheinlich eingefleischter Single und Herzensbrecher. Sie hatte genau gesehen, wie er sie und ihre Mutter gemustert hatte. Nicht, dass sie ihn interessieren würden, da machte Doro sich nichts vor. Im Grunde konnte sie froh darüber sein.

Ihre Mutter lief geradewegs zur Rezeption. Der lange Holztresen auf der rechten Seite des Raumes war glänzend poliert. Eine junge Frau mit blonden Haaren und Pferdeschwanz hielt dahinter die Stellung und begrüßte die Neuankömmlinge. Wie in Hotels oft üblich, befanden sich an der Wand hinter ihr Fächer für die Schlüssel der einzelnen Zimmer.

Das Foyer selbst war riesig. Alles wirkte hell und freundlich. Der Boden bestand aus hellem Marmor. Die Wände waren weiß gestrichen und hier und da mit Eichenholzfurnieren verziert. Links, gleich neben dem Eingang, war ein kleiner Souvenirladen untergebracht worden. Sie überflog das Schaufenster und erkannte T-Shirts mit verschiedenen Aufdrucken und Bierkrüge. Gleich daneben grenzten unzählige große Holzfenster an, die das Foyer mit Tageslicht erhellten. Davor standen drei gemütliche rote Sofas mit Holztischchen auf einem rot gemusterten Teppich. Eine Glastür führte nach draußen auf eine große Terrasse. Geradeaus erkannte Doro eine ausladende Treppe, die nach unten führte. Sie war so breit, dass mühelos sechs Personen nebeneinander hinauf- oder hinunterlaufen konnten. Daneben befand sich ein Aufzug, der passend zur Einrichtung mit Holz vertäfelt war, und ein Stück weiter links führten zwei oder drei breite Stufen in einen geräumigen Hotelgang. Die an der Wand angebrachten Schilder verrieten, dass sich dort Tagungsräume befanden.

»Hallo. Gundula Daubner. Wir haben ein Doppelzimmer reserviert«, hörte Doro ihre Mutter bereits kundtun. Die blonde Dame lächelte ihr freundliches Gästelächeln und tippte etwas in ihren Computer. Doro stellte sich neben ihre Mutter.

»Ihr Zimmer befindet sich im vordersten Gebäude. Sie können mit dem Auto gerne vorfahren. Es ist das erste Gebäude rechts, gleich neben der Driving Range. Dort finden Sie auch genügend Parkmöglichkeiten.« Die Rezeptionistin legte einen Schlüssel auf den Tresen und deutete lächelnd in die angegebene Richtung.

Gundula schaute pikiert. »Wie? Wir sind nicht hier untergebracht? Ich laufe doch nicht immer mehrere hundert Meter oder fahre gar mit dem Auto, um hier zu essen oder mir eine Wellnessanwendung zu Gemüte zu führen.«

»Nein, nein. Das müssen Sie auch nicht. Die Häuser sind alle miteinander verbunden. Sie können über die Flure alles erreichen, ohne nach draußen zu müssen. Aber mit Ihrem Gepäck ist es angenehmer, wenn Sie direkt vor Ihrem Gebäude parken.«

Doro nickte, während ihre Mutter noch immer misstrauisch dreinblickte.

Nachdem die Rezeptionistin ihnen ausführlich erklärt hatte, wo sich der Speisesaal, der Hotelpool, die Wellnessräume sowie die Minigolfanlage, der Tennisplatz und der Golfplatz befanden, reichte sie ihnen noch einen Hinweiszettel mit den Angaben und dem Treffpunkt für die Gesundheitskurse, an denen sie teilnehmen würden, und ein Prospekt mit verschiedenen Wellnessanwendungen, die das Hotel anbot. Diese waren jedoch auf eigene Kosten zusätzlich zu bezahlen.

Als sie sich mit allen Informationen und Schlüsseln ausgestattet abwandten, sah Doro Felix im Loungebereich vor der Glastür stehen und auf die Terrasse blicken. Er hatte bestimmt absichtlich einen Sicherheitsabstand zu den beiden Frauen gewahrt.

»Das Gebäude hier ist nicht annähernd mit dem Haupthaus vergleichbar«, beschwerte Gundula sich, während Doro mit den Augen die Zimmernummern überflog, um ihr Zimmer ausfindig zu machen. Die Frauen liefen einen langen Gang entlang und zogen jeweils einen Trolley hinter sich her. Doro hatte damit keine Probleme, ihre Mutter jedoch sehr wohl. Hatte sie doch neben ihrer Handtasche vier Jacken und dazu noch einen ausgefallenen Hut dabei.

»Ich weiß nicht, was du hast. Es ist alles sauber. Der weiße Anstrich ist weder abgeschmiert, noch ist der Bodenbelag dreckig. Macht doch einen vernünftigen Eindruck.«

»Vernünftig. Pffft.« Doro hätte wetten können, dass ihre Mutter den Kopf schüttelte. Da sie jedoch vorausging, konnte sie das nur vermuten. »Wir sind hier in einem Viersternehotel. Da will ich nichts Vernünftiges! Ich will ein angenehmes Ambiente und Luxus. Dieses Gebäude ist eindeutig älter als das Haupthaus, oder zumindest nicht entsprechend renoviert.«

Doro verdrehte die Augen.

»Jetzt lass uns doch erst mal unser Zimmer anschauen. Das wird bestimmt deinen Ansprüchen gerecht«, versuchte sie ihre Mutter zu besänftigen.

»Und wo ist es nun?« Gundula schnaufte.

Doro kniff die Augen zusammen. »Hier nicht. Wir müssen bestimmt in den oberen Stock.«

»Auch das noch!«

»Sieh mal. Da ist ein Aufzug.«

Doro blieb stehen und drückte auf den Knopf. Gundula bugsierte ihren Trolley neben Doros. Da er völlig überladen war, prallten die beiden Koffer aneinander. Die Jacken und der Hut, die obenauf lagen, rutschten zu Boden. Die Handtasche konnte Gundula gerade noch auffangen. Lediglich eine Jacke blieb auf dem Trolley liegen. Gundula schnaufte.

»Jetzt hilf mir doch mal. Was bist du nur für eine Tochter. Du könntest ruhig mal mit hinlangen. Ich schleppe mir hier einen ab!« Sie blies sich eine Haarsträhne aus der Stirn, und ihre Ohrringe klimperten.

»Was hast du überhaupt alles eingepackt? Wir sind nur eine Woche hier. Wenn man dein Gepäck sieht, könnte man meinen, du quartierst dich hier für einen Monat ein.«

»Ach!« Ihre Mutter machte eine wegwerfende Handbewegung. »Ich weiß nicht, was ich bei deiner Erziehung falsch gemacht habe. Eine Frau braucht nun mal Garderobe!«

»Und ich bin demnach keine Frau?« Doro runzelte die Stirn. Aber das kannte sie ja bereits. Dieses Gespräch hatten sie schon öfters geführt. »Frau kommt auch mit weniger zurecht. Stell dir vor.«

»Also, ich habe festgestellt, dass ich schneller jemanden kennenlerne, wenn ich auf mein Äußeres achte. Könntest du vielleicht auch mal probieren.« Gundula bückte sich, um ihren Hut aufzulesen. Doro hob indessen die verschiedenen Jacken auf.

»Taktgefühl war noch nie deine Stärke«, murmelte sie.

Die Türen des Aufzugs glitten auseinander. Gundula schob mit Wucht ihren Trolley hinein. Dann drehte sie sich zu ihrer Tochter um.

»Gib schon her«, brummte sie und griff nach den Jacken. Im gleichen Moment schlossen sich die Türen wieder, und der Aufzug fuhr davon. Allein mit Gundulas Gepäck. Für eine Sekunde war Doros Mutter tatsächlich sprachlos.

»Mein Gepäck!«, jaulte sie dann.

Doro schaute auf die Stockwerkanzeige. »Es gibt nur zwei Etagen. Es kommt bestimmt gleich wieder herunter.«

»Und wenn es inzwischen jemand klaut?«

»Glaub ich nicht.« Doro stützte sich auf den Ausziehgriff ihres Trolleys und wartete. Erschöpft lehnte sich Gundula gegen die Wand, ohne die Stockwerkanzeige aus den Augen zu lassen. In diesem Moment öffnete sich die Tür zum Außengelände, und Felix betrat das Gebäude.

Auch das noch. Wohnt der auch hier? Das Hotel besteht aus drei oder vier Häusern. Muss er unbedingt hier sein Zimmer haben?, überlegte Doro finster.

Entspannt schlenderte Felix auf die beiden Frauen zu. Doro tat, als bemerkte sie ihn nicht.

»Hallo die Damen«, sagte er auch schon und war nur noch wenige Schritte von ihnen entfernt.

»Ah, Felix. Richtig?« Von Gundulas missmutiger Stimmung war plötzlich nichts mehr zu merken.

Doro schaute auf und blickte ihm ungewollt direkt in die Augen. Sie hatten einen grünen Schimmer.

»Hallo nochmal«, sagte sie.

Im selben Moment fuhr der Haltegriff des Trolleys in das Scharnier ein. Sie hatte es wohl nicht richtig gesichert. Sie rutschte mit ihrem Oberkörper wie ein nasser Sack nach unten und konnte sich gerade noch abfangen. Ihre Mutter schüttelte über ihr tollpatschiges Verhalten nur den Kopf. Felix grinste, als Doro aufsah. Sie kam sich wie eine Zehnjährige vor und wurde rot.

Endlich öffneten sich die Türen des Aufzugs – zum zweiten Mal. Ein Zimmermädchen trat mit einer großen, blauen Mülltüte heraus. Gundulas Gepäck stand unberührt in der Kabine.

»Mein Koffer! Gott sei Dank!«, verkündete Gundula erleichtert. Ihre Ohrringe hüpften vor Freude.

Das Zimmer war geräumig und freundlich, die Wände hellbeige gestrichen. Das Doppelbett und die Kommode, auf der sich ein großer Flachbildfernseher befand, waren aus Holz. Ein Tisch und zwei Sessel in kariertem Bordeauxstoff standen vor den großen Balkonfenstern, die mit einem hauchdünnen weißen Store und zwei schweren beigen Verdunklungsvorhängen versehen waren.

»Na, siehst du«, sagte Doro. Sie ließ ihren Trolley stehen und zog die Vorhänge zur Seite. »Ist doch wirklich schön.«

»M-hm.« Die Stimme ihrer Mutter hallte dumpf. Sie hatte gerade ihren Kopf ins Badezimmer gesteckt. Dieses war ganz in Weiß gefliest und bestand wie üblich aus einer Dusche, einem WC und einem Waschbecken.

»Sieht sauber aus«, befand Gundula, als sie wieder zum Vorschein kam und ihre Jacken samt Hut aufs Bett warf. Doro öffnete inzwischen die Balkontür und trat hinaus.

Der Panoramablick auf den Bayerischen Wald war wunderschön. Sie sah Wiesen, die mit dem ersten jungen Grün des Jahres durchzogen waren, ganz viel Wald und mehrere Berggipfel. Dazu der blaue Himmel. Der Ausblick hatte etwas Entspannendes. Sie atmete tief ein.

»Sieh mal. Ist das der Große Arber?«, fragte sie dann an ihre Mutter gewandt und deutete auf den größten der Berge.

»Ich denke doch.« Die Stimme war tief und keinesfalls die ihrer Mutter.

Doro zuckte zusammen. Sie war nicht darauf vorbereitet, dass jemand anders antwortete. Jetzt erschien Felix' Kopf neben der Trennwand zum Nachbarbalkon. Er grinste.

»Hast du was gesagt?« Gundula kam ebenfalls nach draußen. »Oh. Felix. Sie schon wieder. Verfolgen Sie uns etwa?« Ihre Augen blitzten, und sie wackelte keck mit dem Zeigefinger.

Doro lächelte verlegen, und ihr wurde flau im Bauch.

Felix blickte von einer zu anderen. »Ich doch nicht. Da müssen Sie sich schon beim Hotelmanagement beschweren, wenn es Ihnen nicht gefällt, dass ich neben Ihnen wohne.«

»Überhaupt nicht! Schön, Sie als Nachbarn zu haben«, gurrte Gundula.

»Na dann …« Er nickte ihnen freundlich zu und trat den Rückzug an.

Kaum war er von der Bildfläche verschwunden, stieß Gundula ihren Ellenbogen in Doros Seite. »Und? Ein netter Mann. Findest du nicht? Wäre das nicht was für dich, Dottylein?«

»Mutter!« Doro schüttelte den Kopf und betrachtete angestrengt den Großen Arber. Die Stimme ihrer Mutter war, wie so oft, viel zu laut für ihren Geschmack. Nicht auszudenken, wenn Felix Gundulas Geplapper hörte! Ob er inzwischen wusste, wer sie war? Ihre Mutter hatte zum Glück keinen blassen Schimmer. Weder davon, dass sie Felix kannte, noch davon, dass sie einmal unsterblich in ihn verliebt gewesen war.

»Also, mir gefällt er. Hast du die tolle graue Strähne bemerkt? Sexy!«

Dorothe verdrehte die Augen und flüchtete sich ins Zimmer.

Dass die beiden Frauen vom Parkplatz nun auch noch das Zimmer neben ihm bekommen hatten, begeisterte Felix nicht gerade. Sicherlich, die zwei schienen nett. Und er war schließlich hier, um sich seiner Gesundheit zu widmen. Die Jüngere, Dorothe, schien abgesehen von ihrem Erscheinungsbild auch etwas tollpatschig zu sein, wenn er daran dachte, wie sie fast auf ihren Koffer geplumpst war. Aber so wie er das sah, hatte die Tochter nicht gerade viel zu melden bei der überdrehten Mutter. Er beneidete sie nicht.

Immerhin wusste er nun, dass die Buchstaben DD in ihrem Kennzeichen nicht auf ihren Busen, sondern auf ihren Namen hindeuteten. Dorothe Daubner oder irgendwas. Das hatte er beim Einchecken an der Rezeption aufgeschnappt.

Ob sie sich der Zweideutigkeit ihres Autokennzeichens überhaupt bewusst war? Felix grinste. Sicher nicht. Aber lustig fand er es schon.

3.

»Nun komm schon. Dass du nicht einmal pünktlich sein kannst!«, schimpfte Doro, während sie mit den Augen die Türschilder scannte. Die beiden Frauen liefen den Gang entlang, in dem sich die Tagungsräume befanden. Außer ihnen war keine Menschenseele hier unterwegs. Doros Kiefermuskeln waren angespannt. Bestimmt waren alle Teilnehmer des Gesundheitsprogramms bereits versammelt. Somit würden Gundula und sie wieder einmal einen Sonderauftritt hinlegen. Wie sie das hasste!

»Ich weiß gar nicht, was du schon wieder meckerst. Werd mal locker! Die laufen uns bestimmt nicht davon.« Gundula fuhr sich mit der Hand durchs Haar und richtete einige Strähnen.

Als ob das wichtig wäre. Doro verkniff sich jedoch einen Kommentar. Für ihre Mutter war es wichtig: Gut auszusehen machte einen bedeutenden Teil ihres Lebens aus. Doro konnte das nicht nachvollziehen. Es musste schon einen besonderen Anlass geben, damit sie sich in Schale warf.

»Hier!« Gundula deutete mit ihrem lackierten Zeigefinger auf die kleine Tafel vor dem Raum am Ende des Flurs.

Als die Frauen das Zimmer betraten, saßen alle Teilnehmer bereits wie erwartet auf ihren Stühlen, die kreisrund angeordnet waren. Lediglich drei Plätze waren noch unbesetzt. Alle Augenpaare blickten zu Doro und Gundula.

Der Stuhlkreis umfasste einen weißen Schreibtisch, auf dessen Kante ein junger Mann im sportlichen Dress saß. Die freien Plätze waren natürlich ganz vorne. Doro und Gundula blieb nichts anderes übrig, als sich mitten durch den Kreis zu drängen und ihre Plätze einzunehmen.

»Oh, hallo Felix! Sie sind also auch mit von der Partie«, stellte Gundula im Vorbeigehen entzückt fest, während Doros Freude sich in Grenzen hielt.

»Schön, dann sind wir fast vollzählig.« Der Kursleiter übernahm das Wort, bevor Felix antworten konnte, und schenkte ihnen ein Lächeln. »Hatten Sie Schwierigkeiten, den Raum zu finden?«

Nein, meine Mutter musste nur noch ihren Cappuccino schlürfen und mit dem Kellner flirten, dachte Doro, sagte aber nichts dergleichen. Stattdessen schoss ihr die Röte ins Gesicht. Sie stand äußerst ungern im Mittelpunkt.

»Na, junger Mann. So unbedarft sind wir nun auch nicht«, kommentierte hingegen Gundula und setzte sich hoheitsvoll. Ihr Auftritt wurde durch das tiefe Schnaufen einer anderen Frau jäh unterbrochen.

»Hach. Ich bin wieder mal zu spät! Tut mir leid. Hallo alle zusammen.«

Die Tür schloss sich geräuschvoll, und eine dürre Frau um die siebzig in einem grasgrünen Sportdress, der gut und gerne noch aus den Achtzigerjahren stammen konnte, grinste wie ein Honigkuchenpferd und winkte in die

Runde. Sofort war aller Aufmerksamkeit auf sie gerichtet. Doro entspannte sich ein wenig.

Die Frau eilte zum letzten freien Platz und ließ sich mit einem Wums neben Doro auf den Stuhl fallen. Ihre glatten, silbergrauen Haare, die sie zu einem Pferdeschwanz gebunden hatte, verfehlten nur knapp Doros Gesicht.

»Ich bin übrigens Hanne.« Die Frau strahlte in die Runde.

»Äh, ja. Hallo. Zur Vorstellung kommen wir gleich.« Der Kursleiter kratzte sich etwas verdattert aufgrund dieser Überschwänglichkeit hinter dem Ohr, fasste sich aber sofort wieder. »Nachdem wir jetzt komplett sind, möchte ich Sie alle nochmals herzlich begrüßen. Sie haben sich entschlossen, eine Woche lang Ihrer Gesundheit etwas Gutes zu tun. Ich bin Julian, Ihr Kursleiter in diesen Tagen, und werde Ihnen mit Progressiver Muskelentspannung zeigen, wie Sie Ihren Körper vom Stress befreien können. Außerdem werden wir zusammen Ihren Rücken trainieren, damit er künftig im Alltag besser entlastet wird. Und beim Power-Walking werden wir gemeinsam die schöne Umgebung erkunden ...«

Alle Anwesenden hörten aufmerksam zu. Einige nickten. Dann folgte die allgemeine Vorstellungsrunde. Unter den einundzwanzig Teilnehmern waren einige Paare, außerdem gab es eine Dreiergruppe Frauen und zwei einzelne Teilnehmer. Eine davon war Hanne, die andere Person Felix. Doros Blick blieb kurz an ihm hängen. Er saß schräg gegenüber von ihr und betrachtete angestrengt seine Hände. Wieder überlegte sie, ob er sie erkannt hatte. Bisher verhielt er sich neutral. Entweder erinnerte er sich nicht an sie, oder er tat so, als wüsste er nicht, wer sie war. Sie war sich nicht sicher, was ihr lieber war. Aber ihr fiel auf, dass er noch immer eine sportliche Figur hatte. Mit der drahtigen Statur ihres Trainers Julian konnte er nicht mithalten.

Sie schaute wieder zu Julian, der soeben dabei war, einen Stapel Zettel hervorzuziehen.

»Das ist Ihr Kursplan.« Er hielt die Blätter in die Höhe. »Da es in kleineren Gruppen angenehmer ist und jeder von Ihnen dann auch bei der Gymnastik mehr Platz hat, habe ich Sie in zwei Gruppen aufgeteilt. Zu welcher Gruppe Sie gehören, steht oben auf Ihrem Plan.« Er begann alle namentlich aufzurufen und übergab jedem seinen Zettel.

Doro musterte den jungen Mann. Er war mit Sicherheit noch keine dreißig, blond und hatte einen verschmitzten Gesichtsausdruck. Neben Hanne war er der Einzige, der Sportkleidung trug. Alle anderen waren ebenso wie Gundula und sie selbst in ihrem normalen Alltagsoutfit erschienen.

»Dorothe Daubner?«, fragte er nun und sah sich suchend um. Gundula boxte Doro den Ellenbogen in die Rippen.

»Aua!«, protestierte sie und rieb sich die Stelle.

»Träumst du?«, fragte ihre Mutter. Dann schnellte ihr Arm nach oben, und das Klappern ihrer Armreife ließ Julian sofort in ihre Richtung blicken. Er kam auf sie zu.

»Nicht ich. Sie«, teilte Gundula hilfreich mit und deutete mit dem Daumen auf ihre Tochter. »Ich bin Gundula. Meinen Plan dürfen Sie mir auch gleich geben. Ich bin doch in derselben Gruppe wie meine Tochter, oder?«

In Doro glimmte Hoffnung auf. Die Aussicht, dass ihre Mutter im anderen Kurs sein könnte, beflügelte sie.

»Ich bin in Gruppe B«, sagte Gundula, kaum dass sie ihr Blatt in Händen hielt. »Und du?« Sie beugte sich zu Doro herüber, um besser sehen zu können. »Auch.« Sie nickte zufrieden. »Perfekt.«

Es wäre ja auch zu schön gewesen, dachte Doro.

»Ich auch«, jubilierte Hanne währenddessen und strahlte die Daubner-Frauen an. »Mädels, wir werden bestimmt viel Spaß zusammen haben.«

Hanne plapperte wie ein Wasserfall, während sich die Frauen auf dem Rückweg zu ihrem Zimmer befanden.

»Ach, da wohnen wir im gleichen Gebäude! Wie schön. Mein Zimmer ist im Erdgeschoss. Vielleicht wohnt ihr sogar über mir. Dann können wir uns vom Balkon aus zuwinken.«

Doro hörte geduldig zu, Gundula jedoch erwiderte betont trocken: »Das wäre tatsächlich unglaublich!«

»Ach, ich freu mich ja so. Die Woche wird bestimmt toll. Wisst ihr, in meinem Alter sind die Leute leider oft nicht mehr so sportbegeistert. Aber wer sich nicht bewegt, darf sich auch nicht beschweren, wenn die Taille an Umfang zunimmt.« Zur Bekräftigung ihrer Worte strich sich Hanne mit den Händen über Bauch und Hüften. Gundula zog eine Augenbraue nach oben und begutachtete die Figur ihrer neuen Bekanntschaft.

»Nicht schlecht. Muss ich zugeben«, meinte sie dann und an ihre Tochter gewandt: »Wann hattest du eigentlich zum letzten Mal so eine Taille, Dottylein?«

Doro schluckte verärgert.

»Noch nie«, presste sie zwischen den Zähnen hervor.

»Na, macht doch nichts. Jedem das Seine, sag ich immer.« Hanne zwinkerte Doro aufmunternd zu. »Gundula, richtig?«, fragte sie dann und wandte sich wieder ihrer Mutter zu. »Was treiben Sie denn für Sport? Ein wenig mehr könnte bestimmt nicht schaden. Wir werden schließlich nicht jünger, und die Schwerkraft nagt unaufhaltsam besonders an uns Frauen.«

»Also …« Gundula schnappte sichtlich nach Luft. Doro kicherte leise. Indessen redete Hanne bereits weiter.

»Ich zum Beispiel fahre Rad. So oft es geht. Außerdem klettere ich mit Leidenschaft. Bei mir gibt es eine Kletterhalle gleich in der Nähe. Da wird jeder Muskel aktiviert. Das kann ich Ihnen nur empfehlen!«

»Sagen Sie mal, reden Sie immer so viel? Oder haben Sie sonst keine Ansprache?«, knurrte Gundula. »Ich meine, vielleicht machen sich Ihre Freunde auch allmählich aus dem Staub?«

»Wie meinen Sie das jetzt?« Hannes offener, unschuldiger Blick erstaunte Doro. Scheinbar hatte sie die Spitze ihrer Mutter überhaupt nicht wahrgenommen.

»Nun, wie ich es sagte. Reden Sie immer so viel? Entweder sind Ihre Freunde dann taub oder tot. Das kann doch keiner über längere Zeit ertragen.«

Doro klappte der Kiefer nach unten.

»Mutter!«, schalt sie und schüttelte dabei missbilligend den Kopf.

Doch Hanne zuckte nur mit den Schultern und meinte: »Na, so viel jünger als ich sind Sie aber auch nicht, Werteste.«

Die Frauen bogen von dem langen Gang, der die drei Häuser miteinander verband, in den Flur ihres Zimmers ab. Doro hielt die Glastür auf, und die beiden älteren Damen marschierten wortlos an ihr vorbei.

»Fast geschafft«, schnaufte Gundula. Ob sich diese Bemerkung auf den Weg oder auf Hannes Gesellschaft bezog, blieb unklar.

»Na, dann sehen wir uns auch gleich schon wieder. Ihr müsst euch ja noch umziehen. Mal überlegen, was ich in der Zeit machen kann. Ich bin doch schon startklar.« Hanne blickte an sich hinunter. »Eigentlich hätte ich gleich dortbleiben können«, stellte sie fest.

»Warum ist Ihnen das nur nicht früher eingefallen?«, murmelte Gundula.

»Aber«, Hanne stieß Gundula freundschaftlich in die Seite, »dann hätten wir uns nicht ein wenig kennenlernen können.«

Gundula verzog keine Miene. Doro ließ das gläserne Türblatt hinter sich zufallen.

»Ich hab's. Ich schau mal, ob ich euren Balkon entdecken kann.« Hanne strahlte zufrieden über ihre Idee, wie sie die Zeit nutzen konnte. Gundula rollte mit den Augen. »Könntet ihr mal winken? Damit ich weiß, welcher Balkon zu eurem Zimmer gehört.«

Gundula bremste scharf ab und blieb sprachlos stehen. Doro lief ihr direkt hinten rein. Als sie zusammenstießen, machte es »Pling«, und die Türen des Aufzugs öffneten sich.

»Oh, hallo schon wieder.« Felix nickte und erfasste mit staunendem Blick die Situation.

Prompt wurde Doro rot. Der Anblick, der sich Felix bot, war sicherlich seltsam. Wie sie da so hinten an ihrer Mutter klebte. Das Kinderspiel Töff, töff, töff, die Eisenbahn blitzte in ihrem Kopf auf. Abrupt machte sie einen Schritt rückwärts und hätte aufgrund der schnellen Bewegung um ein Haar das Gleichgewicht verloren.

»Ah. Mein Aufzug! Dann fahr ich mal nach unten«, sagte Hanne indes, als ob sie ein Taxi bestellt hätte. »Bis gleich. Denkt dran, in einer guten halben Stunde geht's schon los. Ich freu mich.«

Ohne Vorwarnung drückte sie erst Gundula, dann Doro herzlich, sprang in die Kabine des Fahrstuhls, und gleich darauf schlossen sich die Türen.

Die beiden Frauen blieben etwas baff zurück. Felix, dem der Weg durch Gundula und Doro versperrt war, wartete geduldig darauf, dass die Frauen weitergingen.

Schließlich straffte Doro die Schultern.

»In welcher Gruppe sind Sie eigentlich?«, fragte sie Felix, um die plötzliche Stille zu durchbrechen, aber auch mit dem Hintergedanken, herauszufinden, ob er sie wiedererkannt hatte.

»B«, lautete die knappe Antwort.

»Na, wenn das kein Zufall ist.« Gundula lächelte.

Wenn Felix richtig kombiniert hatte, würde er den größten Teil seiner Zeit in dieser Woche mit seinen Nachbarinnen verbringen. Sie befanden sich offensichtlich in der gleichen Gruppe wie er. Er überlegte auf einer Skala von eins bis zehn, wie schlimm er diese Aussicht fand, und kam zu dem Ergebnis, dass es eigentlich ganz lustig sein könnte.

Schon allein diese Hanne. Was für ein überdrehtes Huhn! Dabei dachte er, die Menschen würden im Alter ruhiger werden. Andererseits, wenn er einmal in Rente ging, wollte er durchaus noch das Leben genießen. Und auf ihre Weise war auch Doro niedlich. Sie hatte so etwas an sich … Felix schüttelte über sich selbst den Kopf. Die drei Mädels, die vorhin schräg gegenüber von ihm gesessen und ebenfalls an dem Programm teilgenommen hatten, entsprachen eher dem Typ Frau, der ihn interessierte. Vielleicht waren die auch in seiner Gruppe. Sie waren jung, geschätzte dreißig, und besaßen definitiv ein anziehendes Erscheinungsbild. Tolle lange, gepflegte Haare, dezentes Make-up, modisches Outfit. Eben einfach hübsch anzusehen. Sie waren nicht in Sack und Asche gekleidet wie diese Doro von nebenan. Wenn er nur wüsste, an wen ihn diese Frau erinnerte.

Er bückte sich, um seinen Koffer aufs Bett zu werfen und seine Sportklamotten herauszuholen. Ein dumpfer Schmerz durchfuhr ihn in der Kreuzbeingegend. Er seufzte. Wenn das nicht bald ein Ende nahm, brauchte er sich sowieso keine Gedanken mehr über das weibliche Geschlecht zu machen. Dann könnte er höchstens auf eine nette Krankenschwester hoffen.

»Diese Hanne ist ja eine unmögliche Person!« Gundula schritt an Doro vorbei ins Zimmer und machte ihrem Unmut Luft.

»So schlimm finde ich sie gar nicht«, antwortete Doro und lief zum Balkon, um etwas Frischluft ins Zimmer zu lassen. Es war stickig. Die Heizung lief auf Hochtouren, und sie regelte sie etwas herunter.

»Was glaubt die eigentlich, mit wem die redet? Mir sagen, ich wäre alt! Pah!«

Doro bemühte sich um einen ernsten Gesichtsausdruck. Wenn sie jetzt zu lachen begann, würde ihre Mutter gänzlich an die Decke gehen.

»Ich und alt? Und was sollte das Gerede von wegen Schwerkraft? Ich bin top in Form.« Zum Beweis kniff sich Gundula in den Oberarm. »Schlabbert da was?« Ihr Ton klang nun doch leicht verunsichert. Sie machte auf dem Absatz kehrt und steuerte den Spiegel bei der Garderobe, gleich neben der Zimmertür, an.

»Nein«, versicherte Doro schnell, ganz die gute Tochter.

Wobei … Zugegeben, so unrecht hatte Hanne sicherlich nicht. Obwohl sie gut und gerne zehn Jahre älter war als Gundula, schien ihr Körper besser trainiert als der von Doros Mutter. Einen Vergleich mit sich selbst vermied Doro wohlweislich.

»Habe ich Krähenfüße?«, fragte Gundula und berührte mit der Nasenspitze fast den Spiegel.

»Mutter, willst du dich nicht lieber umziehen?« Doro verstand Gundulas Aufregung nicht im Mindesten. Was machten ein paar Falten schon aus? Okay, bei ihr selbst saß alles noch recht straff, wenn auch ein wenig füllig.

Vielleicht konnte sie da einfach noch nicht mitreden. Aber sie konnte sich auch nicht vorstellen, deshalb so ein Theater zu machen.

Während Doro in ihre Jazzpants stieg und das passende atmungsaktive Sportshirt überstreifte, prüfte Gundula weiter den optischen Zustand ihres Körpers. Inzwischen begutachtete sie kritisch ihren Po.

»Der ist doch perfekt!«, befand sie und rüttelte daran.

Doro verdrehte die Augen.

»Oh. Das sieht ja mal richtig gut aus«, bemerkte ihre Mutter, als sie sich umwandte und endlich mit der Inspektion ihrer Figur fertig war.

»Danke«, murmelte Doro. Obwohl sie nicht so viel Wert darauf legte, freute sie sich insgeheim über das Kompliment.

»Neu?«

Doro nickte. »Na ja, nachdem ich schon länger nicht mehr im Fitnessstudio gewesen bin …«

»Ha!« Gundula lachte. »Du und ein Fitnessstudio?«

Doro verzog das Gesicht. »Vor der Hochzeit war ich tatsächlich regelmäßig dort. Stell dir vor!«

»Aha. Davon ist aber genauso viel übriggeblieben wie von deinem Ehemann. Oder?«

Warum redete sie überhaupt mit dieser Frau? Unsensibel bis zum Gehtnichtmehr, sich aber über andere beschweren. Hanne sollte ihrer Mutter ruhig mal kräftig Saures geben.

»Juhu«, rief in diesem Moment von draußen eine Stimme. »Wo seid ihr? Gundula? Dorothe?«

»Heilige Mutter Gottes!« Gundula stöhnte. Beide blickten zum Balkon.

»Du bist nicht katholisch«, wies Doro ihre Mutter zurecht.

»Sei doch nicht immer so pingelig.«

»Gundula? Seid ihr da?«, ertönte Hannes Stimme weiter.

»Ich geh mal raus. Die schreit sonst noch das ganze Hotel zusammen.«

Mit gestrafften Schultern und hochmütigem Blick trat Gundula auf den Balkon und schaute über das Geländer.

»Da seid ihr ja.« Hanne winkte vergnügt. Sie stand direkt unter Felix' Balkon auf einer kleinen Terrasse.

»Leider«, antwortete Gundula, aber zu Doros Glück so leise, dass Hanne es nicht hören konnte.

Doro winkte zurück.

4.

»Tief einatmen, langsam die Hände und Füße bewegen ... strecken und die Augen öffnen ... und wieder in die sitzende Position kommen«, sagte Julian in sanftem Tonfall und beendete damit die Übung aus der Progressiven Muskelentspannung. Doro lag auf ihrer schwarzen Gymnastikmatte, die überraschend weich war, und blinzelte in das helle Licht der eingebauten Deckenstrahler.

Allmählich setzten sich alle nacheinander auf. Aus den Augenwinkeln nahm sie wahr, dass Hanne bereits im Schneidersitz auf der Matte neben ihr – nun ja, man musste schon sagen – residierte. Gundula hingegen schüttelte noch immer ihre Hände aus. Doro gab sich einen Ruck und reckte sich ebenfalls in eine aufrechte Position. So richtig hatte sie sich nicht entspannen können. Felix' Anwesenheit war ihr doch zu sehr bewusst. Warum machte ihr dieser Umstand nur so sehr zu schaffen? Sie ärgerte sich über sich selbst.

»Was ist mit dir? Sind dir die Hände eingeschlafen?«, fragte sie mit Blick auf ihre Mutter.

»Hmpf.« Rigoros legte diese ihre Hände links und rechts neben sich auf den Boden und stemmte sich empor. Dann dehnte sie die Schultern nach hinten. Eine Haltung, die Doro in der Öffentlichkeit möglichst vermied, denn dann kam ihre beachtliche Oberweite noch mehr zur Geltung.

»So, die Herrschaften. Das war's für heute. Wie hat euch die Körperreise gefallen?« Julian schaute seinen Schützlingen reihum in die Augen. Das in einer Gruppe übliche Murmeln und Nicken folgte.

»Wundervoll. Endlich war ich mal wieder am Meer«, jubilierte Hanne und erntete dafür seltsame Blicke. Auch Doro zog die Stirn leicht kraus. Natürlich handelte die Entspannungsgeschichte, die Julian von einer CD-Stimme erzählen ließ, von einem Ausflug ans Meer. Auch Meeresrauschen und Möwen hatte man hören können. Doch diese Phantasiereise mit einem tatsächlichen Tag am Meer zu vergleichen, schien doch leicht übertrieben. Doro schüttelte grinsend den Kopf. Bei Hanne wunderte sie wirklich nichts mehr. Nachdem Julian kurz innegehalten hatte, lächelte er wieder in die Runde.

»Die Matten können Sie einfach so liegen lassen, die andere Gruppe wird gleich kommen. Ich wünsche Ihnen allen einen schönen ersten Abend hier in diesem wunderbaren Hotel. Das Essen ist erstklassig, das kann ich Ihnen versichern. Und wir treffen uns morgen früh um acht Uhr frisch und ausgeruht wieder. Wir starten mit einer kleinen Einführung ins Reaktiv-Walking und werden im Anschluss die Grundtechnik dazu erlernen. Nach einer kurzen Pause werde ich Ihnen einige Techniken zur richtigen Rückenhaltung zeigen, und beenden werden wir unser Programm mit der Progressiven Muskelentspannung.«

Die Teilnehmer machten sich daran, den Raum zu verlassen. Nur Gundula, die sich bisher den Ablaufplan des

Präventionsprogramms noch nicht weiter angesehen hatte, blieb reglos stehen.

»Aber … Wie lange dauert das alles denn? Ich habe nicht vor, den ganzen Tag nur gesundes Zeug machen zu müssen. Wofür hat das Hotel einen beheizten Außenpool und ein Spa, wenn man keine Zeit hat, um solche Annehmlichkeiten zu nutzen?«, platzte sie prompt heraus.

»Keine Sorge. Um ein Uhr mittags ist Schluss.« Julians Tonfall klang neutral. Doro schämte sich dennoch für ihre Mutter.

»Liebste Gundula, dein Körper ist ein Tempel. Und so solltest du ihn auch behandeln«, mischte sich Hanne ein und legte beruhigend ihre Hand auf Gundulas Arm. Verwirrt schaute diese auf die knöchrigen Finger. Dann schüttelte sie sie ab.

»Wie bitte? Sehe ich aus, als würde ich mich nicht um mein Äußeres kümmern?« Ihre Stimme wurde allmählich schrill. Offenbar war Hannes spirituelles Gequassel etwas viel für die ansonsten so selbstbewusste Gundula.

Felix verfolgte aufmerksam das Wortgefecht der Frauen. Er hatte ein wenig das Gefühl, in eine Sitcom hineingerutscht zu sein. Sie redeten von Tempeln und Körpern und lieferten sich einen amüsanten Schlagabtausch. Dann betrachtete er Dorothe, die gut drei Schritte von ihm entfernt stand. Ihr Körper war wohl eher mit einer Festung vergleichbar. Obwohl … In den engen Sportklamotten sah sie nicht so füllig aus, wie er angesichts ihrer weiten Kleidung zunächst vermutet hatte. Ihr T-Shirt spannte sich über ihrem Dekolleté, und der synthetische pinke Stoff glitzerte in dem hellen Zimmerlicht. Ihre Gesichtszüge waren weich und freundlich. Aber diese Struwwelpeterfrisur zerstörte leider das Gesamtbild.

»Tschüss Felix«, sagte da eine feminine Stimme und unterbrach seine Gedanken. Als er sich umwandte, winkte ihm die Blonde aus dem Dreiergespann lächelnd zu. Wenn er sich recht erinnerte, hatte sie sich als Barbara vorgestellt.

Er schenkte ihr ein Lächeln. »Tschüss.«

Sie blieb kurz stehen. »Vielleicht sieht man sich nachher ja nochmal.«

»Jetzt komm endlich«, rief eine der beiden anderen, die bereits weitergegangen waren.

Sie zuckte entschuldigend mit den Schultern und warf anmutig ihr Haar nach hinten. Felix überschlug seine Chancen auf einen Drink mit ihr. Der Abend konnte durchaus nett werden.

»Felix! Warten Sie etwa auf uns?«, störte Gundulas leicht schrille Stimme seine Phantasiegebilde. Ruckartig fuhr er herum und stieß dabei mit Dorothe zusammen. Für den Bruchteil einer Sekunde hing sie zwischen seinem Brustkorb und seiner Schulter.

»Hmpf«, machte sie und lief purpurrot an.

Ihn überkam das unbändige Gefühl eines Déjà-vu. Bildfetzen traten vor sein inneres Auge. Er war deutlich jünger. Ein Mädchen verharrte genau in dieser Stellung. Sie grinste unsicher, und er starrte auf die unübersehbare

Zahnspange. Aber bevor er den Gedanken festhalten konnte, sagte Gundula: »Dotty, Liebling. Sei doch nicht so ungeschickt. Alles in Ordnung, Felix?«

Er räusperte sich und sah in die erwartungsvollen Gesichter von Hanne und Gundula. Doro hatte sich bereits gelöst und weggedreht.

Für einen kurzen Moment schmiegte sich Doro an Felix. Natürlich ungewollt! Wie hatte es überhaupt dazu kommen können? Gerade überboten sich ihre Mutter und Hanne noch mit Wortklaubereien, und im nächsten Augenblick landete sie in Felix' Armen. Es konnte sich nur um Murphys Gesetz handeln. Alles, was schiefgehen kann, wird auch schiefgehen. Das war mit Felix schon von Anfang an so gewesen.

Sie erinnerte sich noch gut, wie sie damals von einem Fettnäpfchen ins nächste gestolpert war. Einmal hatte sie auf dem Nachhauseweg ganz vertieft ein Informationsschreiben gelesen und war dabei volle Kanne gegen ein Parkverbotsschild gelaufen. Mit dem Ergebnis, dass sie nicht nur einen knallroten Abdruck auf der Stirn, direkt zwischen den Augen, davongetragen, sondern auch, dass Felix das Ungeschick auch noch live miterlebt und sich zusammen mit seinen Kumpels kaputtgelacht hatte.

Ein anderes Mal war sie über den Fuß eines Mitschülers gestolpert und prompt in Felix' Armen gelandet, ähnlich wie eben. Doch anders als heute hatten die umstehenden Jungs blöd gefeixt und Felix sie, so schnell er konnte, von sich geschoben. Ob ihr damals absichtlich jemand einen Fuß gestellt hatte, wusste sie bis heute nicht. Manche der Jungs waren nicht besonders reif gewesen. Doch auf diese Weise war sie Felix zumindest einmal im Leben ganz nahe gekommen. Somit waren der Groll und die Scham damals schnell verflogen.

Aber das alles war Vergangenheit. Jetzt wollte sie nur unauffällig an Felix vorbeigehen. Der war sowieso mit der hübschen Barbara im Gespräch. Es hatte sich nichts geändert. Warum ärgerte sie sich überhaupt? Sie hatte nichts anderes von Felix erwartet! Er war für hübsche Frauen noch immer so empfänglich wie zu Berufsschulzeiten und Doro sich sicher, dass er nichts anbrennen ließ. Ein Glück, dass er sich offensichtlich nicht erinnerte, wer sie war. Bei dem Gedanken daran, dass er flapsige Sprüche über vergangene Zeiten reißen könnte, bekam sie sofort ein beklommenes Gefühl.

Und dann hatte er sich umgedreht. So plötzlich, dass sie nicht mehr reagieren und ausweichen konnte. Warum er dabei auch noch den Arm irgendwie angewinkelt ausstreckte, war ihr unklar. So oder so, sie war zwangsläufig an seinem Brustkorb hängen geblieben, und der Duft seines Aftershaves benebelte für eine Sekunde ihren Verstand. Kaum hatte sie sich wieder im Griff, wandte sie sich ab. Doch sein Geruch blieb ihr in der Nase. Alte Gefühle wallten in ihr empor. Ach du große Güte! Sie schloss die Augen und verdrängte sie sofort. Sie würde nicht zweimal den gleichen Fehler machen, das schwor sie sich. Von Felix würde sie definitiv die Finger lassen. Aus diesem Alter war sie heraus.

»Alles in Ordnung bei Ihnen?«, fragte Julian und kam auf sie zu.

Doro blinzelte. Sah man ihr den Schrecken derart an? Sie lächelte. »Natürlich.«

»Diese Technik der Muskelentspannung kann zu Beginn bei empfindlichen Menschen den Blutdruck absenken.« Er griff ihre Hand. »Das ist keine Schande. Geht es Ihnen wirklich gut?«

Sie sahen einander geradewegs in die Augen. Doro versuchte Julians Worte zu verstehen. Dachte er etwa, sie hätte eine Art Schwächeanfall? Hielt er sie für ein empfindliches Persönchen? Sie schluckte. So war sie noch nie bezeichnet worden. Ihr Körperbau war mehr robust als zart. Aber Julians Bemerkung schmeichelte ihr.

»Danke. Alles bestens. Wirklich«, beteuerte sie und zog langsam ihre Hand aus seiner.

»Gut.« Er nickte, hielt den Augenkontakt jedoch aufrecht. »Wissen Sie, Dorothe, bei der Progressiven Muskelentspannung stellt sich schon mit der ersten Trainingseinheit ein Effekt ein. Wenn man diese Methode regelmäßig anwendet, kann sie auch in akuten Stresssituationen gezielt eingesetzt werden.«

»Ach. Interessant.« So schloss sich also der Kreis, dachte Doro. Zwar war ihr Felix nach all den Jahren wieder über den Weg gelaufen, aber zumindest gab ihr das Schicksal gleichzeitig die passende Entspannungsmethode zur Hand. Wenn das keine göttliche Vorsehung war!

Den verbleibenden Nachmittag verbrachten Doro und Gundula damit, das Hotel zu erkunden und im Schein der Frühlingssonne einen Cappuccino auf der ausladenden Hotelterrasse zu genießen. Noch immer beflügelt von Julians Kompliment, empfand Doro die gemeinsame Zeit mit ihrer Mutter als relativ erträglich, auch wenn sie sich immer wieder heimlich umsah. Sie hatte keinerlei Bedürfnis, Felix schon wieder über den Weg zu laufen. Es genügte, dass sie im gleichen Kurs waren.

Gundulas Armreif glitzerte im Sonnenlicht, als sie ihre Tasse anhob. Kaum war die Kurseinheit beendet gewesen, hatte sie ihr erster Weg aufs Zimmer geführt, um sich des Sportdress zu entledigen. Danach fühlte sie sich augenscheinlich wohler.

»Was hältst du von einer Beinmassage?«, fragte Gundula, während sie das Prospekt mit Wellnessangeboten auf dem Tisch studierte. »Die soll besonders nach Wanderungen wundersam entspannend wirken.«

»Du willst wandern?« Doro war überrascht. Bisher war ihr nicht bekannt, dass ihre Mutter sich für Outdoor-Sport begeisterte.

»Wandern? Wo denkst du hin?«, kam auch prompt die Antwort. »Nein. Ich spreche von dem Reaktiv-Walking. Da werden wir schon ein Stückchen laufen müssen, befürchte ich.« Ihre Mutter zog die Stirn in Falten, lehnte sich im Stuhl zurück und sinnierte über diese bewegungsreichen Aussichten. Doro schmunzelte. Hatte sie es doch gewusst.

Kurze Zeit später buchte Gundula neben kosmetischen Anwendungen die Beinmassage gleich zweimal für sie beide.

5.

Der Speisesaal war riesig. Doro schätzte, dass hier locker hundertfünfzig Personen gleichzeitig essen konnten. Und es hatte den Anschein, als würden gerade ebenso viele hungrige Mäuler genau das vorhaben. Sie schwammen in einem Strom von Menschen.

Ebenso wie die Eingangshalle war alles im Landhausstil eingerichtet. Mit dem rotgemusterten Teppich und den passend dazu bezogenen Holzstühlen, den schnuckeligen Lampen, die indirektes Licht verbreiteten, und den großzügigen Panoramafenstern wirkte alles sehr edel. Nun war sie doch ganz froh, dass ihre Mutter darauf bestanden hatte, sich nochmals umzuziehen und frischzumachen, bevor sie zum Abendessen gingen.

Nach dem Training hatte Doro ihre Sportklamotten lediglich mit dem Outfit getauscht, das sie bereits zur Anreise getragen hatte, und wäre damit wahrscheinlich auch zum Essen erschienen. Dank ihrer Mutter trug sie nun ihre einzige schwarze Stoffhose und dazu eine hellblaue Bluse. Doro würde es nie zugeben und Gundula damit auch noch in ihrer Meinung bestärken, aber sie fühlte sich in dieser Aufmachung tatsächlich deutlich wohler hier.

»Juhu! Hier rüber«, ertönte Hannes Stimme aus der linken Ecke des Raumes. Automatisch blickten die beiden Frauen in Hannes Richtung. Die wedelte freudig mit den Armen.

Gundula schnaufte. »Die schon wieder ...«

Doro winkte zurück und schlug den Weg quer durch den Saal zu dem Vierertisch gleich neben einem der Panoramafenster ein.

»Muss das wirklich sein?«, fragte Gundula und trottete neben ihrer Tochter her.

»Warum nicht?«

»Eigentlich hatte ich mir das Abendessen angenehmer vorgestellt«, nörgelte ihre Mutter weiter. »Sieh dir nur das Gewedel an, das diese Person mit den Armen veranstaltet. Man könnte meinen, sie wollte ein Flugzeug zur Landung einweisen.«

Doro lachte. »So schlimm ist es auch wieder nicht. Stell dich nicht so an. Du wolltest doch diese Aktiv-Woche machen.«

»Ja. Und mich dabei aktiv entspannen. Aber doch nicht das.«

»Pst! Sie kann uns vielleicht schon hören.«

»Na und?«, murmelte Gundula wenig begeistert.

Die beiden traten an den Tisch, und Hanne deutete sogleich auf die freien Plätze um sie herum.

»Ach, wie schön. Ich hab gleich an euch gedacht, als ich mir den Tisch hier gesichert habe. Die Leute schwärmen herein wie die Fliegen. Setzt euch doch.«

Gundula plumpste wenig damenhaft auf den Stuhl Hanne gegenüber. Doro entschied sich für den Platz daneben.

»Seht mal den wunderbaren Ausblick! So eine Gebirgskette hat schon was. Findet ihr nicht?«, frohlockte Hanne.

»Ich brauch erst mal einen Aperitif«, erwiderte Gundula, ohne den Kopf zu wenden.

Doro hingegen musste Hanne recht geben. Die Sonne war gerade hinter den Berggipfeln verschwunden, und das Gebirge war in graublaues Dämmerlicht getaucht. In Kürze würde es in der Dunkelheit der Nacht verschwinden.

»Also, ich hab Hunger. Kommt ihr mit zum Buffet?«, fragte Hanne.

Gundula winkte ab und bestellte sich stattdessen besagten Aperol beim Kellner. Doro schloss sich Hanne an. »Gern. Es riecht köstlich.«

Das Bayerische Buffet, das es heute gab, befand sich im hinteren Teil des Speisesaals. Bei dem Gedanken an Schweinebraten mit Knödeln, Weißwürste und Bayerische Creme lief Doro das Wasser im Mund zusammen.

Als sie mit vollbeladenem Vorspeiseteller zum Tisch zurückkehrte, rutschte ihr der Magen jedoch in die Kniekehlen. An dem vorhin noch freien Platz neben Hanne saß niemand anderes als Felix und unterhielt sich angeregt mit Gundula. Er lachte über etwas, das sie gesagt hatte, und Doros Magen verkrampfte sich zunehmend. Was hatte ihre Mutter erzählt? Etwas über sie? Die eben noch so lecker anmutenden Speisen auf ihrem Teller reizten sie plötzlich überhaupt nicht mehr. Ihr Schritt verlangsamte sich, und Hanne überholte sie.

»Das ist aber schön, dass wir auch männliche Gesellschaft zum Essen haben«, stellte Hanne fest und schob sich hinter Felix' Stuhl vorbei zu ihrem Platz.

»Sieh mal, Dotty-Schatz, wen ich da überreden konnte, sich zu uns zu gesellen.« Gundula klang, als hätte sie soeben einen Zwei-Meter-Fisch aus dem See gezogen.

Doro atmete tief durch und setzte sich.

»Hallo«, war die karge Begrüßung.

Felix lächelte entspannt und blickte ihr, da er nun direkt gegenüber saß, geradewegs in die Augen.

Eigentlich hatte Felix gehofft, das Essen mit dem Dreiergespann Frauen verbringen zu können. Nun, bei einem Dreiergespann saß er jetzt tatsächlich, wenn auch nicht bei Barbara und ihren Freundinnen. Aber die hatte er bei diesem Andrang nirgends entdecken können. Als er bei dem Tisch vorbeigekommen war, an dem Gundula saß, hatte sie ihn am Ärmel gezupft, und ohne groß zu fragen, beim Kellner, der soeben ihren Aperol Spritz serviert hatte, einen weiteren für Felix bestellt. Damit war sein Schicksal für diesen Abend besiegelt gewesen, und er hatte sich gesetzt.

Dorothe saß ihm direkt gegenüber und biss sich verlegen auf die Lippe. Ihm kam das Bild vom Nachmittag in den Sinn, als sie sich unbeabsichtigt kurz an ihn geschmiegt hatte. Es erinnerte ihn an eine ähnliche Situation: Ein Mädchen mit Pferdeschwanz und Zahnspange kam ihm in den Sinn. Unscheinbar und unauffällig. Er überlegte, ob das Déjà-vu-Gefühl auf Tatsachen basierte oder ob er im Laufe der Zeit einfach zu viele schnulzige Filme gesehen hatte.

Er musterte Doro aufmerksam. Die hellblaue Bluse stand ihr gut. Lediglich die Frisur stach hervor. Warum kämmte sie nur ihre Haare nicht, sondern ließ sie absichtlich in alle Richtungen abstehen?

Obwohl Doro konzentriert ihren gefüllten Teller studierte, konnte sie spüren, wie Felix sie beobachtete. Interessierte er sich etwa auf einmal für sie? Felix doch nicht. Sie hörte ihre Mutter mit Hanne diskutieren. Klar, altersmäßig war sie bestimmt seine erste Wahl an diesem Tisch. Aber das war auch schon alles. Sie blickte auf und sah Hanne neben Felix. Die Vorstellung der beiden als Pärchen brachte sie zum Grinsen. Dann fing sie seinen Blick auf und wurde sofort wieder ernst. Er hatte die Ellenbogen auf den Tisch gestützt und die Hände auf Kinnhöhe gefaltet.

»Sag mal, kennen wir uns von irgendwoher?«, fragte er.

Doro hielt den Atem an. Jetzt war es also so weit. Er erinnerte sich. Und sie hatte doch so sehr gehofft, dass dieser Kelch an ihr vorüberziehen würde.

»Ein blöderer Spruch fällt Ihnen wohl nicht ein?« Sie spießte mit Wucht ein unschuldiges Salatblatt auf. »Wir sind zusammen in einem Kurs, und Sie haben das Zimmer neben uns. Schon vergessen?«

Felix runzelte die Stirn. Doro war selbst von sich überrascht.

»Das ist mir schon klar. Ich meinte die Frage ernst«, erwiderte er. Seine Stimme klang ruhig und samtig.

Und da war es wieder, dieses elektrisierende Gefühl. Wie konnte es nur möglich sein, dass er diesen Effekt immer noch auf sie ausübte? Doro hielt ihre Gabel fester als nötig. Dann wurde ihr die Bedeutung seiner Worte klar. Er war sich nicht sicher! Sie stopfte sich die volle Salatgabel in den Mund, um Zeit zu gewinnen.

»Was soll denn dieses ›Sie‹, Dottylein? Wir kennen uns doch nun schon lange genug, um solche Förmlichkeiten abzulegen«, mischte Gundula sich ein. »Siehst du, Hanne, genau was ich gesagt habe. Einfach zu verklemmt, die Gute.«

Doro biss auf das harte Metall der Gabel angesichts des ›Dottyleins‹ und der blamablen Äußerung ihrer Mutter. Und überhaupt. Was war denn mit der plötzlich los? Hatte etwa der Aperol Gundulas Einstellung zu Hanne verändert? Auf einmal verstanden sich die beiden richtig gut. Felix grinste, dann räusperte er sich.

»Ich schau mal zum Buffet«, sagte er und erhob sich.

Langsam zog Doro die Gabel aus dem vollen Mund. Ihr Zahn schmerzte. Na bravo!

»Deine Mutter meinte soeben, dass du bisher nicht gerade Glück mit Männern hattest«, erklärte Hanne.

»Stimmt doch. Alles, was du mir so vorgestellt hast, war … na ja, sagen wir verbesserungswürdig. Und von

Matthias will ich gar nicht anfangen.« Gundula verdrehte die Augen.

Was für ein Glück, dass Felix nicht mehr zugegen ist, dachte Doro und kaute auf ihrem Salat.

»Ich hab gesagt, dass wir Mütter unseren Kindern durchaus mehr vertrauen sollten. Schließlich soll es nicht unser Partner fürs Leben werden, oder? Meine Tochter jedenfalls ist glücklich mit ihrem Martin. Ich persönlich könnte nicht mit ihm leben.« Hanne griff nach ihrer Holunderschorle und lächelte Gundula an. »Vielleicht liegt es auch daran, wie du die Freunde deiner Tochter behandelst? Hast du schon mal daran gedacht?«

Gundulas Mund wurde schmal. »Also! Was weißt du denn über mich oder …«

»Deine Verhörtechniken?«, vollendete Doro den Satz.

Hannes Zeigefinger schnellte nach vorn. »Siehst du. Da haben wir es schon.«

Gundulas Kopf wanderte langsam in Doros Richtung. Ihr Blick war beißend.

»Du weißt nicht, wie du bist oder sein kannst. Stimmt's?«, bohrte Doro weiter. Sie genoss den kleinen Schlagabtausch, zumal Hannes Unterstützung sicher schien. »Wenn du meine Freunde verhörst, müssen die sich schon überaus gut verkaufen. Es ist vollkommen unmöglich, dass einer deinen verrückten Fragen standhält. Das hat noch keiner wirklich geschafft. Auch nicht Matthias.«

»Man wird doch wohl erwarten können, dass deine Männer ein vernünftiges Einkommen und Karriereaussichten haben.« Gundula schüttelte missbilligend den Kopf.

»Was heißt denn ›meine Männer‹? Das hört sich an, als hätte ich jede Woche einen anderen. Und über Matthias rede ich nicht!«

»Wer ist Matthias?« Felix nahm soeben wieder seinen Platz ein. Vor sich am Tisch befand sich nun eine dampfende Haxe mit Sauerkraut und Klößen. Doro hatte ihn über das Gespräch hinweg vollkommen vergessen. Leider schien er den letzten Fetzen der Unterhaltung aufgeschnappt zu haben. Super! Genau das, was sie brauchte. Nun lächelte er sie erwartungsvoll an. Die essigreiche Salatsoße brannte auf einmal in ihrer Kehle.

»Mein Ex-Verlobter.«

»Nicht schade drum. Wenn du mich fragst«, stellte ihre Mutter sofort klar. »Der hatte überhaupt keinen Pep.«

Doro sackte in ihrem Stuhl zusammen. Konnte dieser Abend noch unerträglicher werden? Sie hielt nach dem Kellner Ausschau. Was sie jetzt brauchte, war ein großes Glas Rotwein!

»Du hättest fast geheiratet? Was ist passiert?«, hakte Felix interessiert nach.

Wo war nur der Kellner? Über Matthias wollte sie grundsätzlich nicht sprechen. Und schon gar nicht mit Felix. Kuchen. Sie brauchte dringend etwas Süßes. Doro blickte auf ihren Teller. Sie hatte noch nicht mal den Hauptgang zu sich genommen. Glücklicherweise enthielt sich ihre Mutter ausnahmsweise eines Kommentars und begnügte sich mit einer wegwerfenden Handbewegung.

Plötzlich spürte Doro Felix' Fuß an ihrem Bein. Der Raum schien auf einmal zu schrumpfen. Ein Kribbeln breitete sich an der Stelle aus, an der er sie berührte. Unfähig, sich zu bewegen, starrte sie auf ihren Teller.

»So schlimm?«, fragte Hanne nun auch noch mitfühlend.

Doro schluckte. »Wie bitte?«

In Felix' Augen lag Belustigung.

»Ich meine das mit der geplatzten Hochzeit. Noch zu schmerzhaft, um darüber zu reden?«

Doro zuckte mit den Schultern und verwinkelte ihre Beine in sicherem Abstand unter ihrem Stuhl. Oberflächlich wirkte alles normal und locker. Doch in Doro war jeder Muskel angespannt. War das gerade Absicht gewesen? Oder hatte Felix lediglich eine entspannte Haltung eingenommen und sie dabei zufällig berührt? Doch warum hatte er dann seinen Fuß nicht wieder zurückgezogen?

»Möchtest du nicht noch mehr?«, fragte Gundula, und Doro zuckte zusammen. Felix' Mund verzog sich zu einem angedeuteten Lächeln. Sie starrte ihre Mutter an.

»Essen«, stellte Gundula klar, als ob sie mit einer Minderbemittelten spräche. »Ich hol mir jetzt was.«

»Keine schlechte Idee. Dein Aperitif steigt dir schon zu Kopf.« Hanne grinste Gundula an, als wären sie alte Freundinnen. Die schnaufte nur und rückte ihren Stuhl heftiger als nötig nach hinten.

Doro entschloss sich mitzukommen, bevor ihre Mutter sie noch beim Versuch, sich an ihr vorbeizuschieben, einquetschte. Sicherlich war es auch ganz gut, zumindest für einige Minuten aus Felix' Nähe zu flüchten. So lange, bis sie sich und ihre Gefühle wieder unter Kontrolle hatte. Und wenn sie Glück hatte, könnte sie sogar ein Stück Erdbeerkuchen auftreiben.

Doro entschied sich statt des Hauptgangs für ein großes Stück Erdbeerkuchen, das erfreulicherweise tatsächlich am Buffet angeboten wurde, und eine Schale Bayerischer Creme. Eine Maßnahme zur Stressbewältigung, sozusagen. Aufgrund der Erlebnisse der letzten Minuten fühlte sie sich völlig unterzuckert. Wenn sie ihren Blutzuckerspiegel angehoben hatte, würde sie mit dem restlichen Abend schon klarkommen, dachte sie. Diese Technik hatte jedenfalls während der grauenvollen Tage nach Matthias' Abgang funktioniert. Warum sollte sie heute nicht genauso helfen?

Sie balancierte konzentriert ihren Kuchen vor sich her. Als sie zurück zum Tisch kam, lehnte Barbara kokett an einem Stuhl und war in ein Gespräch mit Felix verwickelt. Doro stellte klappernd den Teller ab. Barbara runzelte kurz die Stirn und ließ ihren Blick über Doros Hüften wandern. Dann zuckte sie, ohne ein Wort zu sagen, mit den Schultern.

Doro hasste es, gemustert zu werden. Sofort fühlte sie sich unwohl in ihrer Haut. Sie schaute unauffällig an sich herab. Ihr Bauch war nicht zu sehen. Aber mit ihrer großen Oberweite war das auch kein Kunststück. Sie war nicht schlank, aber so dick nun auch wieder nicht.

»Dann sehen wir uns nachher?«, fragte Barbara und lächelte Felix an.

»Klar.« Erfreut rieb er sich die Hände. Doro verdrehte die Augen und stopfte sich einen massigen Löffel Bayerische Creme in den Mund. Auf diese Weise rutschte ihr wenigstens nicht aus Versehen der Kommentar heraus, der ihr gerade auf der Zunge lag. Sie war ruhiggestellt, und der Zuckerschub tat seine Wirkung.

»Hallo Dorothe«, hörte sie da Julian. Hier ging es ja zu wie am Bahnhof! Er kam geradewegs auf ihren Tisch zu und wirkte aufrichtig erfreut. »Was macht der Blutdruck?«

Der sinkt gerade wieder dank der Zuckerzufuhr, dachte sie, sagte aber nichts. Auch weil sie noch immer den Mund voll hatte. Und so lächelte sie nur.

»Freut mich, dass es Ihnen wieder besser geht.« Sein Blick war ganz und gar auf sie gerichtet. »Sollten Sie etwas brauchen, scheuen Sie sich nicht, mich anzusprechen.«

»Mach ich. Danke.« Endlich hatte sie die Creme hinuntergeschluckt.

Felix räusperte sich. Julians Gesichtsausdruck schien sich für einen kurzen Moment zu verdüstern, aber das hatte Doro sich bestimmt nur eingebildet.

»Tja, dann. Einen schönen Abend noch«, sagte er und blickte zum ersten Mal alle am Tisch an.

Hanne winkte. »Ihnen auch.«

»Werden wir haben.« Gundula hob zum Zeichen ihr Weinglas an.

»Aber nicht vergessen, morgen früh um acht wird Sport gemacht.« Er lachte über seinen Reim. »Also nicht übertreiben.«

Hatte er ihr gerade zugezwinkert?, fragte sich Doro. Sie sah ihrem Trainer hinterher und führte dabei einen weiteren vollen Löffel zum Mund.

»Ein bisschen seltsam ist der schon«, kommentierte Felix, kaum dass sich Julian zwei Schritte entfernt hatte.

»Ich finde ihn nett«, stellte Hanne fest.

»Also, wenn du mich fragst, interessiert der sich für dich.« Gundula nickte ihrer Tochter grinsend zu.

Doros Brauen wanderten nach oben. »Du spinnst ja.«

»Kind. Ich hab doch Augen im Kopf. Was hab ich bei deiner Erziehung nur falsch gemacht?« Gundula stöhnte. »Siehst du. Genau, was ich vorhin gemeint hab. Wie soll ich da jemals Enkelkinder bekommen?«, fügte sie an Hanne gerichtet hinzu.

Felix verfolgte amüsiert das Gespräch, während Doro der dringende Wunsch überkam, ihrer Mutter mit dem Tortenstück einfach den Mund zu stopfen.

6.

Aus dem Handy erklang melodische Musik. Es war Zeit zum Aufstehen. Doro öffnete widerwillig ein Auge. Sie war nicht gerade das, was man einen Morgenmenschen nannte. Und im Urlaub zu einer unchristlichen Zeit wie sieben Uhr morgens aufzustehen beflügelte sie auch nicht gerade. Aber es half nichts. Bereits um acht traf sich die Gruppe zur Gymnastik und zum Walken. Prompt musste sie an Felix denken. Der würde gleich auch mit von der Partie sein. Warum hatte sie sich nur auf diese Woche eingelassen?

Der restliche gestrige Abend war glücklicherweise unspektakulär verlaufen. Felix war von dannen gezogen, sobald er seinen Teller geleert hatte. Wahrscheinlich, um sich mit dieser Barbara zu treffen! Doro atmete tief ein. Nein, das machte ihr überhaupt nichts aus. Es interessierte sie nicht, was dieser Typ so trieb. Wobei das Wort ›treiben‹ vielleicht gar nicht so unpassend war, überlegte sie. Doch das ging sie alles nichts an.

Gundula hüpfte indessen aus ihrem Bett. Für eine Frau ihres Alters war sie erstaunlich beweglich am frühen Morgen, dachte Doro und streckte sich. Dabei hatte ihre Mutter im Restaurant drei Gläser Wein vernichtet, plus ihren Aperitif, während sie zusammen mit Hanne die Hotelgäste begutachtet hatte. Hanne hatte die armen

Leute auf ihren gesundheitlichen Zustand und ihre Aura hin gemustert. Sie besaß nämlich, wie sie ihnen in vertraulichem Ton mitgeteilt hatte, eine übersinnliche Gabe. Gundula hingegen hatte nach attraktiven, alleinstehenden Männern Ausschau gehalten. Sie waren erst aufgestanden und gegangen, als wirklich keiner mehr im Speisesaal anwesend war, den sie hätten observieren können. Außer dem Personal natürlich.

»Auf, auf!«, scheuchte ihre Mutter sie aus den kuscheligen Federn. »Der frühe Vogel fängt den Wurm«, teilte sie ihr noch hilfreich mit und streifte sich bereits ihren Laufdress über. Schwarze Dreiviertel-Leggins und ein knallgelbes Sportshirt.

Doro rümpfte die Nase – der frühe Vogel konnte sie mal –, fügte sich aber. Wenn sie zumindest noch eine Tasse Kaffee erwischen wollte, bevor sie sich der sportlichen Betätigung ergab, musste sie wohl oder übel in die Gänge kommen.

»Guten Morgen, Herrschaften! Alle da? Oder hat jemand verschlafen?« Julian sah hochmotiviert in die Gruppe. Doro zog eine Augenbraue nach oben. Barbara und ihre Freundinnen erschienen geschminkt, mit frisch gelockten Haaren und niedlich süßen Sporttops, und auch Hanne wippte gutgelaunt neben ihr auf und ab. Sie konnte es scheinbar kaum erwarten, endlich loszulegen. Irgendwas machte Doro offenbar falsch. War sie die Einzige, der Frühsport zuwider war?

Selbst Felix sah recht fit aus. Doros Blick blieb an seinen braunen Beinen hängen, die wie zu erwarten in Laufschuhen steckten. Die königsblauen Shorts standen ihm recht gut. Warum er in dieser Jahreszeit wohl schon so braun war?

»Zum Aufwärmen beginnen wir mit der Rückengymnastik. Bitte begeben Sie sich alle auf Ihrer Matte in den Vierfüßlerstand und strecken nun das linke Bein nach hinten und den rechten Arm nach vorne aus«, ordnete Julian an.

Doro tat ihr Bestes und kam sich dabei vor wie ein Hund im Ansatz zum Sprung. Gundula wackelte etwas. Hanne hingegen schien die Übung im Schlaf zu beherrschen.

»Ja. Schon sehr gut«, hörte Doro Julian. »Aber hier«, redete er weiter, und seine Stimme schien auf einmal ziemlich nahe, »das Knie noch etwas nach vorn.«

Die plötzliche Berührung brachte Doro ins Schwanken. Darauf war sie nicht vorbereitet gewesen. Sie spürte eine Hand, die mit sanftem Druck von ihrem Po über ihren linken Oberschenkel Richtung Knie strich. Augenblicklich versteifte sie sich.

»Es soll sich direkt unter der Hüfte befinden«, sagte Julian nun. Als Doro in Zeitlupe ihren Kopf nach rechts wandte, sah sie ihm direkt in die Augen. Er war in die Hocke gegangen und umgriff leicht ihren Oberarm. »Und den Arm schön gerade ausstrecken.«

Doro brach in Anbetracht dieser schon fast intimen Nähe der Schweiß aus. Ihr Gesicht erlangte eine rötliche Tönung, die mit sportlicher Anstrengung nur wenig zu tun hatte.

»Und das Atmen nicht vergessen.« Julian lächelte sie mit seinen strahlend blauen Augen einfach nur an.

Als er endlich wieder außer Reichweite war, fühlte Doro sich, als hätte sie gerade einen Hundertmeterlauf hinter sich. War sie wirklich derart steif und unbeweglich? Oder hatte ihre Mutter tatsächlich recht mit ihrer Behauptung? Flirtete Julian mit ihr? Aber warum mit ihr? Er war locker zehn Jahre jünger als sie. Die Mädelsgruppe hingegen könnte ungefähr seine Altersklasse sein.

Die Rückengymnastik wirkte sich auf Felix' noch etwas steife Glieder wohltuend aus. Dehnen, recken, strecken. Er merkte, wie seine Bewegungen langsam geschmeidiger wurden. Zog es anfangs noch in der Lendenwirbelgegend, verebbte der Schmerz allmählich. Seine Laune verbesserte sich zunehmend. Wenn das so weiterging, wäre er zum Ende der Woche wieder gefühlte zwanzig.

Einziger Wermutstropfen war diese aufdringliche Art des Trainers. Diese pseudosamtige Stimme! In Felix sträubte sich alles. Und warum hatte er vorhin an Doro rumgefummelt?

»Die Hände zu Fäusten ballen«, befahl der Knabe soeben. Eine Aufforderung, der Felix nur zu gerne nachkam. Er lag mit geschlossenen Augen auf seiner Matte und legte all seinen Unmut, der ihn bei diesem Gedanken überkam, in die Übung.

»Und lösen«, hörte er Julian. »Spüren Sie die Wärme Ihrer Muskeln und die angenehme Entspannung, die sich nun einstellt?«

Felix sah zu dem Mann nach vorn. Ja. Doch. Die Übung hatte wirklich geholfen, sein Missfallen angesichts Julians Flirterei mit Doro abzubauen. Sein Blick streifte erst Barbara und ihre Freundinnen und dann Doro. Unwillkürlich fragte er sich, warum ihn das Geschäker zwischen Doro und Julian überhaupt interessierte.

Eine kurze Kaffee- und Pinkelpause später befanden sich alle draußen im strahlenden Sonnenschein am Hubschrauberlandeplatz.

»Das hier sind Schwunghanteln«, begann Julian zu erklären und hielt ein Paar der kurzen Stäbe in die Höhe. »Sie sind mit einem Granulat aus Microperlen befüllt und können je nach Bedürfnis zwischen fünfhundertfünfzig und neunhundert Gramm pro Stück angepasst werden. Die vor Ihnen liegenden«, er deutete mit einer der Hanteln etwas unwirsch auf den Haufen in der Mitte des Platzes, »sind schon unterschiedlich schwer befüllt. Das heißt, mit der kleinsten Füllmenge trainieren Sie bereits mit ungefähr drei bis vier Kilo pro Schwung.«

Gundula seufzte tief. »Was glotzen denn alle diese Dinger so an? Als wäre es die tollste Erfindung überhaupt. Versteh ich nicht. Sind doch nur Hanteln.«

»Egal, ob Sie Anfänger oder Profi sind, es ist für jeden was dabei. Einfach mal hochheben und testen, wie es sich anfühlt …«

»Sei doch mal etwas leiser«, zischte Doro, die versuchte Julian zuzuhören und der der Kommentar ihrer Mutter unangenehm war. Die hingegen schien keinerlei Probleme damit zu haben, dass sie von dem Pärchen neben sich stirnrunzelnde Blicke zugeworfen bekam.

Hanne schaltete sich ein. »Du solltest lieber zuhören, Gundula. Das ist nämlich nicht so leicht, wie es aussieht. Oder kennst du dich mit Reaktiv-Walking aus?«

»Ach, papperlapapp! Das ist doch …« Der Rest ihrer Worte wurde von einem lauten Geräusch übertönt, das immer näher zu kommen schien.

»… entspricht einem Widerstand von bis zu acht Kilogramm«, hörte Doro Julian gerade noch sagen, bevor ein unheimlicher Wind aufkam und gar kein Wort mehr zu verstehen war. Verdattert blickte Julian nach oben. Wie in einstudierter Choreographie taten es ihm alle nach. Ein Hubschrauber war in gefährlicher Nähe aufgetaucht und augenscheinlich im Begriff, zu landen.

»Aber …«, stammelte der Trainer.

»Ist der blind?«, motzte eine Männerstimme.

»Der muss doch sehen, dass da Menschen stehen!«, kreischte aufgeregt eine der Frauen.

Julian schaute noch immer ungläubig. Dann fasste er sich und brüllte lauthals gegen den Hubschrauber an: »Weg! Alle weg! Jeder nimmt sich seine Hanteln und folgt mir zum Hoteleingang. Dort treffen wir uns.«

Ein Wirrwarr aus Menschen und Händen entstand bei dem Hantelhaufen in der Mitte des Platzes, als jeder versuchte, der Aufforderung so schnell wie möglich nachzukommen. Nur Hanne stand in seliger Ruhe da, unbeeindruckt vom Gerangel um sie herum, und unterwarf ein Paar Hanteln nach dem anderen einer scheinbar fachmännischen Untersuchung. Doro schnappte sich die nächstbesten.

»Gib mir auch welche«, forderte Gundula hinter ihr. Sie reichte die eben genommenen ihrer Mutter und griff sich willkürlich ein anderes Paar.

»Komm schon, Hanne! Der Hubschrauber macht dich sonst platt.« Die Hektik um sie herum übertrug sich allmählich auf sie, und Doro zerrte am Ärmel von Hannes Shirt.

Aber die alte Dame war stur wie ein Esel.

»Gleich. Diese hier könnten die Richtigen für mich sein.« Sie wog die Hanteln, wie auch schon die davor, prüfend in der Hand.

Doro schob ihre Mutter beiseite.

»Geh schon. Wir kommen nach«, forderte sie sie auf und krallte sich stärker an Hannes Arm fest. Der durch die Rotorblätter des Hubschraubers hervorgerufene Wind war inzwischen so mächtig, dass sie schwankten wie Espenholz. Allmählich machte sich panische Angst in Doro breit. Wenn sie jetzt hinfielen, würde der Hubschrauberpilot sie sehen?

»Komm!«, brüllte sie und versuchte Hanne mit all der ihr zur Verfügung stehenden Kraft mit sich zu ziehen. Doch der Gegenwind brachte sie nur wenig vorwärts.

Der Hubschrauber war schon gefährlich tief, als sich plötzlich eine Hand um ihre Taille schlang und beide Frauen aus der Gefahrenzone zog. Erst Sekunden später begriff Doro, dass Felix nicht nur sie beide gerettet, sondern sogar das letzte Paar Hanteln mitgenommen hatte.

»…der ist doch irre!«

»Unverantwortlich!«

»Das wird Konsequenzen haben!«

Alle redeten wild durcheinander, als Doro zusammen mit Hanne und Felix am Hoteleingang eintraf. Manche wedelten drohend mit den Hanteln in der Luft herum. Als der Hubschrauberlärm sich endlich legte, trat das sanfte Geräusch des Hantelgranulats an dessen Stelle, das jetzt durch jede kleinste Bewegungen zu hören war.

»Sie haben vollkommen recht! Und ich kann Ihnen versichern, sowas ist noch nie passiert! Ich werde mich sofort darum kümmern und in Erfahrung bringen, welcher Teufel hier seine Finger im Spiel hat!«, stimmte Julian zu. Er kehrte seinen Teilnehmern den Rücken, ließ damit sämtliche anklagenden Äußerungen hinter sich und lief in wütendem Stechschritt durch den Eingang ins Hotelfoyer.

Doro nahm das alles nur am Rande wahr. Im Moment war es ihr herzlich egal, wer hier mit dem Hubschrauber gelandet war und warum. Sie spürte noch immer Felix' Arm an den Stellen, die er berührt hatte, als er sie geschnappt und zur Seite gezogen hatte. Vermutlich hatte Hanne die gleiche Berührung erfahren, aber daran wollte Doro momentan nicht denken. Alte Gefühle kamen in ihr hoch. Gefühle, die sie seit ihrer Teenagerzeit nicht mehr so empfunden hatte. War also das, was sie spürte, lediglich eine Erinnerung oder empfand sie tatsächlich so?

Der Nebel in ihrem Kopf, die Mischung aus Vergangenheit und Gegenwart, wurde immer dichter.

»Alles okay?«, fragte Felix, der neben ihr stand und bemerkte, dass sie leicht taumelte. Stützend legte er seine Hand auf ihren Rücken. Die Berührung brannte wie Feuer, und der Nebel in Doros Kopf verzog sich.

»Klar«, antwortete sie, »es war einfach der Schreck.« Sie schaute ihm direkt in die Augen, auf der Suche nach einer Antwort bezüglich des Ursprungs ihrer Gefühle. Fand aber keine. Vielmehr fühlte sie sich wie elektrisiert. Schnell sah sie zu Hanne. »Was hast du dir nur gedacht?« Ihr anklagender Ton war unüberhörbar.

»Ich denke, ich hab sie. Das sind die Richtigen.« Ohne auf den Vorwurf einzugehen, hielt Hanne triumphierend ihre Hanteln in die Höhe, als wäre sie ein Raubritter, der erfolgreich das Zepter des Königs erbeutet hatte. Doro und Felix schüttelten gleichzeitig den Kopf, mussten bei Hannes Euphorie aber schon wieder lachen. »Ach, und vielen Dank, Felix!« Völlig unerwartet drückte sie ihn an ihre Brust.

Überrascht lächelte er schief. »Keine Ursache.«

Gundula, die gerade noch in der Menge gestanden und auf ein Ehepaar in den mittleren Jahren eingeredet hatte, entdeckte die drei und eilte zu ihnen herüber.

»Da seid ihr ja!«, begrüßte ihre Mutter sie und blickte dabei Doro an, als wäre es ihre Schuld, den Landeplatz als Letzte verlassen zu haben. »Ich hatte schon Angst, ihr würdet weggeweht.«

Sie legte ihre rechte Hand auf ihre Herzgegend.

Doro überkam ein Gefühl der innigen Zuneigung. Ihre Mutter hatte sich wirklich Sorgen gemacht.

»Aber manchmal sind ein paar Pfündchen mehr auf den Rippen doch glatt für was gut. Man hält auch einer heftigen Windbö stand, nicht wahr, Dottylein?«, stellte Gundula gleich darauf nüchtern fest und bedachte ihre Tochter mit einem umfassenden Blick. Es fehlte lediglich, dass sie ihr den Bauch tätschelte. Doros Zuneigung verflüchtigte sich.

Plötzlich verstummten alle zuvor noch lauthals geführten Gespräche, und es wurde ruhig unter den Anwesenden. Doro wurde heiß und kalt zugleich. Hatten alle um sie herum Gundulas Einschätzung gehört? Sie schielte um sich. Unzählige Augenpaare waren auf sie gerichtet, und es wurden immer mehr. Sie standen am Rand des Grüppchens. Automatisch zog sie den Bauch ein. Wieder begann sie leicht zu schwanken.

»Doch noch ein wenig wacklig, was?« Es war mehr ein Flüstern, das Doro aus Felix' Mund vernahm. Er stand dicht hinter ihr, und sie spürte seine Gegenwart überdeutlich. Zum dritten Mal in der letzten halben Stunde berührte er sie. Diesmal legte er seine Hand auf ihre Schulter. Eine Geste, die etwas Vertrautes an sich hatte und beruhigend wirkte. Das brachte Doro noch mehr durcheinander. Felix hatte noch nie beruhigend auf sie gewirkt! Doch ehe sie sich weiter mit ihren Gedanken befassen konnten, vernahm sie ein quietschendes Geräusch von ihrer Mutter. Es war ein Ton, den sie so noch nie von ihr gehört hatte. Gundula kniff die Augen zusammen und sah an ihrer Tochter vorbei.

»Den kenn ich doch!« Sie keuchte mit geweiteten Augen. Doro folgte dem Blick ihrer Mutter in Richtung des kleinen Hügels, auf dessen Anhöhe sich der Hubschrauberlandeplatz befand.

Ein mittelgroßer, leicht untersetzter Mann in den Sechzigern schlenderte mit einem kleinen Koffer in der Hand die Anhöhe herunter und direkt auf sie zu. Er schien bester Laune und grinste vergnügt. Zwei Schritte hinter ihm trat eine Frau ins Blickfeld.

Gundula wimmerte. Konnte das sein? Doro drehte sich zu ihr um. Sie stand ein wenig geduckt hinter ihr und Felix. Versteckte sie sich etwa?

»Ist das der Hubschrauberpilot?«, fragte ein älterer Mann einen anderen. Doro glaubte, dass die Männer Fred und Jochen hießen. Sie standen mit ihren Frauen in unmittelbarer Nähe. Die beiden Pärchen schienen sich angefreundet zu haben. Einer der Männer hatte die Hände in die Seiten gestemmt, der andere seine Arme demonstrativ vor dem Brustkorb verschränkt.

»Wer soll es sonst sein?«

Doro fiel ein Stein vom Herzen, als sie begriff, dass alle Anwesenden nicht etwa zu ihr geblickt, sondern die Neuankömmlinge bemerkt hatten. Schlagartig fühlte sie sich albern. Wie hatte sie nur annehmen können, dass die Leute sie anstarren würden? Warum auch? Manchmal ging wirklich ihre Phantasie mit ihr durch! Einfach dämlich.

»Guten Tag, die Herrschaften«, grüßte der Mann, nun fast bei ihnen angekommen. Seine Stimme war fest und durchdringend. Sie passte zu seinem Erscheinungsbild, wie Doro fand. Er trug eine elegante Jeans, ein blaues Hemd und eine braune Wildlederjacke, die sicher nicht billig war. Seine Frau, wie Doro annahm, folgte ihm auf dem Fuß. Sie hatte schulterlange blonde Haare, die mit Sicherheit gefärbt waren – schließlich trug niemand in diesem Alter noch die natürliche Haarfarbe –, und sah sehr schick aus mit ihrer schwarzen, enganliegenden Hose, die in schwarzen Stiefeln steckte, und einem grauen Rollkragenpullover, auf dem eine lange Kette baumelte. Ihre Jacke mit modischem Pelzkragen an der Kapuze trug sie offen. Man sah, dass die beiden Geld hatten.

Fred fand als Erster die Sprache wieder. »Sie!«, rief er und deutete anklagend mit dem Finger auf den Mann. »Sind Sie der Hubschrauberpilot? Sagen Sie mal, sind Sie von allen guten Geistern verlassen?«

Sofort wurde zustimmendes Gemurmel beim Rest der Meute laut. Doro bemerkte, dass lediglich eine Person mucksmäuschenstill war. Eine Frau, die sogar leicht in die Knie gegangen war, um sich hinter ihr und Felix zu verstecken. Ihre Mutter. Sie streckte ihren Po unschön nach hinten heraus. Noch ein paar Zentimeter mehr und sie würde mit Fred zusammenstoßen. Seine Frau schaute schon pikiert. Ob sie Gundula darauf hinweisen sollte? Mit dem knallgelben Shirt und den rot geschminkten Lippen – ihre Mutter verzichtete auch beim Sport niemals auf Make-up – erinnerte sie ein bisschen an ein Quietscheentchen. Den Kopf hatte sie nach oben gestreckt, um zwischen Doro und Felix hindurchlugen zu können. Kurz trafen sich ihre Blicke. Doro runzelte leicht die Stirn. Das sah Gundula gar nicht ähnlich! Normalerweise war sie eine der Ersten, die ihre Meinung herausposaunten.

Felix, dem Ähnliches durch den Kopf ging, grinste ein wenig. Auch seine Neugier war geweckt. Diese Aktiv-Woche stellte sich als interessanter heraus, als er vermutet hatte. Sicherlich entsprach sie nicht seinem gewohnten Freizeitleben, dennoch entpuppte sie sich auf andere Weise als unterhaltsam. Und anders war durchaus auch mal schön, stellte er überrascht fest.

7.

»Warum die Aufregung? Ist doch keinem was passiert.«
Der Fremde reichte seiner Frau galant den Arm und
schritt unbeirrt lächelnd weiter.

»Keinem was passiert. Pfft!« Die Umstehenden mur-
melten pikiert.

»Was denn? Haben Sie alle keinen Sinn für ein wenig
Nervenkitzel? Da macht das Leben doch keinen Spaß.«
Er schaute flüchtig in die Runde, ohne seinen Weg direkt
zum Haupteingang des Hotels zu unterbrechen. Die Frau
schwieg.

»Der ist verrückt!«

»Seien Sie froh, dass niemand verletzt wurde!«

»Ja, haben Sie schon mal darüber nachgedacht?«

»Nun seien Sie doch nicht so. Niemandem ist etwas
passiert. Sie sind doch alle sportlich.«

Mit diesen Worten zwinkerte er keck der Menge zu
und stieß beim Betreten des Hotels fast mit Julian zusammen, der soeben herauseilte. Mehrere Münder blieben offen stehen angesichts dieser doch relativ relaxten
Äußerung. Kaum hatten sich die Türen hinter dem Paar
geschlossen, brach erneuter Tumult aus.

»Hat jeder passende Hanteln gefunden?«, versuchte
Julian sich über das Stimmengewirr hinweg Gehör zu
verschaffen.

Gundula tauchte untypisch zaghaft wieder aus der Versenkung auf. »Ist er weg?«

»Ja.« Hanne nickte. »Was ist denn mit dir los?« Sie breitete ihre Arme aus, um sie zu knuddeln, doch Gundula wich gerade noch rechtzeitig zurück.

»Aua!«, jaulte sie und hielt sich den Rücken. Doro wusste nicht, was sie von dem Verhalten ihrer Mutter denken sollte.

»Doch nicht so fit, was? Sind die Glieder schon etwas eingerostet? Warum hast du dich überhaupt geduckt?« Hannes Fragenkatalog schien endlos.

»Sagen Sie uns lieber, was Sie in Erfahrung gebracht haben!«, forderten derweil verschiedene Stimmen Julian auf.

»Genau! Wer ist der Typ?«

Julian stieg auf die Sitzfläche der Bank, die neben dem Hotel stand. In versöhnlicher Geste hielt er die Hände nach oben und bat um Ruhe.

»Es handelt sich offenbar um einen Bauunternehmer, der äußerst kurzfristig angereist ist«, erklärte er.

»Da sieht man mal wieder: Geld regiert die Welt!«

»Ja, wenn man Geld hat, kann man sich anscheinend alles erlauben.«

Julian erhob erneut die Stimme. »Die Hotelleitung bittet Sie alle um Entschuldigung und spendiert Ihnen zur Entschädigung für Ihre Aufregung heute Abend an der Hotelbar ein Getränk Ihrer Wahl.«

»Ist auch das Mindeste!«

Zustimmendes Gemurmel war zu hören.

»Seht ihr seine Aura?«, meinte Hanne und zeigte mit dem Kinn in Julians Richtung. »Die ist ziemlich verknittert. Aber allmählich erholt sie sich wieder. Er beginnt sich etwas zu entspannen.«

Gundula verdrehte die Augen. »Klar, eine Cocktailrunde zu schmeißen entspannt bestimmt. Ich jedenfalls könnte gleich einen gebrauchen.«

»Die zahlt doch nicht er, sondern das Hotel«, stellte Hanne richtig. Manchmal schien sie fast kindlich arglos. Doro wusste nicht, ob sie sie darum beneiden sollte. Es machte das Leben vermutlich einfacher.

»Na, Felix, treffen wir uns später an der Bar?«, fragte Barbaras glockenhelles Stimmchen in unmittelbarer Nähe, und Doro fuhr etwas heftiger herum, als ihr lieb war. Felix' erfreuter Gesichtsausdruck ließ an der Antwort keine Zweifel offen. Doro fühlte einen Stich in der Magengegend.

»Ein Schnaps tut's aber auch«, tönte ihre Mutter. Damit setzte sie sich in Bewegung.

»Was? Jetzt?« Hanne war sichtlich bestürzt.

»Jetzt! Kommt einer mit?« Gundula meinte es ernst. Da Doro sich das Süßholzgeraspel von Felix und Barbara nicht anhören wollte, entschied sie sich, ihrer Mutter zu folgen. Bei ihrem Marschschritt musste sie wirklich einen Drink nötig haben. Zeit, diesem komischen Verhalten auf den Grund zu gehen. Außerdem lenkte sie das von Felix ab. Der war sowieso Geschichte. Daran musste sie sich nur immer wieder erinnern.

»Noch einen!«, forderte Gundula den Kellner auf und stellte das eben geleerte Schnapsglas auf dem Tisch ab.

Doro zog die Augenbrauen zusammen, sodass oberhalb ihrer Nase eine kleine Furche entstand. »Nun mal raus mit der Sprache.«

Weil die Bar um diese Tageszeit noch nicht geöffnet hatte, saß Doro neben ihrer Mutter auf der Hotelterrasse, zufällig am gleichen Tisch wie schon tags zuvor. Die Vögel zwitscherten, und die Sonnenstrahlen wärmte angenehm. Es war ein schöner frühlingshafter Vormittag. Nur Gundula schien davon nichts mitzubekommen.

Hanne steuerte auf sie zu, während der Kellner das zweite Schnapsglas brachte.

»Gundula!«, rief sie empört. »Du trinkst wirklich?«

Gundula, die im Begriff war, das zweite Gläschen an die Lippen zu führen, hielt abrupt inne. Die farblose Flüssigkeit schwappte gefährlich, und ein Tropfen lief ihre Finger hinab.

»Also bitte! Wie hört sich das denn an? Als wäre ich ein Schlucki!«, meinte sie konsterniert. »Werd mal locker, Hanne! Dir würde ein Gläschen auch guttun.«

»Pah. So weit wird's noch kommen.« Hanne ließ sich auf einen freien Stuhl fallen und sah zu, wie Gundula den Schnaps in einem Zug verputzte.

»Das hab ich echt gebraucht.«

»Aha. Und warum gleich nochmal?«, wollte Doro wissen.

Gundula schloss für einen Moment die Augen und atmete tief durch. »Also gut. Ich kenne Norbert.«

»Norbert. Und wer bitte schön ist Norbert?« Hanne schien verwirrt.

Doro kombinierte schneller. »Der arrogante Hubschrauberpilot? Ein reicher Bauunternehmer, wie Julian sagte.«

Gundula nickte.

»Und deshalb musst du dich verstecken? Warum?«

»Ach, ich möchte eigentlich nicht darüber reden. Es war einfach eine intuitive Handlung. Ich war überrascht. Das ist alles.«

Nach dem Schnaps-Intermezzo hatten die Frauen Mühe, ihre Gruppe wiederzufinden. Schließlich entdeckten sie die versammelte Mannschaft auf einer kleinen Rasenfläche oberhalb des Hubschrauberlandeplatzes. Ein jeder lief umher und schwang seine Hanteln fröhlich herum.

»Nein. Mit etwas mehr Gefühl, bitte.« Julians geduldige Stimme durchdrang die seltsam anmutende Geräuschkulisse. Überall schuckerte es in den Raktoren, wie die Reaktivhanteln auch bezeichnet wurden. »Wichtig ist der zeitlich abgestimmte Impuls. Er ist notwendig, um die Bänder und das Bindegewebe zu stimulieren. So wird die Tiefenmuskulatur aktiviert. Sie können hören, ob Ihre Bewegung richtig ist. Bitte achten Sie darauf! Das Granulat soll immer leicht versetzt am Deckel ankommen.«

Jetzt erst entdeckte er die Ausreißerinnen.

»Haben die Damen auch wieder zu uns gefunden?«, fragte er mit zynischem Unterton Gundula, die gerade an ihm vorbeischritt.

»Hm.« Lässig schwang sie ihre Hanteln.

»Alles gut, Julian. Ich weiß schon, wie's geht. Ich zeig es den beiden gern«, beschwichtigte Hanne, sofort höchst motiviert.

Als Letzte zog Doro an Julian vorbei. Er stand mit verschränkten Armen da und schien zu überlegen. Doro kam sich vor wie zu Schulzeiten. Es fehlte nur noch, dass er einen Blick auf die Uhr warf und mit dem Fuß auf den Boden tippte.

Mit leicht gesenktem Kopf griff sie ihre Raktoren. Dabei hatte sie keinerlei Ahnung, wie sie die Dinger schwingen sollte. Julian musste das bemerkt haben, denn umgehend änderte sich seine Haltung, und er lächelte sie freundlich an.

»So. Siehst du? Ich zeig es dir.« Er legte beide Hände um ihren linken Arm und führte eine Schwungbewegung aus. »Und mit dem anderen Arm machst du die Bewegung entgegengesetzt.«

Doro schluckte. Nicht nur, dass ihr Julians besondere Aufmerksamkeit unangenehm war, auch glaubte sie, von Felix beobachtet zu werden. Die kleinen Härchen in ihrem Nacken stellten sich auf.

Julian bezog ihre körperliche Reaktion offenbar auf sich. Er lächelte schief, während er die Bewegung mit Doros Arm wiederholte. »Das machst du gut. Du bist ein Naturtalent.«

Sie zwang sich, locker zu bleiben. Zeit, nett zu sein. »Danke. Ich glaub, ich hab den Bogen raus.«

Sie hoffte, mit dieser Bemerkung würde er sich wieder den anderen zuwenden. Doch Julian machte keinerlei Anstalten.

»Wenn du magst, können wir den Cocktail heute Abend zusammen trinken«, sagte er stattdessen.

Doro, deren Wahrnehmung inzwischen derart auf Felix fixiert war, dass sie Julian kaum zugehört hatte, nickte beiläufig. Sie schielte zu Felix hinüber und fragte sich gleichzeitig, warum denn niemand anderes Julians Hilfe benötigte, damit er endlich weiterging.

»Fein! Ich freu mich.« Julian strahlte. Bester Laune ging er schließlich zum Nächsten weiter.

Grübelnd blieb Doro zurück. Was hatte er gerade gesagt? Sie musste zu irgendwas ihre Zustimmung gegeben haben. Verdammter Felix! Warum brachte allein seine Anwesenheit sie immer wieder durcheinander? Sie war sich doch so sicher gewesen, dass das der Vergangenheit angehörte.

»Ein Date. Alle Achtung! Hicks«, frohlockte ihre Mutter und schwang ihre Raktoren mit Elan in die Luft. Doro fuhr herum.

»Ich glaube, deiner Mutter ist der Alkohol nicht so recht bekommen«, flüsterte Hanne mit sorgenvollem Blick.

Gundula strahlte wie ein Honigkuchenpferd. Ihre Wangen glühten rosig, und ihr Rücken schien sich erholt zu haben.

»Obwohl … Ist das überhaupt ein richtiges Date, Hanne? Ich meine, hicks … wenn er dich nicht einmal einlädt? Der Drink geht doch auf Hotelkosten.« Fragend zog Gundula die Stirn kraus. »Aber egal. Hauptsache, sie hat mal wieder eine Verabredung. Dieses Mauerblümchengehabe ist ja nicht auszuhalten. Hicks.«

Hanne schüttelte resigniert den Kopf, und Doro wurde ein wenig nervös. Sie hatte einem Date mit Julian zugestimmt? Himmel noch mal! Warum hatte sie sich nur von Felix ablenken lassen und nicht richtig zugehört? Automatisch schaute sie zu ihm hinüber. Er zwinkerte ihr zu. Jetzt könnte auch sie einen Schnaps vertragen.

Das erste richtige Reaktiv-Walking wurde auf den nächsten Tag verschoben. Die ungeplante Hubschrauberlandung hatte doch mehr Zeit verschlungen als erwartet. Und so blieb es für diesen Tag bei den ›Trockenübungen‹, wie Julian bedauernd sagte. Doro war das nur recht. Ihre Mutter brauchte dringend eine kleine Auszeit. Die doch schon kräftigen Sonnenstrahlen in Verbindung mit dem Schnaps hatten eine interessante Wirkung auf sie. Sie schien regelrecht befreit, und ihre lockere Zunge, die sie seit jeher besaß, lief zu neuer Bestform auf.

»Hanne, Schätzchen«, säuselte sie, während sie in inniger Umarmung mit Hanne auf dem Hotelflur nahe ihres Zimmers stand, »im Grunde kann man dich schon lassen. Aber dieser Strampelanzug«, sie schob sie ein wenig zurück, ohne die Umarmung zu beenden, und musterte die alte Dame kritisch, »der geht gar nicht. Du brauchst dringend ein neues Outfit. Was für ein Glück, dass du mich getroffen hast!« Dann drückte sie die überrumpelte Hanne nochmals fest gegen ihren großen Busen.

Dorothe blieb fast der Mund offen stehen. Umarmungen waren ihrer Mutter normalerweise zuwider. Es sei denn, sie teilte diese körperliche Nähe mit einem attraktiven Mann, dann war es etwas anderes.

»Und meiner Dotty können wir bei der Gelegenheit auch gleich was Schickes für ihr Date besorgen«, fügte Gundula über die Schulter hinweg hinzu.

Als das Kuschelritual beendet war, bugsierte Doro ihre Mutter ohne weitere Umschweife ins Bett. Sie schnaufte. Einkaufsbummel mit Gundula. Das fehlte ihr gerade noch! Aber vielleicht hatte sie Glück, und ihre Mutter würde nach dem Schläfchen die Sache vergessen haben.

8.

»Auf, auf!« Gundula klatschte in die Hände.

Doro schlug blitzartig die Augen auf. Sie war doch tatsächlich eingeschlafen.

»Na los! Was ist …«

Wenn sie jetzt wieder mit dem frühen Vogel kam, würde Doro sie erdrosseln. Der frühe Vogel war bestimmt gerade beim Kaffeetrinken.

»… wir haben noch einiges vor. Hanne treffen wir in zehn Minuten unten am Eingang.« Damit verschwand Gundula im Badezimmer, um ihr Schminkritual zu vollenden. Gutgelaunt summte sie vor sich hin.

Doro setzte sich auf und stöhnte innerlich. Die Einkaufstour war offenbar nicht vergessen. Jetzt konnte sie nur hoffen, dass es in diesem Ort nicht viele Läden gab.

Hanne sah ebenso unglücklich aus wie Dorothe. Wie zwei Schafe auf dem Weg zur Schlachtbank trotteten sie hinter Gundula her, die keinen Widerspruch duldete.

»Also, das ist wirklich nicht nötig«, probierte Hanne ein letztes Mal ihrem Schicksal zu entkommen. »Ich bin mit meinem Sportdress neunzehnhundertsiebenundachtzig beim Marathon auf den achten Platz gelaufen. Er bringt mir Glück, und außerdem fühle ich mich noch immer wohl darin.«

»In diesem Fetzen?« Gundula schüttelte verständnislos den Kopf. »Glück hin und her. Ist dir schon mal aufgefallen, dass er an manchen Stellen bereits recht dünn ist? Stell dir mal vor, das Ding reißt. Mitten in der Berghaltung. So heißt doch die eine Yogaübung, in der man sich nach unten beugt und den Hintern in voller Pracht nach oben streckt, oder? Sprichst du dann immer noch von Glück?«

Darüber musste Hanne erst einmal nachdenken.

»Aber wir laufen! Ich werde nicht die paar Meter mit dem Auto fahren«, sagte sie dann mit Nachdruck.

Sie passierten soeben den Parkplatz, und der schwarze Lack von Dorothes Auto glänzte in der Sonne. Gundula wollte widersprechen, doch Hanne kam ihr zuvor.

»Nichts da. Das ist gut für die Gesundheit und für die Natur. Und dir, meine Liebe, schadet es bestimmt auch nicht.«

Doro grummelte derweil vor sich hin. Erstens wollte sie keine neuen Klamotten kaufen. Der beige Pulli, den sie trug, war doch in Ordnung. Zweitens, schon gar nicht mit ihrer Mutter als Modeberaterin! Und drittens: Wie entkam sie nur der Verabredung mit Julian? Sicher, er war nett, sah gut aus, war sportlich und mindestens zehn Jahre jünger als sie. Sie sollte sich wohl geschmeichelt fühlen. Tat sie aber nicht. Sie stand mehr auf Männer wie … Felix. Großer Gott! Hatte sie das gerade wirklich gedacht?

Sie hörte sein Lachen. Am liebsten hätte sie sich geohrfeigt. Wie hatte es nur passieren können, dass sie sich wieder zu ihm hingezogen fühlte? War sie denn überhaupt nicht erwachsen geworden?

»Heute Abend um zehn in der Bar«, sagte er, und Doro blickte verwirrt um sich. Halluzinierte sie schon? War es bereits so schlimm? Dann sah sie zwei Haarschöpfe hinter der Buchenhecke. Gleich darauf bogen Felix und Barbara lachend um die Ecke.

Irritiert stolperte Doro über ihre eigenen Füße. Sie rutschte auf dem Kies aus und vollführte einen ungewollten Spagat.

»Mein Gott, Dotty!«, rief Gundula.

»Hhha«, japste sie. Tat das weh! Sie war wirklich nicht die Gelenkigste. Das Nächste, was sie sah, war ein Paar Männerschuhe, das direkt vor ihr stand.

»Kann ich dir irgendwie helfen?«, fragte Felix galant. Doro hob langsam den Kopf. Felix' süffisanter Gesichtsausdruck sprach Bände!

Barbara schenkte ihr ein bedauerndes Lächeln. Bestimmt fragte sie sich, wie man sich nur so ungeschickt verhalten konnte. Das fragte sich zumindest Doro. Ihr Magen krampfte sich zusammen. Wo war nur das berühmte Loch im Erdboden, in das sie einfach versinken konnte?

Stattdessen hielt Felix ihr seine Hand vor die Nase. Und so blieb ihr nichts anderes übrig, als sie zu ergreifen und sich aufhelfen zu lassen. Es kostete sie einige Überwindung. Aber seine Hilfe nicht anzunehmen, würde alles nur noch peinlicher machen, oder? Am Ende kam er noch auf den Gedanken, ihr Sturz hätte irgendwas mit ihm zu tun. Was natürlich nicht stimmte!

Allerdings, dachten das nicht sowieso alle? Diesem blöden Grinsen nach zu urteilen, das Barbara an den Tag legte, jedenfalls schon.

»Was hat dich denn aus dem Gleichgewicht gebracht?« Hanne eilte wieder in Umarmungshaltung herbei.

»Hat wohl den Boden unter den Füßen verloren«, stellte Gundula sarkastisch fest.

Während Doro Hanne etwas fahrig von sich schob, ratterte ihr Hirn auf der Suche nach einer halbwegs plausiblen Erklärung.

»Ich bin über den großen Stein hier irgendwo gestolpert«, verteidigte sie sich schließlich.

Ihre Mutter inspizierte den Boden. »Welchen meinst du? Den da?« Sie deutete mit dem Finger in das Meer aus Kieselsteinen. »Der, der im Durchmesser schätzungsweise einen halben Zentimeter größer ist als die anderen kleinen Dingelchen?«

Doro hatte das Gefühl, ihr Kopf würde gleich explodieren. Wäre sie nicht selbst betroffen, hätte sie vielleicht über den spitzfindigen Kommentar ihrer Mutter gelacht. Schließlich hatte sie nicht unrecht. So aber stieg Wut in ihr empor. Ihre Mutter hätte ihr nicht vor allen in den Rücken fallen müssen! Aber in erster Linie war Doro wütend auf sich selbst und ihre Ungeschicklichkeit. Und auch auf Felix, der es in gerade mal vierundzwanzig Stunden fertiggebracht hatte, dass sie sich wieder in das tollpatschige Wesen von damals verwandelte, und sich dabei nicht einmal zu erinnern schien, dass sie sich kannten. Sie hatte demnach keinen bleibenden Eindruck hinterlassen. Das empfand sie jetzt zwar als gut, andererseits ärgerte es sie. Außerdem mochte sie Barbara nicht. Sie gab ihr ständig das Gefühl, plump und ungraziös zu sein. Und Hanne mit ihrem Knuddelzwang half ihr auch nicht weiter. Mit malmendem Kiefer klopfte sie den Staub von ihren Klamotten.

»Ich weiß wirklich nicht, warum du so …«, setzte Gundula erneut an.

»Da ist sie ja!« Die sonore Stimme des Hubschrauberpiloten ließ sie sofort verstummen. Ihre Augen flogen suchend umher. Keine Sekunde später erschienen der Bauunternehmer und seine Gattin auf der Bildfläche.

»Meint der dich?«, flüsterte Hanne Gundula zu.

»Hmpf.« Reglos stand sie da.

Doro, die schlagartig von ihrer Mutter vergessen schien, entspannte sich hingegen wundersamerweise.

»Siehst du, hier kannst du zum Warmwerden ein paar Bälle abschlagen«, sagte der Mann zu seiner Frau und deutete gutgelaunt zur Driving Range, die sich gleich nebenan befand. Als er sich umsah, entdeckte er das Grüppchen und nickte grüßend. Für einen kurzen Moment trafen sich sein und Gundulas Blick. Doro glaubte zu bemerken, wie sich seine Augen für den Bruchteil einer Sekunde weiteten und er ihre Mutter erkannte. Gundula spitzte die Lippen abschätzig. Gleich darauf wandte er sich ab und schob seine Frau, die den Platz zu studieren schien, weiter, während er das Golfbag hinter sich herzog.

»Tja, ich muss dann auch weiter.« Barbara strich sich den dunkelroten, kurzen Rock glatt. Sofort war Felix' Aufmerksamkeit auf sie gerichtet.

»Ich dachte, wir könnten noch einen Kaffee trinken, Babsi.«

»Ein andermal gern. Ich hab gleich meinen Massagetermin.« Sie schwang wohlig ihre Schultern.

»Na dann. Ich begleite dich noch ein Stück. Ist ja die gleiche Richtung.«

Doro zog die Stirn in Falten, als sie den beiden hinterherblickte. Babsi! Wie süüüß! Brr. Unbehaglich schüttelte sie sich. Dabei sollte sie vielleicht sogar dankbar sein, dass sie um weitere Erklärungen bezüglich ihres Missgeschicks herumgekommen war. Trotzdem: Babsi?

Als sie im Ort das erste Geschäft betraten, hatte Doro entschieden, dass sie die Verabredung mit Julian wahrnehmen würde. Warum auch nicht! Sie war eine erwachsene Frau, er ein erwachsener Mann. Wenn er sich mit einer Frau, die ein paar Jährchen älter war, verabreden wollte und damit kein Problem zu haben schien, warum sollte dann sie eines haben? Und wenn Felix mit ›Babsi‹ schäkerte, konnte sie das auch. Vermutlich würde die Ablenkung ihr sogar guttun. ›Keep cool‹, sagte ihre Freundin Susanne immer. Recht hatte sie!

Das mit dem Coolsein war in Gegenwart ihrer Mutter allerdings eine ganz andere Sache. Kaum am ersten Kleiderständer angekommen, hielt sie Doro bereits eine gerüschte Bluse mit Blumendruck vors Gesicht.

»Das wäre doch was.«

Doro blinzelte. Diese großen Pfingstrosen, oder was auch immer das sein sollte, würden genau auf ihrem beachtlichen Busen ruhen. Da könnte sie gleich mit Neonbuchstaben hinschreiben: ›Heute große Blüten im Angebot. Greifen Sie zu.‹

Statt einer Antwort zog sie es vor, ihre Mutter einfach zu ignorieren und weiterzugehen. Sie hielt bei einem Ständer, an dem vorwiegend dunkle Farben zu finden waren, und angelte ein Langarmshirt heraus. Es war schwarz und dezent mit einigen Strasssteinchen bestückt.

»Auf keinen Fall!« Ehe sich Doro versah, wanderte das gute Stück an der Hand ihrer Mutter zurück an den Ständer. »Willst du zu einer Beerdigung? Kein Wunder, dass so selten jemand Notiz von dir nimmt, wenn du immer so unscheinbar gekleidet bist.«

»Mir gefällt es. Schwarz macht eine bessere Figur. Das solltest du doch wissen.«

Gundula schüttelte den Kopf. »Schon. Aber es gibt auch Kleidung, die farblich etwas lebensfroher wirkt.«

»Du meinst Farben, die einen regelrecht anschreien?« Sie sah unumwunden auf das Shirt ihrer Mutter. Sie erstrahlte an diesem Nachmittag in Pink.

»Ja, genau.«

»Na, als dieser Bauunternehmer vorhin vorbeilief … Wie heißt er noch gleich? Da wäre dir eine etwas unauffälligere Farbe also nicht lieber gewesen?«

Gundula zuckte unberührt mit den Achseln. »Ach, der.« Sie blickte sich im Laden um. »Wo ist denn Hanne abgeblieben?«

Doch so nebensächlich, wie ihre Mutter tat, war die Sache für sie nicht, da war Doro sich sicher.

»Juhu!«, ertönte es da von weiter hinten.

Doro entdeckte Hanne bei den Umkleidekabinen. Sie gestikulierte, als wäre der ganze Raum dicht an dicht mit Menschen gefüllt, dabei waren die drei Frauen im Moment die einzigen Kundinnen im Laden.

»Wir kommen ja schon«, rief Gundula. »Kein Grund, so einen Aufstand zu machen.«

Hannes Kopf schaute hinter dem Vorhang heraus, ihren restlichen Körper hielt sie versteckt.

»Seht mal, was ich gefunden habe!« Sie strahlte und schwang den Stoffvorhang beiseite.

Doro und Gundula starrten auf die hautenge Hose, die Hanne am Leib trug. Sie war rosa meliert, hatte einen breiten abgenähten Gummibund und auffällige Nähte sowohl an den Seiten als auch direkt in der Mitte des Hosenbunds, vom Bauchnabel abwärts.

»Das ist ...« Doro suchte nach den richtigen Worten.

Eine Verkäuferin, die wie aus dem Nichts plötzlich auftauchte, mischte sich ein. »Ah, Sie haben unsere Longpants entdeckt. Wundervoll! Finden Sie nicht auch? Eine Hose, die Farbe mit ins Spiel bringt. Sie ist funktionell und modisch zugleich. Diese Funktionshose sorgt stets für Wohlbehagen! Das atmungsaktive Material unterstützt die Thermoregulierung Ihres Körpers optimal. Feuchtigkeit wird abtransportiert, und die wärmenden Polyamide isolieren und bieten extra Wärme bei kalten Temperaturen.«

Hanne nickte begeistert.

»Aber. Aber das ist doch eine lange Skiunterhose«, protestierte Gundula.

»Na, immerhin bringt sie Farbe ins Spiel. Das ist doch etwas, worauf du Wert legst, oder?« Doro grinste ihre Mutter an und erntete einen vernichtenden Blick.

»Nicht doch. Diese Longpants überzeugen durch eine lockere, lässige Passform und den breiten Bund.« Die Verkäuferin setzte zu weiteren werbewirksamen Sprüchen an.

»Nicht doch! Ganz meine Meinung«, unterbrach Gundula die Frau ohne Umschweife. »Runter mit dem Ding, Hanne. Du willst dich doch nicht mit Skiunterwäsche im Kurs zeigen und lächerlich machen«, befahl sie und zog mit einem Ruck den Vorhang zur Umkleidekabine zu.

Bedröppelt schlurfte Hanne hinter Gundula den Gehsteig entlang.

»Mir hat sie gefallen! Was war denn daran so schlimm?«

»Erst dieser Achtziger-Strampelanzug und nun Skiunterwäsche? Ich bitte dich! Willst du dein Geld nicht sinnvoll anlegen?«

»Du sagst es. Mein Geld! Und mein Geschmack!«, begehrte Hanne auf.

Doro hatte Mitleid mit ihr. Solche Situationen hatte sie mit ihrer Mutter zur Genüge erlebt. Gut nur, dass in diesem Moment zur Abwechslung mal nicht sie das Ziel von Gundulas herzallerliebsten Ratschlägen war.

»Hanne. Liebes.« Gundula legte ihrer neuen Freundin versöhnlich den Arm um die Schulter. »Wir kennen uns wahrlich noch nicht lange. Aber, Gott weiß warum, ich habe dich dennoch ins Herz geschlossen. Glaub mir. Wir finden etwas Passendes. Etwas Modernes.«

Die Worte hingen noch in der Luft, als Hanne jubilierte. »Ein Secondhandladen!«

Schon war sie über die Straße geeilt und in der Eingangstür verschwunden.

Gundula stöhnte. »Um Gottes willen!«

Doro lachte lauthals los. Für ihre Mutter gab es nichts Schlimmeres als Secondhandmode. Sie würde sich wohl in Geduld üben müssen.

Hanne fühlte sich im siebten Himmel.

»Spürt ihr die gute Aura, die hier herrscht? Ich bin sicher, alle angebotenen Dinge hier im Raum sind von glücklichen, gutherzigen Menschen abgegeben worden.«

Die Daubner-Frauen sahen sie nur stumm an.

»Okay, die meisten zumindest«, räumte Hanne ein. Dann zog sie ein Stück nach dem anderen hervor, und Gundula hatte ihre liebe Mühe, die neue Freundin zu bremsen.

Doro schlenderte derweil durch den Laden und sah sich um. Sie zog ein sommerliches Kleid aus dünnem, lila-orange-bedrucktem Stoff aus einem Ständer. Es besaß einen tiefen Ausschnitt, der vermutlich zwischen den Brüsten endete, und wurde lediglich von geflochtenen Spaghettiträgern über den Schultern zusammengehalten. Wie oft hatte sie ein solches Strandkleid schon begutachtet, in Schaufenstern oder Katalogen.

Sie sah zu Hanne und ihrer Mutter hinüber, die gerade über das Für und Wider eines Strickkleids stritten. Doro konnte hier herumstehen, oder aber sie könnte es einfach mal kurz anprobieren. Ohne weiter nachzudenken, legte sie sich das Sommerkleid über den Arm und ging zur Umkleidekabine. Sie war sich sicher, dass es ihr nicht stehen würde.

Der Stoff war wirklich dünn und schmiegte sich an ihren Körper. Der BH wollte nicht zum Kleid passen. Zu allem Überfluss befand sich in der Kabine kein Spiegel.

Doro lugte hinaus. Wo befand sich ihre Mutter? Sie wollte keinesfalls von ihr in dem Kleid gesehen werden. Glücklicherweise wühlten die beiden Frauen in der hinteren Ecke herum. Doro gab sich einen Ruck und trat nach draußen.

Durch das große Schaufenster fiel helles Licht herein. Sie drehte sich vor dem Spiegel. Das Kleid saß genau so, wie sie erwartet hatte. Durch den anschmiegsamen Stoff waren Doros Proportionen deutlich sichtbar, der tiefe Ausschnitt war für ihre Oberweite hingegen überraschend vorteilhaft. Doro drehte sich einmal um sich selbst. Der Rock schwang. Sie erkannte sich kaum selbst. Gar nicht so übel. Vielleicht irgendwann einmal, wenn sie die überschüssigen Kilos abgestreift hatte und den Mut für eine Veränderung ihrer Garderobe aufbrachte. Sie begutachtete sich noch ein letztes Mal, bevor sie wieder verschwand. Kaum hatte sie das Strandkleid zurück an seinen Platz gehängt, kam Gundula auf sie zu.

»Ich geb auf und brauch einen Schnaps«, stellte sie fest.

»Schon wieder? Du hattest heute schon zwei. Und wir haben noch nicht mal sechs Uhr abends.« Doro bedachte ihre Mutter mit durchdringendem Blick. Musste sie sich Sorgen machen?

»Was haltet ihr von dem Rollkragenpulli?«, rief Hanne durch den Raum und hielt ein senfgelbes Teil in die Höhe.

»Geh du«, forderte Gundula ihre Tochter auf. »Mein Bedarf an schlechtem Geschmack ist für heute gedeckt.«

Eine Viertelstunde später bezahlte Hanne zufrieden vier Teile. Rock, Hose, den gelben Rolli und noch einen

Pulli. Zu Doros Überraschung kam auch ihre Mutter an die Kasse. Sie trug eine monströs große Handtasche am Arm, die so gar nicht zu ihr passte, und wirkte äußerst gut gelaunt.

»Willst du das Ding etwa kaufen?«, fragte Doro skeptisch.

»Aber hallo!« Gundula nickte. »Das ist genau das, was ich vielleicht in nächster Zeit gut gebrauchen kann«, fügte sie noch murmelnd hinzu, sodass man sie kaum verstand, und Doro bekam es allmählich mit der Angst zu tun. Hatte Hanne recht? Gab es hier irgendwelche teuflischen Mächte, die von ihrer Mutter Besitz ergriffen hatten?

»Eine vorzügliche Wahl!« Die Dame an der Kasse, ähnlichen Alters wie ihre Mutter, zwinkerte Gundula verschwörerisch zu, während sie den Geldschein in Empfang nahm.

Doro staunte nicht schlecht. Das Fundstück ihrer Mutter besaß die Form einer alten Arzttasche und besaß einen ebenso bräunlichen, ledernen Farbton. Der Preis für das urige Stück betrug beachtliche fünfzig Euro, die ihre Mutter bezahlte, ohne mit der Wimper zu zucken. Immerhin konnte sie das Ding über dem Unterarm tragen, zumindest das war derzeit wieder modern.

Der dritte und letzte Laden, in dem es Klamotten zu kaufen gab, befand sich am Ende der Straße. Fast hätten sie ihn übersehen. Sehr zum Bedauern von Hanne, die mit ihren neuen alten Sachen mehr als glücklich war, und Doro, die nach wie vor keinen Bedarf an neuer Kleidung hatte. Doch das durch die kurvige Straßenlage halb versteckte Schaufenster zog Gundulas Blick magisch auf sich.

»So, Mädels. Jetzt aber!«, rief sie wie zum Aufbruch in die Schlacht und eilte voran. Die Monstertasche klopfte bei jedem Schritt leicht gegen sie.

9.

Wer konnte ahnen, dass eine Aktiv-Woche derart anstrengend sein würde? Der Einkaufsbummel war seiner Bezeichnung nicht würdig, denn von Bummeln war keine Rede gewesen. Im letzten Laden war Gundula zur Hochform aufgefahren. Und so nannte Doro nun nicht nur eine neue Bluse ihr Eigen, die für ihren Geschmack zu figurbetont saß, auch war sie jetzt Besitzerin eines knielangen terrakottafarbenen Rocks, den sie niemals beabsichtigte anzuziehen. Da sie jedoch keine Lust auf Endlosdiskussionen gehabt hatte, hatte sie ihn einfach mitgenommen. Vielleicht würde sie ihn in einem Secondhandshop wieder zu einem halbwegs guten Preis los.

Hanne besaß dank Gundula eine einfache schwarze Leggins. Passend dazu hatte ihre Mutter ihr ein quietschoranges Sportshirt aufgeschwatzt. Zu mehr war Hanne nicht zu überreden gewesen. Wobei Doro zugeben musste, dass das leuchtende Orange Hanne richtig gut stand. Und Hanne war sogar der Meinung, dass die Farbe ihre Aura besser unterstreichen würde. So waren alle halbwegs befriedigt und froh, den Rückweg endlich antreten zu können.

Doro saß auf der Hotelterrasse in den letzten Sonnenstrahlen des Tages. Endlich Ruhe. Ausspannen. Allein.

Ihre Mutter hatte sich sofort nach dem Eintreffen im Hotel auf ihr Zimmer zurückgezogen. Warum auch immer. Das sah ihr gar nicht ähnlich. Aber Doro war es nur recht. Wie befürchtet war es eine Zerreißprobe, ihre Mutter vierundzwanzig Stunden nonstop um sich zu haben. Sie genoss den Moment des Alleinseins.

Hinter ihrer Sonnenbrille beobachtete sie die andere Fitness-Gruppe, die soeben schnaufend die Anhöhe zum Hotel erklomm. Das Granulat der Hanteln klang in Doros Ohren nicht besonders synchron. Aber man sollte bekanntlich nicht mit Steinen werfen, wenn man selbst im Glashaus saß. Sie bezweifelte, dass sie es besser hinbekommen würde. Immerhin hatte die zweite Gruppe ihren ersten Waldlauf schon hinter sich. Die hatten ja auch keine Hubschrauberattacke überleben müssen.

Doros Gedanken wanderten wieder zu ihrer Mutter. Irgendwas war da doch oberfaul. Erst das seltsame Verhalten, als sie diesen Piloten gesehen hatte, und nun verzog sie sich aufs Zimmer. Woher sich die beiden wohl kannten? Doch sie würde das schon noch herausbekommen.

Sie warf einen Blick auf die Armbanduhr. Allmählich sollte sie sich zum Abendessen frischmachen, aber sie war noch nicht bereit, die herrliche Einsamkeit aufzugeben.

»Na, schönen Nachmittag gehabt?« Felix ließ sich ohne Aufforderung einfach auf den Stuhl neben Doro fallen und grinste.

Verdutzt schaute sie ihn an. Er war der Letzte, mit dem sie gerechnet hatte. Und er störte ihren inneren Frieden! Sofort kribbelte es in ihrem Magen. Nein, das waren keine Schmetterlinge. Die hatte sie sich abgewöhnt. Es fühlte sich eher an wie lästige kleine Würmchen. Doro musterte ihn hinter ihrer Sonnenbrille. Was wusste er? Hatte er sie bei ihrem denkwürdigen Einkaufsbummel gesehen und sich ins Fäustchen gelacht, weil sie mit den älteren Damen geschlagen war, während er sein Leben genießen konnte?

»Was ist?«, hakte er nach, weil Doro ihn nur stumm betrachtete. »Habe ich etwas Falsches gesagt?«

Doro räusperte sich leise und setzte sich etwas aufrechter hin. »Nein, nein. Alles bestens. Der Nachmittag war toll. Sehr erholsam hier.«

»Ach. Ehrlich? Ich habe euch zufällig durch die Schaufensterscheibe im Secondhandladen gesehen. Du wirktest leicht gestresst.« Er schob grinsend seine Sonnenbrille nach oben. Aus seinen grünen Augen blitzte der Schalk.

Also doch. Er hatte sie wirklich entdeckt. Sie hingegen hatte ihn nicht bemerkt. Betont lässig zuckte sie mit den Schultern.

»Da hast du einen falschen Eindruck bekommen. Es war klasse! Ein Secondhandladen ist wie das Wühlen auf einem Dachboden. Wenn man Glück hat, findet man wahre Schätze!«

»Wenn du meinst.« Er ließ die Brille wieder auf die Nase rutschen, lehnte sich nach hinten und schaute sich um.

Doro war das nur recht, und sie tat es ihm nach. Einige Mitglieder der anderen Gruppe schlurften etwas außer Atem vorbei. Hoffentlich war ihre Kondition besser, dachte Doro. Es wäre schon peinlich, wenn sie morgen zu den Schlusslichtern gehören würde.

»Wenn ich es richtig mitbekommen habe, hast du dich für ein niedliches Strandkleid interessiert«, platzte Felix heraus, und Doro wäre fast vom Stuhl gerutscht.

»Wie bitte?«, hauchte sie irritiert. Ihr Gesicht brannte plötzlich.

»Du sahst beeindruckend aus«, schob er nach. Was auch immer er damit meinen mochte.

»Das glaub ich dir aufs Wort!«, antwortete sie etwas lauter als beabsichtigt.

»Hast du es gekauft?«, fragte er interessiert. Seine Augen blitzten auf.

»Klar!« Allein der Gedanke daran ließ sie erschauern. Unwillkürlich schüttelte sie sich. »Du machst wohl Witze. Für diesen Schnitt braucht man die richtigen Maße. Das Kleid war hübsch, aber nichts für mich.« Warum rechtfertigte sie sich?

»Also, ich fand es gut. Bunt und lebensfroh.«

Doro konnte ihm nicht ganz folgen. Am liebsten wäre es ihr, wenn er das Thema einfach auf sich beruhen lassen würde. Warum musste er nur ständig nachbohren?

»Im Übrigen geht dich das gar nichts an!«, fügte sie schließlich mit fester Stimme hinzu.

»Meinst du? Ich habe die Erfahrung gemacht, dass Klamotten viel über Menschen aussagen.«

»Tun sie das?« Doro zog die Nase kraus.

»Oh ja. Ich meine … Beige?«

»Steht dafür, fest im Leben zu verankert zu sein, oder?«, lautete ihre knappe Antwort im Versuch, nonchalant zu wirken.

Das Gespräch ließ sie nicht mehr los. Auf dem Weg zu ihrem Zimmer sinnierte Doro über Felix' Ansichten. Sie wusste genau, was er zum Ausdruck bringen wollte. Beige: langweilig, fad. Das war ja auch die Meinung ihrer Mutter. Doch aus Felix' Mund hatte diese Meinung eine andere Wirkung auf sie. Stimmte es also? War sie langweilig? Unscheinbar? Aber warum machte sie sich überhaupt Gedanken darüber? Bisher hatte sie mit ihrer Einstellung ganz gut gelebt. Sie war eben so. Natürlich gefielen auch ihr schicke Klamotten, sie fand aber meist, dass sie anderen Frauen besser standen, und legte letztlich nicht so viel Wert darauf. Sie zog bequeme Kleidung einfach vor.

Dennoch. Lag in seiner Behauptung ein Körnchen Wahrheit? Sie musste zugeben, dass sie praktisch kein Liebesleben hatte. Die Trennung von Matthias hatte ihrem Selbstbewusstsein einen erheblichen Knacks verpasst. Griff sie deshalb nur noch zu behaglichen und langweiligen Kleidungsstücken?

So ein Blödsinn, schalt sie sich selbst, als sie ins Zimmer trat. Für eine Sekunde schoss ihr die Frage durch den Kopf, warum sie mit Felix überhaupt dieses Gespräch geführt hatte. Was für ein Interesse hatte er daran, was sie trug? Seine Aufmerksamkeit galt Babsi. Bestimmt wollte er sie nur aufziehen. Ihre Überlegungen wurden jäh unterbrochen, als sie auf ihre Mutter traf.

»Auch endlich da?« Gundula schien bester Laune. Sie hatte sich bereits fürs Abendessen zurechtgemacht und trug ein schlichtes dunkelblaues Kostüm.

»Bist du nicht ein wenig overdressed?«, fragte Doro und warf ihre Jacke über einen Stuhl. Im Zimmer roch es nach Haarspray und jeder Menge Parfüm. Doro öffnete die Balkontür, um frische Luft in den Raum zu lassen.

»Überhaupt nicht!«, antwortete ihre Mutter und unterstrich ihre Aussage mit einer schneidenden Handbewegung. »Ich will gut aussehen!« Sie murmelte noch etwas, das Doro nicht verstand.

Doro runzelte die Stirn. »Geht's dir gut?«

»Aber klar doch.« Gundula grinste blöde.

»Hast du was getrunken?«

»Ich war die ganze Zeit hier«, beteuerte ihre Mutter.

»Hm.« Ganz koscher kam Doro das Verhalten ihrer Mutter nicht vor. Ihr Blick fiel auf deren Neuerwerb. Die Monstertasche stand ordentlich auf dem Bett. Wiederholt fragte sie sich, warum ihre Mutter das Ding gekauft hatte. Es passte einfach nicht zu ihr.

»Du bist viel zu ernst, Dottylein. Wir sind im Urlaub«, stellte Gundula fest und strich ihr sanft über den Arm.

Sofort sträubte sich alles in ihr. Wenn sie schon wieder mit ›Dotty‹ oder gar ›Dottylein‹ anfing …! Es war zum Haareausreißen. Sie verzog sich lieber so schnell wie möglich ins Bad.

Felix rieb sich übers Kinn. Was war das nur für ein Thema gewesen? Es lag überhaupt nicht in seiner Absicht, mit Dorothe über ihre Kleiderwahl zu philosophieren. Es war ihm einfach so herausgerutscht, weil sie offensichtlich übertrieben gelangweilt hatte wirken wollen. Warum behandelte sie ihn nur so? Hatte er Ausschlag und wusste es nicht? Immer wenn er mit dieser Frau zusammentraf, bekam er das Gefühl, als würde mit ihm etwas nicht stimmen. Aus irgendeinem Grund wurmte ihn das.

Deshalb hatte er sie anfangs lediglich aus der Reserve locken wollen. Das war ihm gelungen. Doch dann hatte er den Ernst des Gesprächs erkannt und es wirklich gut gemeint. Doro war nicht nur nett, sie besaß auf eine liebenswerte Art auch Biss. Sie gab ihm Paroli. Das gefiel ihm. Grinsend betrat er den Aufzug und zog seinen Schlüssel aus der Jackentasche. Der glitt ihm aus den Händen. Als er sich danach bückte, durchzuckte ihn ein altbekannter Schmerz im Rücken. Fluchend richtete er sich wieder auf.

Ein spitzer Schrei hallte durch den Raum. War das ihre Mutter gewesen? Doro sprang aus der Dusche, wickelte sich fix in ein Handtuch, das durchaus etwas größer hätte sein dürfen, und eilte aus dem Badezimmer, um nachzusehen.

»Warst du das?«

Gundula stand reglos vornübergebeugt an der Balkonbrüstung. Mit wenigen schnellen Schritten war Doro bei ihr, legte ihren Arm um sie und schaute dem Blick ihrer Mutter folgend nach unten.

Die Abenddämmerung hatte inzwischen eingesetzt, und alles war in oranges Licht getaucht. Sie sah die Terrassenabschnitte unter den Balkonen hervorstehen. Soweit sie erkennen konnte, standen überall jeweils ein Tisch und zwei Stühle. Alle verlassen. Angrenzend befand sich ein kleiner Rasenbereich, auf dem junges Gras austrieb, und die Ligusterhecke, die sich über die Gebäudelänge hinzog. Dahinter lag der Parkplatz. Ebenfalls menschenleer. Vermutlich waren alle schon mit den Vorbereitungen für das bevorstehende Abendessen beschäftigt. Gundula stierte nach wie vor nach unten.

»Was ist los?« Doro war verwirrt.

Ganz langsam drehte ihre Mutter sich zu ihr um.

»Da«, stieß sie hervor und deutete mit ausgestrecktem Arm nach unten. Sie war kreidebleich.

Doro blickte sie fragend an. »Was ist da? Da ist nichts.«

»Irgendwas passiert?« Felix' Stimme ließ Doro zusammenfahren. Sie war derart auf ihre Mutter konzentriert gewesen, dass sie fast einen kleinen Hüpfer vollführte. Als sie zur Trennwand des Nachbarbalkons schaute, lugte sein Kopf rechts um die Ecke. Sein Gesichtsausdruck schien besorgt.

»Kann ich helfen?«, fragte er. Doro zuckte mit den Schultern.

Gundula nahm kaum Notiz von ihm, schaute nochmals hinunter und dann wieder Doro an. »Da ist gerade eine Frau vom Dach gefallen.«

Sie wirkte völlig verstört.

Abrupt lehnte sich Dorothe ein weiteres Mal über die Brüstung und suchte alarmiert die Umgebung ab. Doch auch jetzt fand sie nichts.

»Mutter. Da ist niemand«, stellte sie halb erleichtert, halb irritiert fest.

»Ich kann auch nichts entdecken«, bestätigte Felix.

»Aber, aber …«, stammelte Gundula. »Ich hab's doch gesehen. Gerade eben!«

Jetzt bemerkte Doro das Glas mit goldgelber Flüssigkeit in Gundulas anderer Hand.

»Was trinkst du denn da?«, fragte sie argwöhnisch.

Statt einer Antwort schüttelte ihre Mutter nur kaum merklich den Kopf, dann sah sie auf das Glas, als würde sie es zum ersten Mal bemerken. Sie hob es an und trank es in einem Zug leer. Doro nahm einen leichten Brandygeruch wahr.

»Hier ist weit und breit nichts Ungewöhnliches zu erkennen.« Felix lehnte relativ weit über dem Geländer seines Balkons und versuchte aufs Dach zu schauen.

»Ich denke auch …« Doro nickte. »Was auch immer meine Mutter geglaubt hat zu sehen … Es war offensichtlich nichts Schlimmes.«

»Was soll denn das bitte heißen? ›Geglaubt hat zu sehen.‹« Gundulas Lebensgeister schienen allmählich zurückzukehren. Ihre Stimme hörte sich schon wieder viel kräftiger an. Ob das am Brandy lag? »Ich bin doch nicht plemplem!«, entrüstete sie sich.

Doro zog die Stirn kraus. Felix verkniff sich mühevoll ein Lachen.

»Ich weiß, was ich gesehen habe! Dass da unten weder ein Schwerverletzter noch eine Leiche liegt, dafür kann ich doch nichts!«

Wie aufs Stichwort durchdrang Hannes Stimme die abendliche Stille.

»Juhu! Was treibt ihr denn hier? Ein Pläuschchen vor dem Essen? Darf ich mitmachen?«

»Hanne!« Gundula hatte zu ihrer Natur zurückgefunden und verdrehte die Augen. Dann besann sie sich. »Hanne!«, rief sie jetzt deutlich freundlicher, fast euphorisch.

»Ja?«, trällerte diese zurück.

»Siehst du da unten bei dir jemanden liegen? Eine matschige Frau vielleicht?«

»Matschig? Wie meinst du das?«

»Frag nicht. Schau dich lieber um«, befahl Gundula aufgeregt.

Es folgten Schritte, ein Stuhl wurde über den Boden geschoben. Gundula, Doro und Felix lehnten über ihren Balkonbrüstungen. Sie sahen Hanne über den Rasen nach links und rechts laufen. Bei der Hecke bückte sie sich.

»Also, das einzig Matschige, was ich entdecken kann, ist ein Häufchen Blätter mit einem … Ja, das müsste ein halb verfaulter Apfel sein. Vielleicht wohnt hier ein Igel«, rief sie über die Schulter. »War das dein Apfel? Suchst du den?«

Die unschuldige Tonlage Hannes brachte Doro zum Lachen. Sie hatte bisher noch niemanden kennengelernt, der derart treuherzig durchs Leben ging. Unwillkürlich erinnerte Hanne sie an einen Hund mit tapsigen Pfoten und Schlappohren. Gundula hingegen quittierte Hannes Frage mit einem abfälligen Schnaufen.

»Willst du den Apfel wiederhaben?«, fragte sie jetzt auch noch, während sie aus der Hecke hervorkroch.

»Nein. Danke!« Gundula schüttelte den Kopf und warf einen bedauernden Blick auf ihr leeres Glas.

Das Klicken eines Feuerzeugs lenkte Doros Aufmerksamkeit zu Felix. Er zündete sich gerade eine Zigarette an und verfolgte als stiller Zuschauer die kostenlose Darbietung. Sein Gesichtsausdruck, der noch vor Minuten alarmiert gewirkt hatte, war nun entspannt. Er schien beinahe amüsiert. Doro musterte ihn. Was mochte in ihm vorgehen? Sicherlich dachte er: ›Was für drei durchgeknallte Weiber.‹ Dabei war sie ebenso unbeteiligt an der Sache wie er. Sie war nur die Tochter, die sich mit dieser divenhaften Frau ein Zimmer teilte. Plötzlich richtete sich sein Blick auf sie, und sie sahen sich direkt in die Augen. Ein Kribbeln durchlief Doro prompt. Und plötzlich, ohne es zu wollen, fragte sie sich, was sie gerade trug.

In ihrem Kopf herrschte eine Mischung aus Leere und Watte. Was hatte sie gerade überlegt? Kleidung … Sie konnte den Blick nicht abwenden. So hatte er sie noch nie angesehen. Als sie es endlich schaffte und an sich herabsah, sog sie scharf Luft ein. Das hatte sie ja total vergessen! Sie trug gar nichts! Okay, mal abgesehen von dem Handtuch, das inzwischen mehr schlecht als recht an ihr hing. Kein Wunder, dass er sie so ansah. Eine Sekunde später und sie würde völlig nackt vor ihm stehen. Nur ein winzig kleiner Zipfel hielt das Handtuchgebilde noch über ihrem Busen zusammen.

Schnell zog sie das Handtuch enger um ihren Körper. Was hatte er noch alles gesehen? Warum hatte sie kein großes Badetuch um sich gewickelt, sondern nur nach dem erstbesten Handtuch gegriffen? Dieses ›normal große‹ Handtuch reichte gerade mal, um die wichtigsten Körperstellen abzudecken. Das hoffte sie zumindest. Nicht auszudenken, wenn er etwa das Dreieck zwischen ihren Schenkeln hervorblitzen gesehen hatte.

»Bis dann«, brachte sie gerade noch hervor, ehe sie zurück ins Badezimmer eilte, die Tür hinter sich zuknallte und sich beschämt gegen das Türblatt lehnte.

Felix drückte den Zigarettenstummel aus und schlenderte ins Zimmer. Er rauchte nur hin und wieder, eher selten. Aber die kleine Szene, die sich ihm gerade geboten hatte, war eine willkommene Gelegenheit gewesen. Die Frauen waren zum Schießen. Lächelnd ging er zu seinem Schrank. Hemd oder Shirt?, überlegte er, konnte sich aber nicht besonders konzentrieren. Noch immer haftete das Bild der nur knapp bekleideten Doro in seinem Kopf. Sie war eine hübsche Frau und besaß schöne Kurven. Mit etwas modischeren Klamotten und einem weiblicheren Haarschnitt könnte man sie vermutlich sogar als umwerfend bezeichnen.

10.

Als Doro mit ihrem gefüllten Teller zurückkehrte, befanden sich Hanne und ihre Mutter noch immer in einem angeregten Gespräch über die Geschehnisse des Tages. Das Restaurant war wie immer gut besucht, aber Hanne hatte denselben Tisch wie am Vortag ergattern können.

»Und ich sage dir, ich weiß doch, was ich gesehen habe!«, knurrte Gundula gerade. »Sie hatte braune, lange Haare, die zu einem Zopf geflochten waren, und trug so einen hellen Fetzen, den manch einer als Kleid bezeichnen mag.«

»Und wie erklärst du dir, dass wir niemanden am Boden liegend vorgefunden haben?«, mischte Doro sich in das Gespräch, während sie sich setzte.

Gundula verzog das Gesicht. »Was weiß ich. Dann ist sie eben aufgestanden und davongelaufen, bevor wir nachsehen konnten.«

»Klar. Mit gebrochener Halswirbelsäule, den Kopf nach hinten verdreht, den Arm weghängend. So vielleicht? Einen Sturz aus dieser Höhe überlebt man höchstens mit einem Haufen von Knochenbrüchen. Wenn überhaupt!« Doro schüttelte den Kopf und griff nach dem Besteck. Heute gab es italienisches Essen. Sie hatte sich für Lasagne entschieden.

»Oder … du hattest …«, begann Hanne zögerlich.

»Na ja, vielleicht lag es auch am Alkohol«, warf Doro ein.

Gundula drehte sich zu ihr. Ihr Blick war beißend.

»Du willst doch nicht behaupten, ich hätte ein Alkoholproblem! Das ist ja wohl die Höhe!«, entrüstete sie sich.

Doro sagte nichts.

»Ich habe lediglich die zwei Schnäpschen heute Vormittag getrunken. Und das aus gutem Grund.«

»Und der wäre?« Vielleicht würde sie jetzt etwas mehr über diesen Hubschrauberpiloten erfahren, überlegte Doro.

»Was weißt du denn schon«, lautete die knappe Antwort.

Doch Doro war noch nicht bereit aufzugeben. Die Gelegenheit schien günstig. »Ganz genau. Also erzähl uns doch mal, warum.«

»Ja, Gundula«, stimmte Hanne ein und legte vertraut ihre Hand auf Gundulas, »lass es raus. Alles, was die Seele belastet, sollte so schnell wie möglich ausgeräuchert werden. Das tut nicht gut.«

Gundula stierte ihre neue Freundin an, als wäre sie nicht ganz dicht. »Soll ich jetzt eine rauchen gehen? Oder wie meinst du das?«

»Weißt du, schlechtes Karma kann auch solche Erlebnisse auslösen.« Hannes Worte sollten bestimmt beruhigend wirken. Doch bei Gundula war sie mit diesen Theorien an der falschen Adresse.

»Papperlapapp!«

»Und was war in dem Glas, das du vorhin in der Hand hattest?«, bohrte Doro weiter.

»Stehe ich unter Beobachtung?«, schnappte ihre Mutter sofort.

Doro klopfte nachdenklich mit der Gabel auf ihre Lippen.

»Brandy, wenn du es genau wissen willst. Und der hat rein gar nichts mit dem, was ich gesehen habe, zu tun.«

»Wo hast du denn einen Brandy her?«

»Minibar? Stell dir vor!«

Irgendwie kamen sie so nicht weiter. Doro schnitt einige Male in die Lasagne, damit die Hitze ein wenig entweichen konnte.

»Ich schau mal, was es heute alles Leckeres zum Essen gibt«, meinte Hanne und erhob sich. »Hast du gesehen, ob es vielleicht Mangold oder Grünkohl gibt? Darauf hätte ich mal wieder so richtig Appetit.«

Doro schüttelte den Kopf. Sie wusste nicht mal, was Mangold überhaupt war und wie das aussah.

Gundula rollte mit den Augen. »Mein Gott, Hanne, iss doch mal was Vernünftiges.«

Hanne schien verwirrt. »Das ist doch gesund.«

Die folgende Diskussion blieb Dorothe glücklicherweise erspart, denn die beiden Frauen entfernten sich. Allein blieb sie am Tisch zurück. Sie fragte sich, wo Felix steckte. Andererseits, je weniger sie mit ihm zusammentraf, desto besser. Trotzdem ertappte sie sich dabei, wie sie suchend den Raum nach ihm durchforstete. Er hatte eine gewisse Wirkung auf sie. Noch immer. Das musste sie zugeben.

Ihre Gedanken wanderten zurück zu dem Tag an der Berufsschule, als sie erfahren hatte, dass er nicht mehr wiederkommen würde, und sie kurz darauf völlig unerwartet einen Brief von ihm an ihrem Platz gefunden hatte. Dabei hatte sie bis dahin gedacht, Felix wüsste kaum, dass sie existierte. Und dann das! Niemals in ihrem Leben hatte sie sich so gedemütigt gefühlt. Na gut, abgesehen von dem Moment, als Matthias ihr von seiner großen Liebe, der Brillenschlange, erzählt hatte. Sie fühlte einen weiteren Stich. Sie schloss die Augen und atmete tief durch. Nein. Das war das Letzte, woran sie erinnert werden wollte.

»Ja hallo!«, hörte sie da und fand in die Wirklichkeit zurück. Vor ihrem Tisch stand Julian und grinste sie an wie ein Honigkuchenpferd. »Ich freu mich schon auf nachher. Wollen wir uns um neun Uhr in der Bar treffen? Ich muss leider vorher noch etwas für morgen vorbereiten. Aber ab neun gehöre ich ganz dir.«

Doro blinzelte. Er gehörte ganz ihr? Sie wusste nicht, was sie von dieser Ankündigung halten oder wie sie reagieren sollte. Wollte sie sich überhaupt wirklich mit ihm treffen? Jetzt wäre die Gelegenheit, das Treffen noch abzusagen. Ein Date war es für sie sowieso nicht. Allerdings schien Julian das anders zu sehen. Sie öffnete gerade den Mund, um zu antworten, als sie Felix an einem Rundtisch in einiger Entfernung sitzen sah. Da war er also. Am Tisch von Barbara und ihren Freundinnen! Die Stimmung schien ausgelassen. Er lachte, erzählte gestenreich und saß näher als nötig neben ›Babsi‹. Sie und ihre Freundinnen hingen regelrecht an seinen Lippen. Das musste ja eine tolle Geschichte sein, die er da zum Besten gab.

»Schön. Bis später. Ich freu mich«, hörte Doro sich sagen.

112

Die Bar befand sich nicht weit vom Restaurant entfernt. Mit gemischten Gefühlen betrat Doro den Raum. Seit ihrer Trennung war sie mit keinem Mann mehr ausgegangen. Und davor war sie natürlich immer nur mit Matthias unterwegs gewesen, der ihr über Jahre hinweg vertraut war. Wie lange war es her, dass sie ein Date hatte? Auch wenn sie es bisher nicht so hatte sehen wollen, musste sie sich eingestehen, dass es sich genau darum handelte. Ihre Mutter hatte ihr noch einige gutgemeinte Tipps gegeben, ohne die sie vermutlich auch hätte leben können, und kritisch an ihren Klamotten herumgezupft.

Sie trug an diesem Abend wieder die schwarze Hose und dazu eine schwarze Tunika mit einem Muster aus weißen und pinkfarbenen Blumen. Nicht gerade zu Gundulas Freude.

»Hättest du nicht mal etwas Figurbetonteres anziehen können? Was ist mit den Klamotten, die wir heute gekauft haben? Das ist ganz nett, was du da anhast. Aber das war's auch schon. Nett. In Ordnung für die Arbeit, aber doch nicht für ein Date«, grummelte sie. Doro merkte, wie ihr Blutdruck stieg. Um eine Szene im Speisesaal zu vermeiden, machte sie sich früher als nötig auf den Weg zur Bar und überließ ihre wichtigtuerische Mutter der armen Hanne. Noch eine Minute länger und sie wäre ihr an die Gurgel gesprungen.

Doro blickte sich um. Außer ihr war lediglich der Barkeeper anwesend. Na toll. Der Tresen bestand aus dunkelbraunem Walnussholz. An den Wänden hingen neben Bildern auch einige bodenlange, gerahmte Spiegel, die den Raum optisch vergrößerten. Neben den üblichen Barhockern gab es mehrere schwarze Tischchen, die mit schwarzen Ledersofas und -sesseln angeordnet waren. Einen Kontrast zu der dunklen Einrichtung bildeten die zugehörigen Stühle, die zwar ebenfalls aus dunklem Holz, aber abwechselnd mit gelber, roter und blauer Polsterung bezogen waren, sowie ein roter Teppich.

»Schönen guten Abend«, sagte der Barkeeper und stellte das saubere Glas, das er soeben poliert hatte, vor sich ab. »Darf ich Ihnen etwas zum Trinken anbieten?«

Doro starrte den Mann an. Er war schätzungsweise um die dreißig, hatte dunkle Haare und einen attraktiven Dreitagebart, der ihm in Kombination mit seinem weißen, gestärkten Hemd und der schwarzen Krawatte, die lässig gebunden unterhalb des oberen geöffneten Hemdknopfs hing, einen leicht verwegenen Anstrich gab.

Aufmunternd lächelt er sie an, und Doro überlegte, was sie bestellen sollte. Sie kam sich etwas verloren vor, so ganz allein als bislang einziger Gast.

»Ah, auch schon da?«, hörte sie da Julian hinter sich. Er lief mit ausgestreckten Armen auf Doro zu und drückte sie kurz an sich. »Ich hab mich extra beeilt. Und du dich scheinbar auch.« Er strahlte und führte Doro wie selbstverständlich zu einem Tisch in der Ecke.

Doro schluckte. Dass sie dieses Treffen kaum erwarten konnte, diesen Eindruck hatte sie nicht erwecken wollen. Während der wenigen Schritte kam sie nicht umhin, zu bemerken, dass Julian richtig gut aussah. Er trug Jeans, die optimal saßen und seine athletischen Beine samt Po perfekt zur Geltung brachten. Dazu ein schwarzes, leicht

114

tailliertes Hemd, das fast ein wenig im Licht schimmerte. Oder bildete sie sich das nur ein?

Ganz der Gentleman ließ er sie als Erste Platz nehmen. Sie wählte die Ledercouch. Er machte Anstalten, sich neben sie zu setzen. So war das aber nicht abgemacht, dachte Doro und rutschte schnell etwas in die Mitte. Julian zwinkerte ihr zu und wählte souverän den Sessel.

Puh. Gerade nochmal gutgegangen. Das ging ihr doch alles etwas zu schnell.

»Was möchtest du trinken?«, fragte er. »Ich kann den Sex on the Beach empfehlen.«

Doro zog die linke Augenbraue leicht nach oben. Schon wieder eine Anspielung? Dann schüttelte sie kaum merklich den Kopf. Ihre Mutter hatte sie völlig verrückt gemacht mit ihrem Gerede. Sie würde sich jetzt entspannen und den Abend einfach genießen. Weit weg von Gundula und ihren Allüren.

»Gerne«, bestätigte sie.

Julian rief dem Barkeeper, der Max hieß, wie Doro erfuhr, ihre Bestellung zu und machte es sich in seinem Sessel bequem. In Doros Gehirn ratterte es. Sie musste etwas sagen. Nur was? Es war so verdammt lang her. Wie begann man ein Date?

Auf der Arbeit, im Autohaus, war sie ganz anders. Wenn ihre Kollegen sie jetzt sehen könnten! Sie würden es nicht glauben. Dort hatte sie alles Griff, wusste, was sie konnte, fluchte bei Bedarf wie ein Müllkutscher und trank hin und wieder auch mal ein Bier mit den Kollegen in der Werkstatt. Sie war der Fels in der Brandung, und ihr Chef wusste das. Warum stellte sie sich jetzt also so an? Lag es an der Anwesenheit ihrer Mutter? Aber wahrscheinlich hatten ihre Mutter und Tante Simone einfach recht, und sie hatte sich zu sehr gehen lassen in letzter Zeit. Die geplatzte Hochzeit hatte ihrem Selbstbewusstsein einen erheblichen Knacks versetzt.

Vielleicht sollte sie einfach einen Witz erzählen, um das Eis zu brechen. Sie hatte auch einige etwas derbere in ihrem Repertoire. Je nach Persönlichkeit konnte sie auf der Arbeit damit durchaus punkten.

»Kennst du den?«, platzte sie heraus. »Was steht auf dem Grabstein eines Mathematikers?«

Julian sah sie ausdruckslos an.

»Na? Damit hat er nicht gerechnet.« Doro grinste verlegen. Vielleicht war es doch keine so gute Idee gewesen. Dabei hatte sie extra einen harmlosen Witz gewählt. Glücklicherweise brachte Max die Cocktails.

Plötzlich lachte Julian. »Der ist echt gut. Tut mir leid, ich hab etwas gebraucht. Auf einen Witz war ich nicht vorbereitet.«

»Schon gut.« Sie griff nach ihrem Cocktail. Lecker!

»Was machst du denn sonst so, wenn du nicht gerade eine Woche für deine Gesundheit opferst?«

»Überwiegend Buchhaltung, aber eigentlich bin ich Mädchen für alles. Ich arbeite in einem Autohaus. Und du? Machst du diese Kurse hauptberuflich?«

Er nickte. »Seit zwei Jahren. Ich habe Sport studiert und bin durch Zufall an den Job gekommen. Es ist ganz interessant. Immer neue Leute.«

Wie alt war der Knabe? Etwa noch jünger, als sie gedacht hatte? Doro nahm einen Schluck des süßen Mixgetränks.

»Hm. Und wohnst du hier in der Gegend?«, fragte sie dann.

»Sogar hier im Hotel. Ich hab ein Dauerzimmer, sozusagen. Ist ganz praktisch. Und man bekommt immer vorzügliches Essen. Das Hotel ist das Beste. Also, von denen, die an diesem Gesundheitsprogramm hier in der Gegend teilnehmen.« Ein Mann in der Bar bestellte laut hörbar einen Drink. Julian lehnte sich etwas nach vorn. »Ist es das erste Mal, dass du an einer Aktiv-Woche teilnimmst?«

»Ja. Meine Mutter ist darauf gekommen.«

»Dann habt ihr gleich das Sahnestück erwischt, was die Unterkunft angeht. Ich mache das gleiche Programm noch einige Kilometer weiter in einem Hotel. Es ist auch schön. Aber das hier hat halt vier Sterne.«

»Das war auch der Grund, warum meine Mutter hierher wollte.«

Doro ließ ihren Blick nochmals umherschweifen. Julian hatte recht. Das Hotelambiente war toll. Allmählich füllte sich auch die Bar mit Gästen. War es eben noch mucksmäuschenstill gewesen, wurde nun überall Gemurmel laut. Im Hintergrund erklang leise Musik. Doro wurde etwas lockerer.

»Man kommt rum. Hier bin ich seit ein paar Monaten. Vorher hab ich solche Kurse in Baden-Württemberg gehalten. Für immer werde ich das aber nicht machen«, sagte Julian. »Und woher kommst du? Vielleicht von gar nicht so weither? Wäre schön, wenn so eine attraktive Frau im Umkreis wohnen würde.« Er zwinkerte ihr zu.

Zum Glück hatte Doro gerade ihren Strohhalm im Mund. Das verschaffte ihr ein paar Sekunden Zeit, um zu antworten. Sie war völlig überrumpelt angesichts dieses Kompliments. Als attraktiv hatte sie schon lange keiner mehr bezeichnet. Sie fühlte sich geschmeichelt, aber auch ein wenig hilflos. Im Süßholzraspeln war sie nicht besonders gut.

Mit dem Strohhalm im Mund sah sie ihm geradewegs in die Augen, dann ließ sie den Halm kokett aus ihren Lippen hervorgleiten. Ihre Mutter wäre stolz auf sie!

»Ich wohne bei …«, begann sie gerade, als ein gelber Fleck in ihrem Augenwinkel auftauchte und ihre Aufmerksamkeit auf sich zog wie das Licht die Motte. Sie wandte den Kopf und sah Hanne in ihrem senfgelben Rolli. Neben ihr … »Meine Mutter«, raunte sie perplex.

Beide winkten verschmitzt und drückten sich aneinander wie zwei Schulmädchen, die etwas zu tuscheln hatten. Dabei wirkten die Frauen optisch nicht gerade wie das ideale Freundinnen-Duo. Gundula in ihrem schicken Kostüm, wie immer mit reichlich Schmuck behangen, und Hanne dagegen mit ihrem grauhaarigen Pferdeschwanz und in gelbem Rollkragenpullover und dunkelblauer Schlabberhose. Käme Doro ihr Auftauchen nicht so ungelegen, würde sie die zwei wahrscheinlich sogar putzig finden.

»Du wohnst bei deiner Mutter?«, fragte jetzt Julian, dessen Aufmerksamkeit noch immer auf Doro gerichtet war. In seiner Stimme schwang unüberhörbar etwas mit, das man durchaus als Entsetzen bezeichnen könnte.

»Wie bitte?« Entgeistert starrte Doro Julian an. »Ich wohne doch nicht bei meiner Mutter. Um Himmels willen!« Vehement schüttelte sie den Kopf. »Nein, da.« Sie deutete zu den Frauen, die immer noch unweit entfernt standen und grinsten. Doro bemühte sich um eine angemessene, erwachsene Reaktion. Also deutete sie mit den Fingern ein kleines Zurückwinken an und rang sich ein Lächeln ab.

»Ach so.« Julian winkte ebenfalls.

Die beiden Frauen kicherten und zwängten sich an einen kleinen Tisch mit Blick zu ihnen herüber.

Ganz klasse! Das war es, was Doro noch gefehlt hatte. Zwei Zuschauer bei ihrem ersten Date nach … wie viel Jahren?

»Also, ich …«, setzte Doro erneut an und hatte völlig vergessen, was sie zu Julian hatte sagen wollen. »Meine Mutter wohnt auf Mallorca«, sprach sie einfach das aus, was ihr gerade in den Sinn kam. »Zumindest hat sie das noch vor kurzer Zeit getan. Ob das noch stimmt …« Sie zuckte die Schultern.

Julian runzelte leicht verwirrt die Stirn. »Du weißt nicht, wo sie gerade wohnt?«

»Na ja, sie ist etwas flatterhaft. So lange wie auf Malle hat sie es selten irgendwo ausgehalten. Von daher … Gut möglich, dass sie ihre Zelte mal wieder woanders aufschlägt, irgendwann.« Sie warf einen argwöhnischen Blick zu ihrer Mutter hinüber, was die sofort zur Kenntnis nahm. Doro stöhnte innerlich auf. Genau das hatte sie erwartet. Bestimmt kommentierten die beiden jegliche Bewegung von Julian und ihr, wie Waldorf und Statler, die zwei Alten auf ihrem Balkon aus der Muppet Show.

»Also, wenn ich es mir leisten könnte, auf Mallorca zu wohnen, würde mich kaum mehr etwas dort wegbringen. Das schöne Wetter, das Meer …« Julian geriet ins Träumen.

Doros Stimmung schlug um. Sie fühlte sich Julian gegenüber auf einmal alt. Was Gundula hingegen betraf, kam sie sich vor wie ein kleines Kind, das unter der Aufsicht der Mutter stand und beobachtet wurde, damit sie ja nichts falsch machte. Und dann war da noch Julian selbst. Er sah gut aus, schien sich für sie zu interessieren. Warum redeten sie dann dauernd über ihre Mutter?

»Wohnt sie auf einer Finka?«, fragte er sogleich weiter.

Doro spitzte die Lippen.

»Ich war noch nie dort«, verriet sie.

»Also, ich weiß nicht. Ihr steht euch wohl nicht besonders nahe? Den Eindruck vermittelt ihr überhaupt nicht.«

Doro begutachtete ihr leeres Cocktailglas. Ein weiteres Getränk dieser Art würde bestimmt nicht schaden. Sie war fest entschlossen, sich den Abend nicht vermiesen zu lassen.

»Sieh einer an. Ist da noch frei?«, ertönte plötzlich eine bekannte Stimme neben ihr.

Julian und Doro schauten auf.

Neben ihrem Tischchen standen Felix und Barbara. Felix grinste frech. Barbaras Gesichtsausdruck war weniger fröhlich. Julian zog die Stirn kraus und starrte den anderen Mann an.

»Wir sind anscheinend etwas spät dran und alle Plätze besetzt«, fügte Felix nun hinzu und rückte Barbara schon einen Stuhl zurecht. Zögerlich nahm sie Platz. Einen Augenblick später ließ Felix sich neben Doro aufs Sofa sinken. Sie merkte, wie das Sitzpolster unter seinem Gewicht nachgab. Ungewollt rutschte sie auf dem glatten Lederbezug ein paar Zentimeter weiter zur Mitte.

Mir nichts, dir nichts saßen sie und Felix ziemlich dicht nebeneinander. So dicht, dass sein Oberschenkel ihren berührte. Alles um sie herum schien schlagartig auf die halbe Größe zusammenzuschrumpfen. Sie spürte seine körperliche Anwesenheit allzu intensiv. Der Duft seines Aftershaves kroch ihr in die Nase.

Sie bemühte sich, so unauffällig wie möglich weiter zur Lehne rutschen. Doch entweder war sie zu breit, was sie nicht hoffte, oder es fehlte schlichtweg der nötige Platz. Felix drehte sich zu ihr und veränderte damit seine Position, rührte sich aber keinen Millimeter von ihr weg.

Merkte er nicht, dass er ihren Bewegungsradius gefährlich einschränkte? Oder störte es ihn einfach nicht? Und was hielt Babsi von alldem? Doro warf ihr einen flüchtigen Blick zu, der, wie sie hoffte, ausdrückte, dass es nicht ihre Schuld war. Doch Barbara schien das nicht aufzufallen. Missmutig fixierten ihre Augen den nicht vorhandenen Abstand zwischen ihr und Felix. Ihr Sitznachbar jedoch schien Babsi für diesen Moment vergessen zu haben.

»Und, hat sich deine Mutter wieder gefangen? Ich meine, wegen dieser Frau, die vom Dach gestürzt ist?«, fragte er.

Oh bitte! Nicht auch noch diese jämmerliche Geschichte! Doro atmete tief durch.

»Alles wieder in Ordnung. Denke ich«, antwortete sie knapp und wagte kaum, ihn anzuschauen. Sie befürchtete, sein Gesicht könnte ihr ebenso nahe sein wie der Rest seines Körpers.

War ihre Laune eben noch am Sinken, wusste sie ihre Gefühlswelt nun gar nicht mehr zu deuten. In ihrem

Bauch grummelte es. Schmetterlinge etwa? Wegen Felix? Oder doch wegen Julian, der sie in diesem Moment mit seiner Hand am rechten Knie streifte? Ob mit Absicht oder nicht, konnte sie nicht sagen.

»Was ist passiert?« Julian hatte nicht gehört, was sie und Felix miteinander sprachen.

Doro schüttelte den Kopf.

»Nicht der Rede wert. Alles bestens. Aber ich könnte noch etwas zu trinken gebrauchen«, versuchte sie vom Thema wegzukommen. Über Gundulas Einbildung zu philosophieren, war das Letzte, was sie jetzt wollte.

»Gute Idee. Wir auch. Oder?«, verkündete Felix. Offensichtlich war ihm wieder eingefallen, dass er nicht allein hierhergefunden hatte.

»Darauf kannst du Gift nehmen.« Barbaras Stimme war hörbar frostig.

Gab es etwa Ärger im Paradies? Doro konnte sich ein Grinsen nicht verkneifen.

»Möchtest du noch einen Sex on the Beach?«, fragte Julian Doro.

»Sex on the Beach?« Felix lächelte schief.

»Ja, den hätte ich bitte auch gern«, stellte indes Barbara klar. Ihr Blick war herausfordernd und stur auf Felix gerichtet.

»Tja, dann. Sollte ich wohl auch einen nehmen.« Er zwinkerte seiner Verabredung zu.

»Doro?« Julian sah sie fragend an.

»Lieber einen Swimming Pool«, antwortete sie.

Julian nickte und erhob sich. »Dann organisiere ich mal die Drinks.«

Eine Sekunde später streckte sich Felix ausgiebig, und sein Arm landete kurz darauf hinter Doro auf der Sofalehne.

»Stört dich doch nicht, oder? Ist ein wenig eng hier.«

11.

Was war nur in ihn gefahren? Felix lehnte lässig in der Ledercouch der Hotelbar und verstand sein Verhalten selbst kaum. Dieses Machogehabe war grundsätzlich nicht seine Art. Trotzdem verhielt er sich momentan genauso.

Jetzt hatte er auch noch seinen Arm hinter Doros Rücken platziert. Es stimmte, es war deutlich angenehmer, so dazusitzen, als ständig mit ihr zusammenzustoßen. Aber genau genommen könnte er auch einfach ein paar Zentimeter zur Seite rücken. Doch irgendetwas hinderte ihn daran.

Babsi saß ihm gegenüber und schaute nicht gerade freundlich drein. Er konnte es ihr nicht verdenken. Als sie sich mit ihm verabredet hatte, hatte sie bestimmt eine andere Vorstellung davon gehabt, wie der Abend verlaufen würde. Er selbst im Grunde auch.

Sie sah wirklich toll aus in ihren enganliegenden, glänzenden Jeans, die ihre schlanken Beine gut zur Geltung brachten, und in dem weißen Shirt, das modisch an den Ärmeln oben aufgeschlitzt war und je nach Bewegung die nackte Haut von Arm und Schultern preisgab. Sie war genau die Art Frau, die ihn gewöhnlich anzog. Trotzdem hatte er sie hier an den Tisch gezerrt. Sicherlich, die Bar war voll. Überfüllt, könnte man sagen.

Vermutlich war das den Freigetränken der Hotelleitung geschuldet, die als Entschuldigung für das Hubschrauberszenario angeboten worden waren. Dennoch. Er hätte sich einfach umdrehen und mit ihr woanders hingehen sollen. Irgendwohin, wo es etwas ruhiger war. Mit ein wenig mehr Privatsphäre! Auf den Cocktail auf Kosten des Hauses war er mit Sicherheit nicht angewiesen.

Er verdiente genug, um eine Frau auf ein paar Drinks einzuladen. Warum also war er schnurstracks auf Dorothe und Julian zumarschiert, sobald er sie entdeckt hatte? Er hatte eigentlich nicht vorgehabt, sich zu ihnen zu gesellen. Und doch hatte er es getan.

Unentschlossen, wie es jetzt weitergehen sollte, sah er sich um. Gegenüber von ihm saß eine Frau, die ihn mit ihren Blicken aufspießte, neben ihm eine, die ihn zu ignorieren versuchte. Dann entdeckte er Gundula und Hanne, die ihm sofort zuwinkten. Verblüfft grüßte er. Ein wenig hatte er sie beim Abendessen sogar vermisst, mit ihren Ansichten und bissigen Bemerkungen. Auch wenn er mit Babsi und ihren Freundinnen durchaus Spaß gehabt hatte.

Doro war über die Entwicklung des Abends wenig begeistert. Gerade eben strich Felix' Finger ein kleines Stück ihre Wirbelsäule hinab. Bestimmt war es ein Versehen. Er hatte nur seine Hand bewegt, und weil sein Arm zufällig hinter ihr auf der Lehne lag, kam es zu dieser zwanglosen Berührung. So musste es gewesen sein. Doro versteifte sich augenblicklich, dennoch machte ihr Herz einen kleinen Hüpfer. Sie sah zu Barbara und fühlte sich nicht annähernd so locker, wie es hoffentlich den Anschein machte.

Dieser Widerspruch ihrer Gefühle verwirrte sie. Warum nur hatte Felix eine solche Wirkung auf sie? Sie war ganz sicher nicht die Sorte Frau, für die er sich grundsätzlich interessierte. Das war doch eher jemand wie Barbara, gänzlich anders als sie selbst.

Doro musterte sie eingehend. In den Klamotten, die Barbara trug, würde sie etwa so vorteilhaft aussehen wie eine Knackwurst. Schon ihr massiger Busen würde dieses sexy Oberteil regelrecht sprengen. Außerdem könnte Doro schwören, dass ›Babsi‹ regelmäßig zur Kosmetikerin ging, gutes Geld beim besten Frisör der Stadt ausgab und einen Großteil ihrer Freizeit mit Shoppen verbrachte. Doro machte sich ihre Nägel – wenn überhaupt – selbst, ging zum nächstbesten Frisör um die Ecke und kaufte ihre Klamotten meist im Sonderangebot. Wenn sie es recht überlegte, konnte sie Barbara nicht leiden. Sie war so, so … ihrer Mutter ähnlich?

Vielleicht hatte sich Felix doch daran erinnert, wer sie war, dachte sie plötzlich. War das alles nur ein Spiel für ihn? Der Gedanke gefiel ihr überhaupt nicht. Wenn nur ihr Körper ebenso vernünftig wäre wie ihr Kopf. Felix brauchte sie nur auf eine bestimmte Art anzuschauen, und schon fühlte sie sich wie der Teenager von damals. Das musste aufhören! Sie biss sich auf die Lippe.

126

»Ein ganz schöner Andrang an der Bar«, bemerkte Julian und ließ sich wieder in seinen Sessel fallen. »Aber ich hab Max Bescheid gesagt. Die Cocktails werden gleich gebracht.« Er lächelte Doro an.

»Klasse. Ich denke, wir trinken ihn schnell und schauen dann weiter. Oder?«, wandte sich Barbara mit einem perfekten Augenaufschlag an Felix.

»Ja. Klar.«

»Sehr schön.« Julian rieb sich die Hände. Diese Antwort schien ganz in seinem Sinn.

»Was habt ihr denn noch geplant?«, mischte Doro sich nun ein, ohne zu wissen, warum sie das überhaupt fragte.

»Wir finden bestimmt ein lauschiges Plätzchen«, meinte Felix mit seltsamem Nachdruck.

»Wie wäre es mit dem Minigolfplatz?« Doro sah Felix nun doch direkt an. Ihr Vorschlag klang dreist, das war ihr durchaus bewusst.

Der zog die Stirn kraus. »Minigolf? Um diese Zeit?«

»Im Dunkeln ist gut munkeln.« Sie grinste verwegen.

»Das hättest du wohl gern?«, fragte er herausfordernd.

Für einen Moment schauten sie sich geradewegs in die Augen. Hätte sie das gern? Sie konnte es nicht sagen. Was sie jedoch sicher wusste, war, dass ihr die Vorstellung, Felix würde mit Barbara am Minigolfplatz herumknutschen, gar nicht passte. Wieso hatte sie nur ihren Mund nicht halten können und ihn damit vielleicht sogar auf diese Idee gebracht?

»Seid ihr fertig?«, klinkte sich Barbara genervt ein und zerstörte damit den intimen Blickwechsel. »Ich denke, das werden Felix und ich schon selbst entscheiden.«

»Spielst du gerne Minigolf?«, fragte Julian Doro.

»Oh ja. Ich bin die Königin des kleinen Balles.« Was war nur in sie gefahren? Zehn von achtzehn Löchern traf sie nicht. Aber es gefiel ihr, ein wenig aufzuschneiden und zumindest so zu tun, als ob.

»Dann spielen wir doch mal eine Runde.« Julian schien gut gelaunt.

»Mitten in der Nacht?«, quiekte Doro beunruhigt und richtete sich abrupt kerzengerade auf. Noch weniger begeisterte sie die Aussicht, mit Julian herumzumachen. »Auf keinen Fall!«

Alle Blicke ruhten auf ihr.

»Viel zu dunkel und viel zu kalt«, stellte sie deshalb erklärend fest.

»Ach ja?« Felix gab ein abschätziges Geräusch von sich.

Julian verzog kurz den Mund. Dann legte er seine Hand auf ihre.

»Ich dachte auch mehr an morgen Nachmittag«, sagte er grinsend.

Doro atmete erleichtert aus. Das war ja mal wieder typisch, sich in so eine Situation zu manövrieren. Aber nochmal gutgegangen. Sie nickte. »Warum nicht.«

»Sagt uns Bescheid. Dann spielen wir ein kleines Match«, forderte Felix sie auf. »Ich würde gern von der Königin lernen und mich vor ihren Künsten verneigen.«

Doro starrte ihn an. Verarschte er sie etwa?

Barbara kicherte krötig und nahm ihren Cocktail in die Hand. Ihre erste gute Idee, wie Doro fand. Sie griff nach ihrem Swimming Pool, der sie mit seiner blaugrünen Farbe begeisterte. Sie stießen alle miteinander an. Gundula und Hanne prosteten ihnen von Weitem zu. Die

Musik wurde etwas lauter, und zwei Pärchen begannen zu tanzen.

Felix bemerkte den Blick, den Babsi ihm zuwarf. Sie wollte hier verschwinden. Er müsste sich geschmeichelt fühlen. Aber er spürte ebenso Doros Unbehagen wegen der Art und Weise, wie sie sich gab. Trotz der erst kurzen Bekanntschaft merkte er genau, dass sie nicht so locker war wie sonst. Hinzu kam die sexuelle Spannung, die zwischen ihnen beiden herrschte. Ob sie es genauso empfand? Felix spürte es deutlich. Ein Umstand, der ihn verwirrte. Diese Frau mit der unmöglichen Frisur hatte es fertiggebracht, sein Interesse zu wecken. Mehr noch. Er fand sie mit ihrer bodenständigen Art und den verlockenden Kurven unglaublich sexy.

Unwillkürlich kratzte er sich hinterm Ohr. Das tat er immer, wenn er sich über etwas im Unklaren war. Dann nahm er seinen Strohhalm in den Mund und trank einen großzügigen Schluck seines Cocktails.

»Ich geh mich mal frischmachen.« Barbaras Ton war muffelig. »Falls ich in ein paar Minuten nicht wieder da bin, kannst du mich ja suchen kommen.« Damit stolzierte sie aus der Bar und ließ ihren Begleiter sitzen.

Doro starrte Felix einen Moment lang an. Es überraschte sie, dass er mit Strohhalm trank. So, wie sie ihn einschätzte, hätte sie erwartet, dass er vom Glas trinken würde. Aber im Grunde verwunderte es sie noch mehr, dass er überhaupt einen Cocktail trank. Er war ihrer Meinung nach eher die Sorte Mann, die einen Whisky oder Bier bevorzugten.

Während sie noch ihren Gedanken nachhing, verzog Felix auch schon das Gesicht. Also doch. Doro unterdrückte ein Grinsen. Als er ihren Blick auffing, lächelte er sie an. Es knisterte zwischen ihnen, was Doro gewaltig nervös machte. Verlegen stellte sie ihr Glas auf dem Tisch ab.

»Julian«, rief jemand. »Kann ich Sie kurzsprechen?«

Ein Mann, der dem Anschein nach zum Hotelmanagement gehörte, schlängelte sich an den Tanzpaaren vorbei und trat zu ihnen. Julian seufzte leise.

»Du entschuldigst mich einen Moment? Bin gleich wieder zurück.« Er verschwand mit dem Mann aus der Bar.

Doro war sich nicht schlüssig, ob sie erleichtert oder frustriert sein sollte. Plötzlich war sie mit Felix allein. In ihr herrschte pures Chaos. Gleich darauf bimmelte ihr Handy. Entschuldigend zog sie es hervor.

»Was ist los mit dir? Ran an die Buletten!«, ertönte die Stimme ihrer Mutter.

Doro beugte sich etwas nach vorn, um ihre Mutter sehen zu können. Das konnte doch nicht wahr sein! Gundula hatte die Ellenbogen auf den Tisch gestützt, hielt sich das Handy ans Ohr und beobachtete mit Adleraugen jede ihrer Bewegungen.

»Ich mach das schon«, zischte Doro.

»So sieht das aber nicht aus. Was ist denn überhaupt los bei euch da drüben? Hattet ihr ein Doppeldate geplant? Davon hast du gar nichts gesagt.«

»Nein.« Doro sog scharf Luft ein. »Aber ich wüsste nicht, was dich das angeht.«

»Bitte! Darf eine Mutter nicht auf das Glück ihrer Tochter hoffen? Du sollst schließlich nicht auf ewig allein bleiben. Liegt es an Matthias, dass du dich so zierst? Vergiss den Scheißkerl!«

Hanne zog die Stirn kraus und saß mit verschränkten Armen da. Offensichtlich hieß sie Gundulas Einmischung nicht gut. Doro war ganz ihrer Meinung, wusste jedoch nicht, was sie antworten sollte, ohne dass Felix mitbekam, worum es ging. Doch wahrscheinlich hatte er diese grandiose Aktion ihrer Mutter sowieso bereits erfasst.

»War's das?«

»Ich denke schon, dass du Chancen bei Felix hast. Du musst nur …«

Doro drückte auf die Aus-Taste und schob ihr Handy mit Nachdruck zurück in ihre Tasche. Felix musterte sie mit einem unergründlichen Blick.

»'tschuldigung«, sagte sie.

Er ging nicht darauf ein.

»Madame. Möchten Sie tanzen?«, fragte er stattdessen.

Damit hatte sie nun gar nicht gerechnet. »Äh, nicht unbedingt.«

»Also ja«, antwortete er, ohne ihren Einwand zu beachten. Lächelnd zog er sie hoch und zu den anderen tanzenden Paaren, noch bevor sie wusste, wie ihr geschah. Aus den Lautsprechern drang so ein Schmusesong. Zwar in angenehmer Lautstärke, aber eben ein Lied, zu dem man sich höchstens eng aneinandergeschmiegt wiegen konnte. Viel mehr Platz gab die kleine Fläche zwischen Theke und Sitzgruppen sowieso nicht her.

Doro verstand die Welt nicht mehr. Wie kam Felix nur auf die Idee, mit ihr zu tanzen? Zu so einem Lied!

Er legte seine Hand auf ihre Taille und zog sie leicht an sich. Doros Magen krampfte sich zusammen, und da, wo seine Hand sie berührte, kribbelte es gewaltig. Zaghaft neigte sie ihren Kopf nach hinten und blickte ihm fragend ins Gesicht. Hitze durchflutete sie. Seine Augen waren von sattem Braun und strahlten Vertrauen und Beständigkeit aus. Doro hatte das Gefühl, sich darin zu verlieren. Sie blinzelte. Fast scheu legte sie ihre Hand in seine, und sie bewegten sich sanft zur Musik.

Felix konnte sich selbst nicht erklären, was er gerade tat. Für gewöhnlich hasste er es, zu tanzen, und nutzte jede Gelegenheit, um derartigen Aktivitäten zu entkommen. Und nun war er es selbst, der Dorothe dazu verführte. Er hielt sie im Arm und sah ihr tief in die Augen. Dann fiel sein Blick auf ihr Haar.

»Sag mal, hast du dir schon mal überlegt, dir eine etwas andere Frisur zuzulegen?«

Sie runzelte die Stirn, und er erntete ein abfälliges Grinsen.

»Ich meine, du bist eine hübsche Frau. Eine weiblichere Frisur würde das noch unterstreichen«, beeilte er sich hinzuzufügen.

»Vielleicht ist sie ja der Ausdruck dafür, wie ich mich fühle.«

Nun war es an ihm, die Stirn zu runzeln.

»Hast du Probleme?«, fragte er. »Also nicht, dass deine Frisur sooo schrecklich ist.«

Stille. Mist! Er hatte es verbockt. Dabei war die Frage ernst gemeint. Es interessierte ihn wirklich, und er wollte sie nicht triezen.

Dann lachte sie. Erleichtert stimmte er mit ein.

»Danke schön! Und nein, Probleme habe ich genau genommen nicht. Sagen wir einfach, in meinem Leben gab es in letzter Zeit mehr ein Tief als ein Hoch.«

»Und das hast du durch deine Frisur zum Ausdruck gebracht? Interessant.«

Sie vollführten eine Drehung. Felix sog Doros Duft ein. Sie roch nach Shampoo und einem Hauch Parfüm.

»Hast du noch nie davon gehört, dass viele Frauen sich eine neue Frisur zulegen, wenn sie ihr Leben ändern?«, fragte sie. Und es stimmte. Bei ihr zumindest. Am Tag nach Matthias' erbärmlichem Geständnis war sie zum Frisör marschiert und hatte sich die Haare raspelkurz schneiden lassen. Sie wollte sich so wenig wie möglich mit ihrem Aussehen befassen müssen. Nicht, dass sie vorher extrem viel Zeit dafür aufgebracht hatte. So wichtig war es ihr noch nie gewesen. Aber mit Matthias' Abgang sah sie noch weniger Sinn darin. Wozu? Inzwischen waren ihre Haare schon wieder etwas nachgewachsen, und sie hatte Gefallen gefunden an ihrer Strubbelfrisur.

»Ach so? Ja, irgendwo habe ich das schon mal gehört.« Er musterte nochmals ihr Haar, das unkoordiniert nach allen Seiten stand. »Das heißt, du bist derzeit wild und ungestüm?«

Doro überlegte. War sie das? So hatte sie es noch nie betrachtet. Sie schmunzelte. Seine Bezeichnung gefiel ihr jedenfalls.

»Wer weiß«, sagte sie in einem Anfall von Übermut und zwinkerte.

»Na, wenn das so ist.« Er zog sie noch ein wenig näher an sich heran.

Doro konnte kaum glauben, dass das gerade passierte. Wie oft hatte sie sich vor Jahren genau das gewünscht? Und es fühlte sich verdammt gut an. Sie drehten sich erneut, dann begann ein noch langsamerer Song, und sie wiegten sich lediglich leicht hin und her. Doro wusste nicht, wie ihr geschah. Irgendwo ganz weit hinten in ihrem Kopf schrillte eine Alarmglocke. Doch sie beachtete sie nicht weiter. Sie wollte einfach nur diesen Moment genießen.

»Das ist doch … Sie sind doch diese Maklerin! Sind Sie doch?«

Eine kreischende Stimme drang schneidend durch den Raum und zerriss den Moment. Mühsam überwand sich Doro, den Blickkontakt zu Felix zu lösen. Ebenso wie alle anderen sah sie sich nach der Ursache dieser Lärmbelästigung um und wurde schnell fündig. Nur wenige Schritte von ihnen entfernt erkannte sie das Hubschrauberehepaar.

Die Frau stand vor keinem anderen Tisch als dem ihrer Mutter und starrte sie giftig an. Der Mann befand sich einen Schritt abseits. Es wirkte fast, als wollte er Sicherheitsabstand wahren. Da Gundula nur reglos zurückstierte, drehte die Frau ruckartig den Kopf zu ihrem Mann.

»Das ist sie doch? Oder?« Sie zeigte auf Gundula und wartete auf eine Antwort. »Norbert!«

Stimmt, dachte Doro. Ihre Mutter hatte erwähnt, dass der Mann so hieß. Doro sah zu ihr. Sie saß an ihrem Tisch und rührte sich nicht. Schon wieder so ein untypisches Verhalten von ihr. Wie das Kaninchen vor der Schlange, kam es ihr in den Sinn. Hanne stand der Mund offen, und sie verfolgte mit ihrem mädchenhaften, unschuldigen Blick sprachlos das Geschehen vor sich.

Der Mann, Norbert, räusperte sich.

»Margot. Nun lass doch«, sagte er in besänftigendem Tonfall.

»Ich habe recht. Also doch. Das ist sie!« Die Frau stemmte die Hände in die Hüften. Ihre glatten blonden Haare schwangen aufgeregt um ihren Kopf, als sie sich an Gundula wandte. »Sie sollten hinter Gittern sitzen. Oder zumindest irgendwo in der Gosse. Aber bestimmt nicht hier in so einem teuren Hotel.« Gereizt blies sie sich eine Haarsträhne aus dem Gesicht. Norbert griff

beschwichtigend ihren Arm und versuchte sie weiterzu-
ziehen. Doch sie schüttelte ihn einfach ab.

»Nun sag doch auch mal was! Schließlich hattest du
doch den ganzen Ärger. So eine Bruchbude. Ein starkes
Stück. Wirklich!«

Er startete einen neuen Versuch. »Das ist hier weder
der passende Zeitpunkt noch der richtige Ort.«

Er trat einen Schritt hinter seine Gattin, um sie fortzu-
schieben. Zögerlich wandte sie sich von Gundula ab.
Erst jetzt bemerkte sie, dass alle Anwesenden auf sie
schauten. Sie straffte die Schultern und verließ vor sich
hinschimpfend neben ihrem Mann die Bar. Der zuckte
nur entschuldigend mit den Achseln und nickte den Anwesenden beschwichtigend zu. Dann waren sie verschwunden.

Auf der kleinen Tanzfläche herrschte Stillstand. Doro
bemerkte erst jetzt, dass Felix und sie ebenso reglos
nebeneinanderstanden wie die übrigen Gäste. Der Kör-
perkontakt war vorbei. Ein wenig enttäuscht biss sie sich
in die Wange. Dann warf sie Felix einen entschuldigen-
den Blick zu und ging zu ihrer Mutter hinüber.

»Was war denn das?«, fragte sie und setzte sich neben
sie.

Gundula spitzte die Lippen und schaute auf ihre Hände. Doro verstand die Welt nicht mehr. Ihre Mutter, die
jeden in Grund und Boden reden konnte, sich von niemandem etwas sagen ließ … Nun, von niemandem außer
dieser kreischenden Frau. Hanne legte mitfühlend ihre
Hand auf Gundulas.

»Geht's dir gut?«, fragte sie.

136

Gundula deutete mit dem Kopf eine leichte Bewegung an, die alles Mögliche heißen konnte. Sie wirkte etwas bedröppelt.

»Ich weiß nicht. Dein Karma heute ist wirklich nicht gut.« Hanne seufzte. »Erst die Frau, die vom Dach gefallen ist, und nun das.«

Sie sprach von der gestürzten Frau, als wäre es tatsächlich passiert. Dabei gab es keinerlei Beweise – und davon hätte es jede Menge geben müssen, hätte Gundula es wahrhaftig erlebt. Blutige Beweise.

Doro wusste nicht, was sie interessanter finden sollte. Die Tatsache, dass Hanne an diese angebliche Beobachtung ihrer Mutter glaubte oder ihre Mutter scheinbar irgendeine Rechnung mit dieser Margot offen hatte. Zumal sich Gundula schon heute Vormittag vor dem Paar versteckt hatte, kaum dass sie sie erkannt hatte.

»Ich glaube, ich hole uns erst mal was zu trinken.« Felix klatschte aufmunternd in die Hände. »Aber etwas Stärkeres als dieses süße Zeug. Oder?«

Gundula nickte. »Ja. Bourbon, Whisky, was auch immer. Ein Brandy wäre gut.«

»Alles klar.«

»Äh, für mich nichts. Danke.« Doro hob abwehrend die Hände.

»Ich hätte gerne einen Long Island Iced Tea«, sagte Hanne. »Der ist etwas gesünder.«

Doro musste lachen. Felix zog skeptisch eine Augenbraue nach oben.

»Was ist denn? Eistee ist in jedem Fall gesünder als der andere Kram«, rechtfertigte sie sich, als sie Doros und Felix' Reaktion bemerkte.

»Okay.« Felix zwinkerte Doro zu und verschwand. In Doro wallte ein flüchtiges Gefühl der Verbundenheit auf. Es war schön, sich mal wieder mit jemandem ohne Worte zu verstehen. Mit Matthias war das, auch als sie noch zusammen gewesen waren, irgendwann verloren gegangen. Vielleicht hätte sie da schon stutzig werden und wissen müssen, dass er nicht der Richtige war. Dass ihr das ausgerechnet mit Felix passieren würde, damit hätte sie niemals gerechnet.

»So. Ich möchte wirklich gerne wissen, worum es gerade ging.« Sie lehnte sich zurück und ließ Gundula nicht aus den Augen. »Erzähl mir nicht, du wüsstest es nicht. Man sieht dir an der Nasenspitze an, dass das nicht stimmt«, erklärte sie mit Nachdruck.

Gundula verzog den Mund, dann begann sie zögerlich zu reden. »Ach!« Sie machte eine wegwerfende Handbewegung. »Diese Frau denkt, ich hätte sie mit einem Haus auf Mallorca über den Tisch gezogen. Angeblich soll ich ihren Mann eine absolute Bruchbude renovieren lassen und die horrenden Rechnungen nicht bezahlt haben.«

»Gundula!« Hanne schnappte nach Luft. »Sowas machst du doch nicht, oder?«

Doros Mutter warf ihrer neuen Freundin einen schiefen Blick zu. »Natürlich nicht! Ich sagte doch, diese Frau denkt das eben.«

»Und warum denkt sie das? Wenn es doch nicht stimmt?«, fragte Doro.

Ihre Mutter zuckte mit den Schultern. »Na, einfach so wird sie das wohl kaum behaupten.«

»Dann muss also doch etwas dran sein«, kombinierte Hanne. »Was ist passiert? Ist das Dach eingefallen? Sind die Wände eingestürzt? Bist du pleite? Herrjemine!«

»Nun übertreib mal nicht!«, entrüstete sich Gundula angesichts dieser Spekulationen. »Ich bin eine ausgezeichnete Maklerin. Ich vermittle nur erstklassige Objekte! Und ich habe definitiv keine Geldprobleme!« Sie fühlte sich in ihrer Ehre gekränkt. Ihre Ohrringe wippten angestrengt auf und ab.

»So, bitte schön. Die Drinks.« Felix stellte vier Gläser in die Mitte des Tischs. Dann schob er Hanne ihren ›Eistee‹ zu und Doro ebenfalls. Die blickte verdutzt. Wollte er sie abfüllen?

»Weil der so gesund ist, habe ich dir auch einen mitgebracht«, sagte er zwinkernd. Gundula reichte er den gewünschten Brandy, er selbst hatte sich auch dafür entschieden.

»Oh! Danke!« Gundula schnappte sich ihr Glas. »Prost!« Sie hob es hoch, und weg war das Gebräu.

12.

Der Handywecker dudelte, und Doro vermisste die Schlummertaste ihres Radioweckers zu Hause. Knurrend drehte sie sich auf den Bauch und hielt sich ihr Kissen über den Kopf. Der pochte, obwohl sie sich noch nicht mal viel bewegt hatte.

Sie wusste, dass sie Alkohol nicht besonders gut vertrug. Heute erhielt sie wieder einmal die Bestätigung. Sie hätte einfach bei ihrem Nein bleiben sollen, anstatt sich von Felix und ihrer Mutter mitreißen zu lassen. Der Abend war noch recht feucht geworden. Ob er auch fröhlich geworden war, da war sie sich nicht ganz schlüssig.

Kurz nachdem Felix die Getränke gebracht und ihre Mutter ihres im Bruchteil einer Sekunde inhaliert hatte, war Julian wieder erschienen und hatte sich neben sie gesetzt, sodass sie zwischen den beiden Männern auf Tuchfühlung gefangen war. Vielleicht war das der Grund gewesen, warum sie einen Brandy nicht ausgeschlagen hatte. Sie war nicht gerade glücklich damit gewesen, zwischen den beiden eingepfercht zu sein, und hatte nicht gewusst, wie sie sich verhalten sollte. Abwechselnd hatte jeder auf sie eingeredet. Es war wie ein Pingpong-Spiel. Doro hatte sich entsprechend hin- und hergerissen gefühlt. Julian war wirklich nett und verdiente eine Chance. Was Felix betraf, so war sein Verhalten für sie unergründlich. Ihre Erfahrungen mit diesem Mann zeigten, dass er ihre Zuneigung nicht verdiente. Doch sie war da, das konnte sie nicht verleugnen. Der Brandy hatte ihr geholfen, ihren inneren Aufruhr zu beschwichtigen. Und so war schließlich ein weiterer gefolgt.

Hanne hatte unterdessen tausende verschiedene Mutmaßungen über den Auftritt des Hubschrauberpärchens geäußert. Ob Gundula verklagt worden sei? Eventuell in Millionenhöhe? Schließlich sei Mallorca ein teures Pflaster ...

Gundula dagegen hatte sich darin geübt, auf Hanne einen giftigen Blick nach dem anderen abzufeuern. Gegen Ende des Abends hatte sie ihre Technik so weit perfektioniert, dass Hanne, die dagegen immun zu sein schien, doch etwas unsicher dreinblickte. Andere hätten bestimmt schon vor Stunden vor ihrer Mutter Reißaus genommen.

Ob sie ihre Strahlkraft allmählich verliert?, hatte Doro verwundert überlegt. Doch als auch Julian einen gutgemeinten Kommentar fallen gelassen und daraufhin Gundulas Todesblick zu spüren bekommen hatte, war er sofort still. Sehr zur offensichtlichen Freude von Felix.

Schlussendlich war es wie so oft bei solchen Gelegenheiten. Jeder gab etwas zum Besten, wenn man aber später darüber nachdachte, merkte man, dass man im Grunde nicht viel erfahren hatte.

Doro wurde nicht schlau aus ihrer Mutter. Ihr Informationen zu entlocken, war ein wenig wie Zähne ziehen. Was konnte so schlimm sein, dass sie nicht mit der Sprache herausrückte? Doros Kopf pochte. Er weigerte sich weiter zu denken. Sie brauchte dringend ein Aspirin. Ein leises Stöhnen drang zu ihr herüber. Ihrer Mutter schien es ähnlich zu ergehen.

»Mach doch endlich dieses Ding aus!«, raunzte sie. »Wir sind heute erst am Nachmittag dran.«

Doro zog sich langsam das Kissen vom Kopf und blinzelte zu Gundula hinüber. »Was?«

»Na, heute Vormittag muss die andere Gruppe ran. Immer im Wechsel. Weißt du das nicht?«

Doro gab ein undefinierbares Geräusch von sich und angelte nach ihrem Handy. Das hatte sie total vergessen! Erleichtert ließ sie sich zurück ins Kissen fallen. Nach zwei weiteren Stunden Schlaf sah die Welt hoffentlich etwas besser aus.

Pünktlich um vierzehn Uhr waren alle Kursteilnehmer am Hubschrauberlandeplatz versammelt. Felix hatte lediglich ein Glas Tomatensaft und ein halbes belegtes Brötchen im Magen. Die zwei älteren Ladys hatten es wirklich in sich. Wenn er richtig mitgezählt hatte, hatte Hanne noch drei weitere der ›gesunden‹ Eistees verputzt, und Gundula, die hatte doch schon am Vorabend auf ihrem Balkon vorgeglüht. Ja, sie schienen einiges zu vertragen. Offenbar mehr als er, wie er feststellte. Denn sowohl Hanne als auch Gundula waren bester Dinge und vollführten gerade Stemmbewegungen mit ihren Walking-Hanteln.

»Nicht schlecht, was?«, hörte er Gundula stolz Hanne zurufen.

Er selbst schielte ohne großen Enthusiasmus auf die Dinger, die vor ihm am Boden lagen. Sein Rücken tat auch wieder weh.

Wie schon am Vortag hatte es erst mal ein Gewühl gegeben, bis jeder Hanteln mit passendem Granulatsgewicht gefunden hatte. Während sich alle auf die Geräte stürzten, hielten lediglich er und Doro sich zurück. Er würde einfach nehmen, was übrig blieb. Dorothe schien eine ähnliche Strategie zu verfolgen. Die Sonne blendete, und er war dankbar dafür, dass er einen Grund hatte, um seine Sonnenbrille aufzusetzen.

Auch Doro hatte ihre auf. Hinter seinen dunklen Scheiben konnte er sie ausgiebig mustern, ohne dass es jemandem auffiel. Sie trug eine ganz gewöhnliche Laufhose in Dreiviertellänge, aber Felix fand ihre Beine darin unheimlich sexy. Ihre Haare sahen etwas zerzaust aus, was jedoch kein Hinweis darauf war, wie sie sich fühlte. Das Thema hatten sie ja schon. Er grinste. Allmählich gefiel ihm ihre Strubbelfrisur.

»Na, war die Königin des Minigolfs auf dem Platz und hat sich mit dem Ball ein blaues Auge geschlagen?«, fragte er keck und deutete auf ihre Sonnenbrille, als sie einige Schritte zurücktrat und in seine Nähe kam.

Langsam wandte sie sich um, schob im Zeitlupentempo ihre tiefschwarze Brille nach oben und schenkte ihm einen abschätzigen Blick. »Wer im Glashaus sitzt, sollte nicht mit Steinen werfen.«

Ihr Tonfall war überraschenderweise genau das Gegenteil. Cremig-süß. Für einen Moment war er sprachlos. Was machte diese Frau nur mit ihm? Und an wen zum Teufel erinnerte sie ihn nur?

Er kratzte sich hinter dem Ohr. Vielleicht war es das! Sie erinnerte ihn an einen Filmstar oder ein Fotomodell, konnte das sein? Hatte sie deshalb diese Wirkung auf ihn? Er kniff die Augen zusammen, um seinem Gedächtnis auf die Sprünge zu helfen. Doch es gelang ihm nicht. Es fiel ihm kein bekanntes Gesicht ein, das eine Ähnlichkeit mit Dorothe hatte.

»Dottylein. Wo bist du?«, gurrte Gundula derweil vergnügt von weiter hinten.

Doro verdrehte unwillkürlich die Augen. Würde das wirklich nie enden? Sie beschloss, den Ruf ihrer Mutter zu ignorieren. Wenn sie auf diesen blöden Spitznamen nicht mehr reagierte, würde sie vielleicht irgendwann aufhören ihn zu benutzen. Die Hoffnung starb schließlich zuletzt!

»Okay«, brachte Felix endlich heraus. Er wollte seine eigene Sonnenbrille hochschieben, ließ sie aber gleich wieder auf die Nase zurückgleiten. Eindeutig zu hell für seinen Geschmack. »Ich hab mich geirrt. Kein blaues Auge.«

»Blaues Auge? Was denn für ein blaues Auge? Hast du dich mit Julian gerauft? Oh, wie niedlich!«, plapperte

Gundula, die plötzlich bei ihnen aufgetaucht war. »Hanne? Hanne, hast du das gewusst?«, rief sie sogleich. Felix war amüsiert.

Doro wurde prompt verlegen. »Mutter! Du redest Unsinn«, tadelte sie. »Warum sollten Felix und Julian sowas tun?«

Hatte ihre Mutter nicht mehr alle Tassen im Schrank? Gut, im Hinblick auf den vergangenen Tag musste die Frage wohl besser lauten: Hatte sie nicht mehr alle Flaschen im Schrank? Doros Anspannung ließ nach, und sie musste über ihren gedanklichen Scherz grinsen.

»Na …«, setzte Gundula an, und Doro bereute die Frage.

»Was ist?« Nun kam auch noch Hanne herüber.

»Sind dann alle bereit?«, rief da Julian mit lauter Stimme über die Gruppe hinweg, und Doro war froh, dass es endlich losging, bevor ihre Mutter noch einen dummen Kommentar von sich geben konnte.

Alle stellten sich ordentlich im Kreis auf. Im Gänsemarsch drehten sie eine Übungsrunde, bis jeder wieder an seinem Platz stand. Ein jeder kämpfte damit, die richtige Technik herauszufinden.

»Ich denke, das genügt«, sagte Julian. »Dann marschieren wir mal los. Alle mir nach!«

Mit langem Schritt lief er voran über die Straße und auf einen Feldweg, der in Richtung Waldrand führte. Nur wenige Minuten später hatte sich die Gruppe in Häufchen entzerrt, ähnlich einer auseinandergezogenen Ziehharmonika. Sie alle umgab das Geräusch des Hantelgranulats.

Doro befand sich ziemlich in der Mitte einer Traube. Sie lief hinter ihrer Mutter und Hanne.

»Nun hör endlich auf, mir Löcher in den Bauch zu fragen!« Gundula war seit mehreren Metern schon wieder mit Hanne in eine Diskussion verwickelt. »Dass diese Frau auch einfach keine Ruhe geben kann!«, murmelte sie. Ob sie mit sich selbst sprach oder Doro gemeint war, wusste Doro nicht. Sie versuchte sich da rauszuhalten und hörte nur halb zu.

An der Spitze der Gruppe befand sich Julian, natürlich. Er drehte sich um und wirkte zufrieden. Konnte er wohl auch, denn alle tappten brav voran und schwangen ihre Raktoren. Doch auf einmal zog er eine Grimasse. Doro fragte sich, warum. Instinktiv drehte sie sich ebenfalls um und schaute hinter sich.

Unweit von ihr entfernt marschierte Felix. In Doros Magengegend kribbelte es. Schnell ließ sie den Blick weiterschweifen. Das Schlusslicht bildeten Barbara und ihre Freundinnen. Doch sie legten an Tempo zu und setzten zum Überholen an. Bald würden die Frauen bei Felix ankommen und ihn sicherlich in Beschlag nehmen. Doros Laune verdüsterte sich. Sie wandte sich wieder nach vorn und betrachtete erneut Julian. Mit ihm hatte sie an diesem Tag noch kein Wort gewechselt. Es hatte sich bisher keine Gelegenheit ergeben. Ein Pärchen schloss nun zu Julian auf und nahm Doro die Sicht auf ihn.

Aber sie wollte sich sowieso lieber auf sich konzentrieren. Schon wieder schuckerte das Granulat in Doros Hanteln nicht im Takt. Das war aber auch schwierig! Ein kurzes Zucken, eine Sekunde Verzögerung und schon stimmte es nicht mehr, und sie hatte das Gefühl, als liefe sie irgendwie unrund. Wie ein Rad, das einen Achter hatte. Angestrengt versuchte sie wieder in die Spur zu kommen. Kein einfaches Unterfangen, wenn sie doch ständig Hannes Weisheiten und die Kommentare ihrer Mutter zu hören bekam.

»Und meinem Karma geht's wieder ausgezeichnet! Danke der Nachfrage«, gab Gundula nun grantig Hanne Auskunft.

»Gundula. Entspann dich! Lass das, was dich belastet, einfach raus. Hier in der freien Natur ist die beste Gelegenheit dazu.« Hanne holte hörbar tief Luft und atmete lange ein.

»Vergiss nicht, wieder auszuatmen. Sonst fällst du gleich um«, polterte Gundula.

»Und dann die Bewegung dazu. Du kannst sozusagen auch noch den letzten Rest deiner Last aus dir heraus…« Hanne suchte nach den richtigen Worten. »…walken«, ergänzte sie dann.

»Das kann diese Frau doch nicht ernst meinen, oder?«, fragte Gundula nun Doro über die Schulter hinweg, stemmte die Hanteln verzweifelt in die Höhe und starrte in den Himmel. Doro zog amüsiert eine Augenbraue in die Höhe, was so viel bedeuten sollte wie: ›Was weiß ich.‹

»Was machst du denn da? Du kommst doch total aus deinem Rhythmus«, stellte Hanne augenblicklich fest.

»Was du nicht sagst. Und stell dir vor, es ist mir herzlich egal. Dieses blöde Reaktiv-Walking ist sowieso nicht mein Ding. Ich flaniere lieber. Über mondäne Einkaufsstraßen oder am Hafen von Ibiza entlang oder wo auch immer. Herausgeputzt und hübsch gestylt, anstatt verschwitzt hier durch die Prärie zu hecheln.«

»Aber schwitzen ist sehr gut! Deine Haut transportiert damit die ganzen Giftstoffe aus deinem Körper, die du zu dir genommen hast«, konterte Hanne. »Also, mir geht´s schon viel besser jetzt. Ich wollte vorhin ja nichts sagen, aber ich glaube, der Tee gestern war nicht gut.«

Gundula klappte den Mund auf und wieder zu. »Mein Brandy war einwandfrei.«

Doro musste lachen. Hannes Lebensansichten waren wirklich phänomenal. Etwas weiter hinten hörte sie, wie Felix ebenfalls lachte. Lauschte er etwa ihrem Gespräch?

Prompt verspannten sich ihre Muskeln, und sie war schon wieder aus dem Takt. Sie versuchte sich zu konzentrieren, aber ihre Gedanken schweiften immer wieder ab. Sie spürte Felix' Nähe und fragte sich wiederholt, was gestern Abend passiert war. Er hatte eindeutig mit ihr geflirtet! Selbst sie, die sowas oft als Letzte mitbekam, konnte das nicht leugnen.

Sie dachte an den Tanz mit ihm. Ausgerechnet Felix! Der Mann, der früher kaum einen Blick an sie verschwendet hatte. Der höchstens über ihre Ungeschicklichkeit gelacht hatte, falls er sie überhaupt mal bemerkt hatte. Und dann, als sie gedacht hatte, ihre Liebe könnte nicht weniger erwidert werden, war sie sogar mit Füßen getreten worden, mit diesem Brief. Sie kannte die Zeilen noch heute auswendig, so oft hatte sie ihn gelesen.

Die Anrede hatte er sich gespart und war gleich zur Sache gekommen:

Was ist bloß los mit dir? Reiß dich endlich zusammen und mach was aus deinem Leben, anstatt immer nur zu jammern und dich danebenzubenehmen. Ich möchte etwas aus meiner Zukunft machen, deshalb habe ich mich entschlossen, einen anderen Weg einzuschlagen. Das solltest du auch. Es ist nur ein gut gemeinter Rat. Ich kann nicht mehr zusehen, wie du dich immer wieder lächerlich machst. Ich hoffe, du nimmst dir meine Worte zu Herzen und denkst mal darüber nach. Felix

Doros Augen brannten. Selbst nach so langer Zeit fühlten sich seine Worte noch immer wie Messerschnitte an. Nun war sie endgültig aus dem Rhythmus. Am liebsten hätte sie die blöden Raktoren einfach in die Wiese gepfeffert.

Sie hatte diesen Brief damals wieder und wieder gelesen, ihn verstehen und gleichzeitig nicht wahrhaben wollen, welchen Eindruck sie offenbar bei ihm hinterlassen hatte. Sie war am Boden zerstört gewesen und hatte sich gefragt, ob alle anderen genauso über sie dachten. Eine Zeitlang wollte sie sich nur noch verkriechen. Dann hatte ihre Vernunft irgendwann eingesetzt.

Sie war niemand, der jammerte! Also warum behauptete er sowas von ihr? Nur, weil sie nicht so ein einnehmendes Wesen wie ihre Mutter besaß? Wut kam hinzu. Was bildete dieser Typ sich eigentlich ein? Natürlich waren ihr aus lauter Schwärmerei hier und da ein paar Peinlichkeiten passiert. Sie musste nur daran denken, wie sie gegen das Verkehrsschild geknallt war. Aber deshalb war sie noch lange kein Tollpatsch, und man musste sich auch nicht für sie schämen!

Nachdem sich der erste Schock gelegt hatte, war sie plötzlich froh gewesen, dass er die Klasse verlassen hatte. So musste sie ihn wenigstens nie wieder sehen. Sie erinnerte sich, wie sie die Schultern gestrafft hatte, so wie sie es seit jeher gewöhnt war in ihrem Leben, und einfach weitergemacht hatte. In dem Versuch, den Inhalt dieses schrecklichen Briefs zu verdrängen. Aber vergessen konnte sie Felix' Zeilen nie. Sie begleiteten sie ihr Leben lang. Und immer, wenn es gerade nicht rund lief in ihrem Leben, plagten sie die Selbstzweifel. Zuletzt war das der Fall gewesen, als Matthias die Hochzeit hatte platzen lassen. Noch so eine Geschichte, an die sie lieber nicht mehr denken wollte.

»Na, bei dir läuft's aber auch nicht rund«, sagte Felix, nur noch einen halben Schritt hinter ihr.

Doro schluckte. Nein, bei ihr lief gerade gar nichts rund! Ohne zu antworten, beschleunigte sie und tat, als hätte sie ihn nicht gehört. Sie konnte jetzt nicht mit ihm sprechen. Etwas rüde drängte sie sich zwischen ihrer Mutter und Hanne hindurch und ließ Felix einfach zurück.

Das Geräusch von Microperlen, die hastig in ihren Raktoren umhersprangen, näherte sich Felix in rasanter Geschwindigkeit. Er warf einen Blick über die Schulter und erkannte Barbara, die ihre Hanteln schwang, als ob sie damit einen Preis im Kräftemessen gewinnen wollte.

Selbst ein Blinder konnte erkennen, dass sie mit Wut im Bauch lief. Hoffentlich halfen ihr der Sport und die Bewegung ihre Aggressionen abzubauen, dachte Felix und konnte sich gut ausmalen, dass er an ihrem Ärger nicht ganz unschuldig war.

Er hatte sie gestern mehr oder weniger sitzen lassen. Auch wenn sie selbst von dannen gezogen war, hatte sie ihm doch deutlich zu verstehen gegeben, dass sie ihn draußen erwartete. Er war nicht darauf eingegangen. Hatte sie sogar im Laufe des Abends völlig vergessen. Er überlegte, ob er Gewissensbisse haben sollte. Aber es war nichts zwischen ihnen passiert, bisher. Was konnte also er dafür? Manchmal entwickelten sich Situationen eben anders als gedacht.

Genau genommen war er selbst überrascht, wie sich der Abend entwickelt hatte. Er hatte sogar getanzt! Normalerweise war er schon weg, bevor die Frage danach – die in der Regel von einer Frau kam – ganz ausgesprochen war. Und gestern? Da hatte er gefragt. Mehr noch. Er hatte Doro einfach auf die Tanzfläche gezogen, obwohl sie gar nicht unbedingt gewollt hatte.

»Mensch, Babs, geht's auch einen Schritt langsamer?«, rief Elli, eine ihrer Freundinnen, keuchend.

Felix hörte sie brummen. Sie war also schon gefährlich nahe bei ihm. Ob sie mit ihm reden wollte oder nur so schnell lief, um sich auszupowern und an ihm vorbeizuziehen? Er musste sich eine Strategie zurechtlegen, und zwar schnell. Immerhin war sie die Frau, die ihn interessierte. Nicht Dorothe! Und sie verdiente eine Entschuldigung.

»Also, wenn du nicht endlich mal dein Tempo drosselst, kannst du ohne uns gehen«, maulte nun auch Conny, Babsis andere Freundin, von weiter hinten.

Barbara war nun fast neben Felix angekommen und blies sich eine Haarsträhne, die sich aus ihrem Pferdeschwanz gelöst hatte, aus dem Gesicht.

Felix sah zu ihr hinüber. »Hallo Babsi.« Er versuchte seinen Charme spielen zu lassen. »Wegen gestern … Mein Verhalten war unverzeihlich. Aber ich konnte dich einfach nicht mehr finden.«

Das war eine glatte Lüge, doch er brachte sie hervor, ohne mit der Wimper zu zucken. Er beugte sich leicht nach vorn, um ihren Gesichtsausdruck deuten zu können. Kaufte sie ihm das ab?

Sie blies sich erneut die widerspenstige Haarsträhne aus dem Gesicht, verlangsamte aber immerhin so weit ihr Tempo, dass sie neben ihm lief. Felix betrachtete das als gutes Zeichen.

»Es ist einzig und allein meine Schuld. Ich weiß«, schob er nach.

Sie lief immer noch stumm neben ihm. Wem machte er hier eigentlich etwas vor? Wen versuchte er zu überzeugen, Barbara oder sich selbst? Eine Schweißperle bildete sich auf seiner Stirn. Dieses Reaktiv-Walking war schon anstrengend, oder? Für einen Moment öffnete Barbara den Mund, sagte aber nichts.

»Darf ich dich später auf einen Kaffee oder Cappuccino einladen? Was meinst du?« Er legte so viel Timbre in seine Stimme, wie ihm unter der Anstrengung des Reaktiv-Walkings möglich war. Da sie gerade eine leichte

Anhöhe erklommen, war das kein allzu leichtes Unterfangen. Aber er bemühte sich.

Sie sah ihn schief von der Seite an. Die störende Strähne hing ihr mitten zwischen den Augen, die skeptisch dreinschauten. Sekunden verstrichen.

»Also gut«, sagte sie dann endlich. »Aber wenn du glaubst, dass du mich für blöd verkaufen kannst, hast du dich getäuscht!« Mit diesen Worten steigerte sie ihr Tempo und rauschte davon.

Felix sah ihr hinterher. Doro war … ganz anders. Aber trotzdem hatte sie eine gewisse Wirkung auf ihn. Mechanisch schüttelte er den Kopf. Warum dachte er schon wieder an Doro? Er sollte sich freuen, dass Babsi ihm eine zweite Chance gab! Auch wenn sie es ihm sicherlich nicht einfach machen würde. Aber das war nur verständlich, schließlich war Barbara nicht dumm. Sie wusste, dass er nicht wirklich nach ihr gesucht hatte. Sie hätte nur vor der Bar warten müssen, um zu bemerken, dass er nicht erschienen war. Vielleicht hatte sie das sogar getan. Ein Grund mehr für ihn, sich darüber zu freuen, dass sie dennoch genug Interesse an ihm zeigte, um einen zweiten Versuch zu starten. Andererseits war das wohl nicht ganz so überraschend. Schließlich war er hier so ziemlich der Einzige in dieser Altersklasse und somit ohne Konkurrenz. Abgesehen von Julian vielleicht.

13.

»Oh Mann! Ich bin fix und alle!«, erklärte Gundula und schleppte sich die letzten Meter zum Hoteleingang. Nachdem alle brav ihre Raktoren am Hubschrauberlandeplatz abgegeben hatten, folgten noch ein paar Dehnübungen, bevor Julian sie gnädigerweise für diesen Tag entließ.

»Ich weiß gar nicht, was du hast. Das war doch ein wunderbarer Spaziergang. Ich könnte glatt noch 'ne Runde laufen.« Hanne hüpfte federnden Schrittes neben Doro und deren Mutter her.

»Spaziergang? Das war doch kein Spaziergang!« Gundula schüttelte vehement den Kopf. »Zum Glück habe ich diese Beinmassage gebucht! Oder, Dottylein?« Ihr Gesicht hellte sich bei dem Gedanken daran schlagartig auf. Doro, die ebenfalls durchgeschwitzt war und sich auf eine Dusche freute, sah nicht halb so begeistert aus wie ihre Mutter. Sie war es nicht gewohnt, sich massieren zu lassen, und unter einer Beinmassage konnte sie sich nicht viel vorstellen.

Die drei Frauen durchquerten das Foyer in Richtung des endlos langen Flurs, der an ihre Zimmer anschloss.

»Du hast eine Beinmassage gebucht?«, fragte Hanne. »Kannst du dir das denn überhaupt leisten, wenn du doch verklagt wirst?«

154

Gundula blinzelte verwirrt. »Wer wird hier verklagt?«

»Na du, denke ich. Von diesem Hubschrauberehepaar.«

Missbilligend zog Gundula eine Augenbraue in die Höhe.

»Was erzählst du denn da? Ich werde nicht verklagt. Ich bin eine ausgezeichnete und seriöse Maklerin. Ich verbitte mir solche Behauptungen!« Ihr Ton nahm an Schärfe zu.

Hanne zuckte mit den Schultern. »Wenn du meinst. Aber gestern Abend hat sich das anders angehört. Und jeder der Anwesenden scheint der gleichen Auffassung zu sein.«

»So ein Unsinn! Die Leute sollen lieber mal ihren Mund halten und sich um ihre eigenen Angelegenheiten kümmern.« Dafür, dass Gundula eben noch erschöpft gewesen war, steigerte sich ihre Gangart wieder kraftvoll.

»Da hast du möglicherweise recht. Aber sagen wir es mal so, als Maklerin würde dich von den hier Anwesenden bestimmt keiner engagieren. Nach dem, was diese Margot gestern herumposaunt hat.«

»Das passt doch hervorragend. Schließlich bin ich hier im Urlaub.«

Doro bemerkte, dass die Stimme ihrer Mutter so überzeugend klang, wie sie es wahrscheinlich gern hätte. Kein Wunder. Gundula besaß ein Talent fürs Geschäftemachen. Wie oft hatte sie ihr schon erzählt, dass sie hier und dort ganz zufällig jemanden kennengelernt und sich aus dieser Bekanntschaft eine lukrative Objektvermittlung ergeben hatte? Machte sie sich tatsächlich Sorgen um ihren guten Ruf?

»Wann haben wir denn unseren Termin?«, fragte Doro deshalb, um das Thema zu wechseln.

»Ich in einer halben Stunde, du zehn Minuten später«, antwortete Gundula schon wieder gutgelaunt.

»Schön. Dann reicht die Zeit wenigstens noch für eine ausgiebige Dusche.«

»Frau Daubner?« Ein Mann um die fünfzig stand im Türrahmen zum Wellnessbereich und warf einen prüfenden Blick auf die Wartestühle rechts entlang der Wand. Er war mittelgroß, fast schmächtig, hatte graumeliertes Haar und trug eine Art Hornbrille.

Doro erhob sich und spürte, dass ihre Beine sich gallertartig anfühlten. Nachdem sie zur Ruhe gekommen waren, machte sich die ungewohnte Belastung doch bemerkbar. Zögerlich ging sie auf den Mann zu. War das etwa derjenige, der ihre Beine massieren würde? Ein Mann! Oh Gott, musste das sein? Doro hätte sich bei einer Frau eindeutig wohler gefühlt. Inzwischen hatte sie sich sogar ein wenig auf die Massage gefreut. Aber auf den Gedanken, dass ein Masseur für sie zuständig sein könnte, war sie bisher nicht gekommen.

»Hier entlang«, forderte er sie auf und führte sie in ein kleines weißes Zimmer, in dessen Mitte sich ein Behandlungsstuhl befand. Er war mit weißem Kunstleder bezogen und einem Laken bedeckt. Durch die großflächigen Fenster, die einen Ausblick auf Wald und Wiesen boten, drangen die letzten Sonnenstrahlen des Tages herein.

»Wenn Sie bitte Ihre Hose ausziehen und Platz nehmen«, bat er, und Doro runzelte die Stirn. Wie lange war es her, dass sie vor einem Mann die Hosen heruntergelassen hatte? Aber der hier hatte eindeutig etwas anderes mit ihr vor als der letzte Mann, dem sie ohne Hose gegenübergetreten war. Trotzdem kostete es sie ein wenig Überwindung.

Während sie ordentlich ihre Jogginghose auf einen Stuhl nahe der Wand legte, vernahm sie ein ratterndes Geräusch. Das Zimmer verdunkelte sich ein wenig. Der Mann hatte die Aluminiumjalousie herumgeklappt, sodass die Lamellen nun die Aussicht verdeckten.

Doro blinzelte. Besser so, sie wollte mit Sicherheit nicht, dass zufällig jemand draußen vorbeilief und beobachten konnte, wie sie ›unten ohne‹ durchgeknetet wurde. Innerlich verfluchte sie ihre Mutter. Wenn die solcherlei Anwendungen genoss, bitte schön. Warum musste Doro aber unbedingt auch sowas machen?

Sie setzte sich auf den Stuhl. Er fühlte sich angenehm weich gepolstert an. Der Masseur betätigte einen Hebel, und das Rückenteil senkte sich leicht nach hinten ab, sodass Doro entspannt darin lehnte.

Dann ölte er seine Hände ein, legte sie sanft auf ihren linken Unterschenkel und ließ sie zu ihrem Fuß wandern. Doro schloss die Augen und befahl sich, die Massage zu genießen.

Oh Gott, das fühlte sich gut an! Er ließ den Daumen in der Wölbung ihres Fußes kreisen, fuhr über jeden einzelnen ihrer Zehen und strich mit leichtem Druck über ihren Rist. Dann wanderten seine Hände an ihrer Wade hinauf, drückten und kneteten, bewegten sich weiter zu ihrem Oberschenkel. Der mittelstarke Druck, den er ausübte, linderte die Anspannung in ihren Beinmuskeln.

Sie fühlte seine Daumen an der Innenseite ihres Schenkels. Plötzlich löste ein verstörendes Gefühl die wohltuende Wärme ab, die sie noch eben verspürt hatte. Was sollte das? Sicherlich, ein Bein begann an der Hüfte und endete am Fuß. Aber der Bereich im oberen Drittel ihrer Oberschenkel gehörte nach Doros Auffassung zu einem Sperrgebiet, das nur ausgewählte Personen berühren durften. Die Augen immer noch geschlossen, hielt sie die Luft an und merkte, wie die soeben abgefallene Spannung sich schlagartig wieder aufbaute. Wäre sie nicht so durcheinander, könnte sie das Kneten des großen Muskels an der Innenseite ihres Oberschenkels tatsächlich als äußerst vitalisierend empfinden. Aber so …

Die Hände des Mannes glitten langsam wieder nach unten und kneteten ihre Unterschenkel. Erleichtert nahm Doro ihre Atmung wieder auf und schielte zu dem Mann hinüber. Wenn er nochmals in obere Regionen vordrang, würde sie etwas sagen müssen.

Als er zum rechten Bein wechselte, wollte sich der gleiche behagliche Effekt nicht so recht einstellen. Sie harrte lediglich der Dinge, die da kommen würden. Und tatsächlich! Wieder wanderten seine Hände in für Doro unzulässige Regionen. Aber bis sie die richtigen Worte fand, waren sie auch schon wieder nach unten geglitten.

Gehörte das wirklich zur regulären Beinmassage? Oder war sie so spröde? Es war ihr egal. Der Entspannungseffekt war endgültig vorüber. Sie wartete nur noch darauf, dass er mit der Massage fertig war und sie flüchten konnte.

158

»Na, Dottylein, das war doch grandios!«, flötete Gundula, kaum dass ihre Tochter den Behandlungsraum verlassen hatte. »Ich fühle mich wie neu geboren. Und ich freue mich schon auf morgen, wenn Lisa meinen Beinen wieder neues Leben einhaucht.« Sie hakte sich gutgelaunt bei Doro unter, und gemeinsam liefen sie den Flur entlang. Doro schwieg, musste erst mal ihre Gedanken ordnen.

»Du hattest eine Frau?«, fragte sie dann.

»Hmhm.« Ihre Mutter nickte.

»Und was hat sie alles massiert?«

»Meine Beine natürlich. Was für eine blöde Frage. Es war ja auch eine Beinmassage.« Gundula schüttelte den Kopf. »Warum? Hast du eine falsche Anwendung verpasst bekommen?«

Doro atmete tief durch. Wollte sie ihrer Mutter von ihrem Erlebnis erzählen? Aber die würde sie sicherlich wieder auslachen und ihr sagen, sie wäre verklemmt. Vielleicht war sie das auch. Der Mann hatte sie keinesfalls unsittlich berührt! Es lag an ihr, dass sie die Berührung der fünf bis zehn Zentimeter an der Innenseite ihrer Schenkel als unangemessen empfand. Jedenfalls bei einer Wellnessbehandlung. Es mochte sein, dass andere Menschen keine Probleme damit hatten. Aber sie konnte nicht so leicht über ihre Grenzen hinweggehen und beschloss, dieses seltsame Massageerlebnis für sich zu behalten.

»Äh, nein«, erwiderte sie deshalb nur.

»Gundula«, sagte im gleichen Moment eine angenehm tiefe Männerstimme. Als Doro aufblickte, erkannte sie den Hubschrauberpiloten, der ihnen, beziehungsweise ihrer Mutter, mit einem dezenten Lächeln zunickte.

»Norbert«, flüsterte Gundula erstickt zurück.

Eine Minute lang wusste scheinbar keiner der beiden, wie er sich verhalten sollte. Sowohl Norbert als auch ihre Mutter bremsten kurz ab, zögerten sichtlich im Zweifel, ob sie stehen bleiben oder weitergehen sollten. Dann war der Augenblick vorüber und sie aneinander vorbeigegangen. Gundula legte eine Hand auf ihre Brust.

»Was war das denn?«, stellte Doro interessiert fest. »Norbert scheint nicht annähernd so wütend auf dich zu sein wie seine Frau. Sogar ganz im Gegenteil.«

»Ich hab dir doch gesagt, dass ich nicht verklagt werde. Ich bin eine anständige Maklerin. Glaub doch nicht das Zeug, das Hanne von sich gibt. Die hat wirklich keine Ahnung!«

»Sieht ganz so aus.« Aber bevor Doro weiter vordringen konnte, plapperte ihre Mutter schon ganz in ihrem Element weiter.

»Ich muss mich unbedingt noch fürs Abendessen schick machen.«

»Ich dachte, das bist du schon?« Sie blickte an ihrer Mutter herab. Dunkellila Jeans, dazu eine hellgeblümte Bluse.

»Hab's mir anders überlegt. Gefällt mir nicht mehr. Was meinst du, soll ich den Glockenrock anziehen oder lieber …«

Doro schaltete auf Durchzug.

Keine zehn Minuten später sah es auf Gundulas Bett aus, als wäre eine Bombe explodiert. Doro hatte bisher nicht

160

im Entferntesten gewusst, wie viel Klamotten ihre Mutter tatsächlich dabeihatte. Diese zog ein Teil nach dem anderen hervor, auf der Suche nach dem perfekten Outfit.

»Du könntest dich auch mal herausputzen, Dottylein«, meinte sie, während sie zwei Oberteile gleichzeitig hochhielt und begutachtete.

»Mutter! Kannst du nicht ein Mal ›Doro‹ sagen, so wie alle anderen auch?«

»Was meinst du?« Gundula steckte mit dem Kopf im Schrank. Eine Seidenstrumpfhose flog knapp an Doros Ohr vorbei.

»Vergiss es.« Doro verdrehte die Augen. Zum Glück war dieses Klamotten-Gen bei ihr weniger ausgeprägt als bei ihrer Mutter. Aber sie hatte recht, Doro sollte sich wirklich fürs Abendessen umziehen. Denn im Gegensatz zu Gundula war sie lediglich in Jogginghosen zum Wellness marschiert.

Sie schob sich an ihrer Mutter vorbei, stieg über einige Stofffetzen und warf selbst einen Blick in den Schrank. Plötzlich tauchte der Kopf ihrer Mutter neben ihr auf, ein Arm schnellte hervor und zog mit einem geübten Griff den terrakottafarbenen Rock und die neue Bluse heraus.

»Hier. Zieh das an!«, forderte ihre Mutter sie auf.

»Warum? Ich hab nicht vor …«

»Warum nicht? Wir haben es extra für dich gekauft. Und es steht dir ganz wunderbar. Endlich mal was, worin du deine weiblichen Formen zeigen kannst.« Es hörte sich an, als duldete sie keinen Widerspruch.

Doro wägte kurz ab, mit ihrer Mutter zu diskutieren. Doch sie kam zu dem Entschluss, dass ihr Outfit für den

Abend keine langwierige Auseinandersetzung wert war. Unterm Strich war es ihr – wie so oft – egal, was sie trug. Also schlüpfte sie unter Gundulas wohlwollendem Blick in die Kleidungsstücke und war vor ihrer Mutter fertig, die immer noch unschlüssig schien. Doro ließ sie allein und verzog sich ins Badezimmer.

Prüfend begutachtete sie sich im Spiegel. Der BH kniff, aber mit dieser Bluse musste er so straff sitzen. Dafür hatte sie ein Dekolleté, das fast die Knöpfe sprengte. Sie überlegte. Für gewöhnlich war das nicht ihr Stil, und recht wohl fühlte sie sich auch nicht. Warum sich manche Frauen freiwillig immer wieder so anzogen, war ihr schleierhaft. Kurz war sie in Versuchung, sich umzuziehen, aber allein das Gemurmel ihrer Mutter, das zu ihr hereindrang, reichte aus, um den Gedanken nicht weiter zu verfolgen.

Ihr Spiegelbild warf ihr einen verdrießlichen Blick entgegen. Sie sah genauer hin. Sollte sie vielleicht ein wenig Mascara auflegen? Einen Lidstrich ziehen? Warum eigentlich nicht? Sie wühlte in der Make-up-Tasche ihrer Mutter, die jeder Drogerie Konkurrenz machen konnte.

»Grundgütiger!«, hörte sie Gundula mit einem Mal in hohem Ton quietschen. Doro erschrak derart, dass sie den ordentlichen Lidstrich verzog. »Nicht schon wieder!«, dröhnte es von draußen herein.

Mit einem seltsam anmutenden Strich senkrecht vom linken Auge zur Wange hinunter eilte Doro aus der Tür. Sie fand ihre Mutter mit einem Fuß in der Strumpfhose und mit einer weinrot schimmernden, aufgeknöpften

Seidenbluse über dem BH. Schwankend stand sie auf einem Bein, die restliche Strumpfhose fest umklammert.

»Mutter?«, fragte Doro verwirrt. Hatte sie beim Versuch, keine Laufmasche zu verursachen, einen Krampf im Bein bekommen?

»Sie hat es schon wieder getan!«, wimmerte Gundula.

»Wer? Was?«

»Die Frau. Sie hat sich schon wieder vom Dach gestürzt.«

Doro zog die Augenbrauen zusammen. Dann sah sie durch das große Fenster nach draußen zum Balkon. Die Dämmerung hatte bereits eingesetzt. Sie warf einen Blick auf die Uhr. Es war wieder sechs Uhr, so wie gestern, als ihre Mutter diesen Aufstand geprobt hatte. Sie atmete tief durch. Gundula, die noch immer nur auf einem Bein stand, kam allmählich ins Schwanken. Langsam ließ sie sich aufs Bett sinken, mitten in den Klamottenberg.

»Abgesehen davon, dass wir gestern niemanden gefunden haben, der verletzt am Boden lag, wie kann sich ein und dieselbe Frau gleich zwei Tage hintereinander vom Dach stürzen?« Sie warf die Frage in den Raum und lief auf den Balkon. »Meinst du nicht, das ist ein bisschen viel?«, fügte sie noch hinzu, weil sie keine Antwort erhielt.

»Was weiß ich?«, kam nun die ruppige Rückmeldung. »Vielleicht hat sie ja eine Zwillingsschwester!«

Doro stand am Geländer und scannte die Umgebung ab.

»Wer hat eine Zwillingsschwester?«, fragte da eine ihr wohlbekannte männliche Stimme. Felix, der ebenfalls

Gundulas Aufschrei gehört haben musste, stand wieder mal an der Brüstung. Ein Schauer durchlief sie. Sie blickte zu ihm hinüber, wusste aber nicht, wie sie die Kapriolen ihrer Mutter erklären sollte. Felix begann zu kichern.

»Was ist denn so lustig?«, fragte sie leicht genervt.

»Ich weiß ja nicht, was ihr zwei hier treibt. Vielleicht ist es euer Hobby, so eine Art Rocky Horror Picture Show vor dem Abendessen abzuziehen. Jedenfalls«, er zwinkerte ihr zu, »steht dir das Make-up zwar ausgezeichnet, aber zum Essen würde ich doch etwas schlichtere Kriegsbemalung empfehlen.« Er bemühte sich sichtlich, nicht laut loszulachen.

Doro, nun endgültig verwirrt, runzelte die Stirn. Dann fiel es ihr siedend heiß ein. Ihr Lidstrich. Sie musste auf einen Außenstehenden ein wenig meschugge wirken, mit einem halb geschminkten Auge und einer Wange, die durch einen schwarzen Kajalstrich halbiert wurde. Schnell fuhr sie mit der Hand darüber, verwischte damit aber lediglich alles.

Felix beobachtete sie amüsiert. Dann bemerkte er offenbar ihr Outfit. Sein Blick blieb gleich unterhalb ihres Dekolletés hängen. Typisch Mann!, dachte Doro und besann sich darauf, warum sie hier standen.

»Siehst du da unten jemanden liegen?«, fragte sie bemüht neutral.

Er schaute hinunter. »Nein. Sollte ich?«

Doro biss sich auf die Lippe.

»Jetzt sagt nicht, da liegt schon wieder niemand«, rief Gundula, die sich aus ihrer Starre befreit zu haben schien und nun auf den Balkon trat. »Keiner? Nein?« Ihr Tonfall war unsicher.

Felix schüttelte den Kopf. »Hatten wir das nicht gestern schon?«

»Ich fürchte, sie glaubt, es wieder gesehen zu haben.« Doro fühlte sich bemüßigt, eine Erklärung abzugeben.

»Ich hab mir das doch nicht eingebildet«, murmelte Gundula.

»Vielleicht ein Déjà-vu?«, meinte Felix, bemüht, die Situation ernst zu nehmen.

Gundula spitzte die Lippen. Es war eines der wenigen Male, dass sie sprachlos war.

Das Restaurant war wie immer voll. Doch sie saßen auch heute an ihrem inzwischen angestammten Platz. Auch Felix war an diesem Abend wieder mit von der Partie.

Ihre Mutter hatte sich als Erstes einen Aperitif bestellt. Sie wusste offenbar genau, dass keiner der Beteiligten sie für voll nahm. Vielleicht abgesehen von Hanne. Da war Doro sich nicht sicher. Doro begutachtete sie unschlüssig von der Seite.

Das gleiche Szenario wie gestern hatte sich abgespielt. Wieder hatten sie über der Balkonbrüstung gelehnt und mit den Augen den Rasen und die Hecken abgesucht. Wieder war Felix aus seinem Zimmer gekommen und hatte seine Hilfe angeboten. Wieder war Hanne erschienen und hatte sich fast euphorisch beteiligt. Und wieder war nichts zu finden gewesen. Nichts!

»Wie ist das nur möglich?«, hatte ihre Mutter gefragt und gleich darauf hingewiesen, dass sie heute kein Glas Brandy in der Hand gehalten hatte und ihr somit niemand nachsagen konnte, dass das, was sie gesehen hatte, seinen Ursprung im Alkohol gefunden hatte. Damit hatte ihre Mutter zwar recht, andererseits wusste Doro nicht, ob sie das wirklich glücklicher machte. Sie fragte sich, wie Felix darüber dachte, und schielte zu ihm hinüber. Wollte er den Abend in ihrer Gesellschaft verbringen oder war seine Anwesenheit dem Umstand zu verdanken, dass er es für besser hielt, im Fall der Fälle vor Ort zu sein? Sorgte er sich etwa? Und wenn ja, was dachte er, könnte passieren? Dass Gundula urplötzlich auf dem Tisch Samba tanzen würde? Misstrauisch sah sie von einem zum anderen. Dann wurden die Getränke serviert. Juche!

14.

Das Essen verlief ein wenig schräg. Hanne hielt Gundula voller Inbrunst einen Vortrag über die Dinge, die es zwischen Himmel und Erde gab und über die niemand so genau Bescheid wusste.

»Ich selbst besitze zum Beispiel den siebten Sinn«, erklärte sie nickend und machte dabei große, vielsagende Augen.

Gundula aß hochkonzentriert ihre Kroketten. Das war so überhaupt nicht ihr Thema!

Felix schielte immer wieder zu Doro hinüber. Offenbar gefiel ihm ihr Anblick an diesem Abend besonders gut. Sie hatte sich inzwischen auch etwas dezenter geschminkt und die ›Kriegsbemalung‹, wie er es genannt hatte, entfernt.

Ihre Mutter, der das wohl aufgefallen war, gab ihr einen kleinen Rempler. Leicht genervt rieb Doro ihren Unterarm. Als sie zu Gundula hinüberblickte, machte diese irgendwelche Gesten. Dann nickte sie auch noch mit dem Kopf in Felix' Richtung. Ganz unauffällig natürlich! Was sollte sie denn bitte schön nach der Meinung ihrer Mutter tun? Zumal sie gar nicht wusste, ob ihr Felix' Interesse überhaupt willkommen war.

»Mir ist auch schon oft passiert, dass ich im Voraus genau wusste, was passieren würde«, plapperte Hanne unbeirrt weiter und schob sich einen Löffel Spinat in den Mund.

»Und was zum Beispiel?«, fragte Gundula.

Hanne zuckte mit den Schultern. »Zum Beispiel bin ich schon oft an eine Ampel gekommen und wusste, dass sie gleich auf Rot umschalten würde und ich warten müsste.«

»Ach.« Gundula verzog ungläubig die Mundwinkel. »Ehrlich?«

»Oh ja!« Hanne nickte inbrünstig. »Das lag an meinem schlechten Karma an diesen Tagen. Ich fühlte es förmlich.«

»Glaubst du nicht, dass die Chancen dafür einfach fünfzig-fünfzig sind? Eine Ampel schaltet den lieben langen Tag von Rot auf Grün und …« Unerwartet verstummte Gundula mitten in ihren Ausführungen.

Doro sah auf und erkannte unweit entfernt Norbert am Gang stehen. Suchte er einen freien Tisch? Dann entdeckte er Gundula. Er lächelte, und ihre Mutter errötete doch tatsächlich leicht. Es folgte eine flüchtige Handbewegung, die nach draußen zeigte. Gundula nickte kaum merklich, aber ihre Ohrringe wippten und verrieten sie.

Was geht da vor sich?, fragte sich Doro und sah, dass Norberts Frau von der entgegengesetzten Richtung des Flurs auf ihn zukam. Auch er hatte das mitbekommen und lief ihr entgegen, um sie dann auf die gegenüberliegende Seite des Raums zu führen. Weit weg von Gundula, wie es Doro schien.

Hanne, die von alledem nichts ahnte, lenkte mit ihrem Gespräch die Aufmerksamkeit wieder zurück an den Tisch.

»Du verstehst nicht, was ich meine …«

Ihre Mutter fächerte sich mit der Serviette etwas Luft zu. Doro griff nachdenklich zu ihrem Glas.

Kaum hatte Gundula ihre Birne Helene verspeist, entschuldigte sie sich zur Toilette und kam nicht mehr zurück.

»Ich weiß nicht, wo sie bleibt. Sie müsste schon lange wieder da sein.« Etwas unruhig verfolgte Doro das Treiben am Eingang des Speisesaals. Die ersten Gäste gingen, die Nachzügler kamen. Aber ihre Mutter war nicht zu sehen.

»Vielleicht entledigt sie sich ihrer schlechten Aura. Wenn sich der Darm reinigt, kann das auf die Seele eine immens befreiende Auswirkung haben«, dozierte Hanne. »Mach dir mal keine Sorgen. Das kann dauern.«

Unschlüssig nippte Doro an ihrem Espresso, den sie sich heute anstelle eines Nachtisches gönnte.

»Aber ich geh mal nachsehen. Vielleicht fehlt ihr auch einfach die richtige Atemtechnik. Zum Drücken«, beschloss Hanne und stand auf.

Felix verzog das Gesicht und warf seine Serviette auf den halb leeren Teller. Die Vorstellung von wie auch immer gearteten Darmtätigkeiten berauschte ihn nicht gerade. Außerdem tat ihm wieder der Rücken weh.

»Ich geh mal vor die Tür. Wie sieht es aus, kommst du mit?«, fragte er Dorothe.

Die verschluckte sich um ein Haar. Hatte er das eben wirklich gefragt? Um Himmels willen.

»Jetzt?«

»Warum nicht? Nach solchen Tischgesprächen würde mir ein wenig frische Luft, glaube ich, ganz guttun.«

Sprachlos starrte sie ihn an. Was war mit Babsi? Warum fragte er nicht sie?

»Also ja?«, hakte Felix nach.

Doro nickte.

»Gut, in zehn Minuten draußen am Eingang?«

Na, das konnte ja heiter werden, dachte Doro und warf im Vorbeigehen einen Blick in die Damentoilette. Sowohl von ihrer Mutter als auch von Hanne keine Spur. Unwillig ging sie weiter. In ihrem Magen kribbelte es, und sie rief sich zur Ruhe.

Es war schon ziemlich kühl, als sie kurze Zeit später auf die Terrasse trat.

Sie sollte wohl besser ihre Jacke holen. Während sie noch darüber nachdachte, ob sie den langen Weg zum Zimmer auf sich nehmen wollte oder nicht, bemerkte sie in ihrer Nähe ein Flüstern. Doch als sie sich umblickte, sah sie niemanden. Jetzt vernahm sie gedämpft eine andere Person. Doro klappte der Kiefer nach unten. Sie sollte verdammt sein, wenn diese Stimme nicht zu ihrer Mutter gehörte. Doro kniff die Augen zusammen, um im Dunkeln besser sehen zu können, und starrte in die Richtung, aus der die Geräusche kamen. Da! Ein Strauch wackelte verdächtig. Leise trat sie zwei Schritte nach vorn.

»Woher hätte ich denn wissen können, dass du dich hier rumtreibst?« Wenn Doro sich nicht irrte, könnte das Norbert gesagt haben.

»Na bravo! Und jetzt?«, wisperte eindeutig Gundula.

»Nichts. Beruhige dich.«

»Klar. Warum auch nicht? Schließlich denkt sie, dass ich die schlechteste Maklerin auf Gottes Erdboden bin, und hat auch keine Scheu, das jedem mitzuteilen. Vielen Dank auch!« Der Busch schien ein plötzliches Eigenleben zu führen.

»Mutter?«, fragte Doro vorsichtig und beugte sich nach vorn. Gundulas Armreifen klimperten.

»Doro?«, erklang fast im gleichen Moment Felix' Stimme hinter ihr, und sie fuhr kerzengerade in die Höhe. »Was tust du denn da?«

»Ach … Ich dachte, ich hätte da auf dem Boden etwas liegen sehen«, äußerte sie unbestimmt und schaute zur Bekräftigung ihrer Worte nochmals nach unten. Der Strauch wackelte wieder verdächtig. »Ich dachte erst, es wäre ein Ring, den jemand verloren hat. Aber ich habe mich geirrt. Da ist nichts«, sagte sie dann etwas lauter als nötig, damit auch ihre Mutter es hören konnte. Sie hatte zwar keinen Schimmer, was die zwei heimlich zu tuscheln hatten, wollte sie aber auch nicht verraten.

Langsam schlenderten sie und Felix Richtung Minigolfplatz. Außer ihnen war niemand unterwegs.

»Ist deine Mutter wieder aufgetaucht?«, wollte er wissen und durchbrach damit das Schweigen.

»Äh, nein. Aber das macht nichts. Wir sitzen eh schon viel zu viel aufeinander.«

Felix nickte. »Es ist nicht zu übersehen, dass ihr beide ein wenig unterschiedlich seid.«

»Das ist die Untertreibung des Jahres.« Doro schnaufte. »Eigentlich sind wir wie Feuer und Wasser. Kaum vorstellbar, dass wir es einmal unter ein und demselben

Dach miteinander ausgehalten haben. Versteh mich nicht falsch. Ich liebe sie. Aber dazu ist in der Regel ein gebührender Abstand notwendig, wenn du kapierst, was ich meine.« Ein kühler Luftzug streifte sie, und sie strich sich fröstelnd über die Arme. »Apropos Abstand, was macht denn Babsi heute Abend?«, fragte sie in einem Anflug von spontanem Wagemut.

Er blieb stehen und betrachtete sie eingehend.

»Eine gute Frage.« Klang da einen Hauch von Spott mit? »Du bist irgendwie interessanter«, gestand er.

»Haha.« Ungläubig stierte sie ihn an. Was hatte sie erwartet?

»Entschuldige, das hört sich schlimmer an, als ich es meinte.«

»Schon gut. Ich verstehe das schon. Es ist schön, wenn man sich mit jemandem unterhält, der bis drei zählen kann«, giftete sie.

Anstatt sich beleidigt zu fühlen, lachte er herzhaft. »Und woher weißt du, dass ich mich sonst nur mit solchen Herzchen abgebe?«

Ihre Augen verengten sich.

»Ein Blick genügt«, stellte sie fest. Machte er sich etwa über sie lustig?

»Dann bin ich wohl schuldig im Sinne der Anklage.« Er legte theatralisch seine Hand aufs Herz, und ein schmerzhaftes Stechen durchfuhr ihn in der Lendenwirbelgegend. Automatisch verzog er das Gesicht. »Verdammter Mist«, fluchte er.

»Was ist? Tut die Erkenntnis weh?«, fragte Doro ungerührt.

Er schüttelte den Kopf. Allmählich entspannten sich seine Züge wieder. »Ich hab's im Kreuz«, erklärte er. »Diese lästigen Schmerzen kommen und gehen, wie es ihnen passt. Ich dachte, mit Rückengymnastik wird es wieder, und ich schlittere an einer OP vorbei.«

»Oh.« Doro biss sich auf die Lippe. Das hatte sie nicht gewusst. Schlagartig fühlte sie sich schlecht wegen ihres frechen Kommentars.

»Macht nichts. Geht schon wieder. Ich werde halt alt.«

»Ja, da braucht man dann schon mal etwas Interessantes, nicht wahr?« Es war ihr einfach so herausgerutscht.

Für einen Augenblick herrschte Stille. Doro überlegte, ob Felix ihre Anspielung wohl nicht verstanden hatte. Doch dann lächelte er, und sie spürte auf einmal ihr Herz wild klopfen.

»Hast du die Absicht, hier blöd rumzustehen, oder gehen wir mal weiter?«, fragte sie unwirsch, in dem Versuch, ihre Empfindungen zu überspielen.

Unerwartet spürte sie seine Hand auf ihrem Rücken. Ein kleiner elektrischer Schlag durchzuckte ihren Körper. Die Schmetterlinge in ihrem Bauch tanzten Samba. In ihrem Kopf herrschte pures Gefühlschaos. Es war schön und schrecklich zugleich. Wie in Endlosschleife blinkte eine Frage in ihrem Kopf auf: Was tun wir hier eigentlich? Die ganze Situation war ihr suspekt.

Sachte zog sie sich von ihm zurück und kam sich gleichzeitig prüde vor. Wie oft hatte sie sich früher genau das gewünscht? Und nun, da es passierte … Aber sie hatte eben gewisse Vorurteile Felix gegenüber, und das nicht ohne Grund. Andererseits … Es war schon so lange her. Felix könnte sich geändert haben.

Trotz ihres Zwiespalts fühlte sie sich zu ihm hingezogen. Es war schon komisch, wie sich manchmal die Dinge wandelten. Noch vor ein paar Tagen hatte sie gebetet, dass er sie nicht erkennen würde, und nun wünschte sie sich genau das Gegenteil. Eine Entschuldigung wäre schon nett. Vielleicht auch eine Erklärung für sein Verhalten von damals. Dabei wollte sie nicht wirklich über diese Zeit reden. Was würde es auch verändern? Sie sollte das gute Gefühl einfach mitnehmen. Wenn sie wieder nach Hause fuhr, war eh alles vorbei.

»Frierst du?«

Die Gänsehaut, die sie plötzlich überzog, konnte verschiedene Ursachen haben. Aber es war wahrhaftig kalt. Sie rieb sich über die Arme.

»Ist halt doch erst März«, stellte Felix fest. »Aber du siehst heute Abend wirklich hinreißend aus. Dieser Rock.« Sein Blick glitt anerkennend über ihre Beine.

Doro trug nie Röcke oder Kleider. Vielleicht sollte sie es doch öfter tun. Seine Reaktion war schmeichelhaft. Flüchtig dachte sie an ihre Mutter. Die würde Freudensprünge machen, wenn sie von ihrer Überlegung wüsste. Sie verbrachte momentan einfach zu viel Zeit mit dieser Frau. Dann fiel ihr ein, dass sie Felix zwar von früher kannte, aber nicht mal wusste, wie es ihm seither ergangen war.

»Was machst du eigentlich beruflich?«, fragte sie deshalb.

»Ich bin Maschinenbauingenieur.«

»Aha. Und das bedeutet?«

174

»Ich beschäftige mich mit Gasfedern. Mein Job ist es, die bestmögliche Gasfeder für die Produkte unserer Kunden zu entwickeln.«

»Und die wären? Also, ich meine, wozu braucht man denn die Dinger? Ich kenn mich da überhaupt nicht aus.«

»Du benutzt sie im Alltag recht oft, ohne es vielleicht zu wissen.« Er lachte. »Gasfedern befinden sich zum Beispiel in Bürostühlen, Bus- und Flugzeugsitzen.«

»Interessant.«

»Und in welcher Branche bist du?«

»Ich arbeite in einem Autohaus. Bin das Mädchen für alles.«

»Ach, wirklich?« Ein spitzbübisches Grinsen umspielte seine Mundwinkel, und Doro wurde die Zweideutigkeit ihrer Antwort bewusst. Ein kribbelndes Gefühl durchfuhr sie.

Dann kamen sie in die Nähe des Außenpools. Dampfschwaden zogen über dem beheizten Becken empor. Im Hintergrund waren durch eine Fensterfront der hell erleuchtete Ruhebereich und die Innenbäder zu sehen. Doro sah ein paar Köpfe im Wasser. Stimmt, sie hatte gelesen, dass die Aqua-Welt bis zweiundzwanzig Uhr geöffnet hatte.

»Ein schöner Anblick.« Felix blieb neben ihr stehen.

»Ja, das kann man sagen.« Sie seufzte.

»Ich meinte eigentlich dich.«

Überrascht drehte sie sich zu ihm um. Ihr Herz klopfte auf einmal bis zum Hals, und Röte stieg ihr ins Gesicht. Plötzlich war ihr gar nicht mehr kalt. Schnell sah sie zur Seite. Doch der kurze Moment reichte aus, damit sie sich geradewegs in die Augen schauen konnten.

Ihre Augen waren blau, wie Felix feststellte, und erinnerten ihn an das Wasser eines Gebirgsbachs. Trotzdem war sie für ihn undurchschaubar. War das der Grund, warum er sich derart von ihr angezogen fühlte? Sein Mund war plötzlich trocken. Seit wann war er denn so philosophisch?

Ohne weitere Vorwarnung zog er sie an sich und küsste sie. Ihre Lippen waren warm und weich. Genau wie er es sich bei ihrem Anblick gedacht hatte. Nach einer Sekunde des Zögerns öffnete sie ihren Mund bereitwillig, und ihre Zungen erkundeten sich erst vorsichtig, bevor sie einen wilden Tanz begannen. Er ließ seine Hände über ihren Rücken und den seidigen Stoff ihrer Bluse gleiten. Seine Fingerspitzen erfühlten den BH, und er spürte ihre üppige Oberweite, die sich nun gegen ihn presste. Langsam wanderten seine Hände nach unten zu ihrem Po, der sich fest und reizvoll anfühlte. Ein kleines Stöhnen entschlüpfte ihrer Kehle. Ermutigt ließ er seine Hände wieder nach oben, diesmal aber unter ihre Bluse gleiten. Ihr zartes Fleisch unter seiner Haut zu spüren, brachte ihn halb um den Verstand. Zumal auch Doros Finger nicht untätig waren. Sie strichen an seiner Wirbelsäule entlang und verursachten ein wohliges Kribbeln. Verheißungsvoll streiften ihre Daumen und Zeigefinger über seinen Hosenbund, bis sie auf Höhe seines

Bauchnabels angelangt waren. Erregt zog er sie noch enger an sich.

»Du bist so heiß«, raunte er ihr ins Ohr. Seine Finger glitten an der Spitze unterhalb ihres BHs entlang nach vorn. Ihr Busen hob und senkte sich. Doch das verführerische Ziel seiner Begierde war unter ihrer Bluse fest verpackt. Sanft versuchte er sich vorzuarbeiten, während der leidenschaftliche Kuss anhielt, als ihn plötzlich etwas Kleines, Hartes im Gesicht traf. Wie ein Kugelgeschoss war ein Knopf ihrer Bluse abgesprungen und bombardierte ihn scharf an seiner rechten Wange, bevor er abprallte und zu Boden fiel.

Schwer keuchend fuhren sie auseinander.

15.

Es war weit nach Mitternacht, als Doro endlich in den Schlaf fand. Immer wenn sie die Augen schloss, sah sie Felix vor sich, schmeckte ihn und stöhnte innerlich auf. Wäre der Knopf ihrer Bluse nicht explosionsartig davongeschossen, sie hätten wahrscheinlich mitten im Hotelpark miteinander geschlafen. Was für eine Vorstellung! Ihr wurde ganz anders.

Danach war die Situation irgendwie peinlich gewesen. Keiner hatte so genau gewusst, was er sagen sollte, und Doro war auf ihr Zimmer geeilt. Schließlich konnte sie unmöglich mit einer Bluse herumlaufen, die genau über ihrem Busen eigenwillig auseinanderklaffte und einen großzügigen Blick auf ihre Unterwäsche gewährte.

Glücklicherweise war ihre Mutter noch nicht da gewesen. Somit blieb ihr eine Erklärung erspart, denn den Adleraugen von Gundula entging so gut wie nichts. Stattdessen konnte sie sich ungestört aufs Bett sinken lassen und zur Decke starren, während sie abwartete, dass ihre umherwirbelnden Gedanken zur Ruhe kamen.

Was für ein hitziger Kuss das doch gewesen war. Doro fuhr sich mit dem Finger über die Lippen. Wenn ihr noch vor einigen Stunden jemand gesagt hätte, dass sie und Felix sich jemals küssen würden, hätte sie denjenigen ausgelacht. Aber es war passiert. Gerade eben. Früher hatte sie davon geträumt. Sich vorgestellt, wie es sein würde. Aber dieser Kuss hatte alle ihre Erwartungen übertroffen. Zuerst war er überraschend zärtlich gewesen. Das hatte sie Felix gar nicht zugetraut. Dann war er immer intensiver geworden, um nicht zu sagen hemmungslos. Das berauschende und aufregende Gefühl hielt noch an. Sie schmeckte ihn noch, konnte seine Berührungen noch spüren.

Plötzlich war ihr wieder heiß. Sie stand auf und öffnete die Balkontür einen Spalt. Der Mond, zu einer Sichel geformt, schien hell und beruhigend am klaren Himmel. Sie hörte das Klacken eines Feuerzeugs. Stand Felix etwa auf dem Balkon? Doro zögerte einen Augenblick, dann zog sie die Tür wieder zu. Sie wollte lieber noch ein wenig ihren Gedanken nachhängen. Sie öffnete die Minibar, musste aber überrascht feststellen, dass sie leer war. Sehr seltsam. In Gedanken notierte sie, dass sie am nächsten Tag unbedingt etwas einkaufen gehen musste.

Als Gundula später das Zimmer betrat, lag sie bereits im Bett und tat so, als schliefe sie. Eigentlich hatte sie ihre Mutter zur Rede stellen wollen, wo sie abgeblieben und warum sie in den Büschen herumgekrochen war. Doch das hatte Zeit bis zum nächsten Tag.

»Tief einatmen. Langsam ausatmen und locker lassen«, wies Julian seine Schützlinge an.

Es war kurz nach acht Uhr, die Kursteilnehmer lagen auf ihren Matten und sackten allmählich in sich zusammen. Der Morgen war nebelverhangen, sodass der Raum nur schummrig beleuchtet war. Vielleicht hätte das Deckenlicht den einen oder anderen aus seinem Halbschlaf gerissen, in dem sich manch einer noch befand. Doch Julian war der Überzeugung, dass das künstliche Licht die Entspannung behinderte. Hanne hatte ihm laut zugestimmt.

Doro war ganz froh darüber, musste sie so ihr Umfeld nur halb wahrnehmen und konnte darüber nachgrübeln, dass diese Aktiv-Woche ihr Leben aktiver beeinflusste, als sie vermutet hätte. Immerhin war sie schon zur Hälfte vorbei. Doro bedauerte das, jetzt, da sie und Felix sich geküsst hatten. Wenn sie die Augen schloss, spürte sie noch jede einzelne seiner Berührungen. Für einige Sekunden gab sie sich ihren Erinnerungen hin.

Als sie sich aufrichtete, fiel ihr Blick auf ihre Mutter. Gundula war an diesem Morgen sehr schweigsam für ihre Verhältnisse. Hatte nicht einmal nachgefragt, wie Doros Abend verlaufen war. Ob sie befürchtete, dann selbst Bericht erstatten zu müssen? Doro war es jedenfalls recht so.

»Bevor wir mit der Rückengymnastik beginnen, habe ich wieder eine Geschichte zur Entspannung auf CD mitgebracht«, informierte Julian indes und forderte alle auf: »Legt euch bequem hin, sodass nichts drückt oder wehtut. Schließt eure Augen und geht mit eurer Achtsamkeit zu eurer Atmung. Spürt, wie euer Atem bei jedem Ein- und Ausatmen entspannter und tiefer wird ...«

Doro folgte den Anweisungen, schloss die Augen und sah Julian vor sich, wie er sie in der Hotelbar angeblinzelt hatte. Rasch öffnete sie sie wieder. Als sie ihre Lider ein weiteres Mal schloss, erschien Felix im Bild, der sie in der kühlen Abendluft an sich zog. Ja, zum Donnerwetter! Wie sollte sie sich hier nur entspannen können? Entnervt riss sie ihre Augen wieder auf.

Sie versuchte es nochmal. Fast krampfhaft verfolgte sie die Stimme, die nun vom Band in beruhigendem Tonfall von einer Unterwasserwelt erzählte: »… die Fische ändern ihre Richtung synchron zueinander …«

Diesmal schien es zu funktionieren. Vor ihrem inneren Auge sah sie das Meer und tauchte hinab. Die synchron schwimmenden Fische aber konnte sie nicht ausfindig machen. Waren sie bereits weggeschwommen? Doro grinste in sich hinein.

Im Raum war es mucksmäuschenstill. Nur die Tonbandstimme war zu hören, als jäh ein Geräusch erklang, dass mit an Sicherheit grenzender Wahrscheinlichkeit nicht zu der Wassergeschichte gehörte, es sei denn, auf dem Meer fuhr ein Motorboot vorbei. Denn es knatterte ausgiebig und laut.

Es bestand kein Zweifel. Jemand hatte einen fahren lassen. Da hatte sich wohl einer etwas zu sehr entspannt. Sie hörte ihre Mutter neben sich leise kichern. Doro musste sich bemühen, um nicht laut loszulachen. Dabei war sie froh, dass ihr das nicht passiert war. Wie peinlich!

Zum Glück roch man nichts. Doro konzentrierte sich wieder auf die Stimme: »…glitzert plötzlich im Sonnenlicht silbrig auf …«

Allmählich wurde sie tatsächlich ruhiger und entspannte sich. Ihre Glieder wurden schwer. Doro fühlte sich leicht. Ein wohliger Zustand stellte sich ein. Und dann … begann Hanne direkt neben ihr zu schnarchen.

»Das machst du schon richtig gut.« Julian schenkte Doro ein strahlendes Lächeln, während er neben ihr herlief.

Beide schwangen ihre Raktoren in schönen, regelmäßigen Zügen vor und zurück. Nach einer Einheit Progressiver Muskelentspannung und einer Einheit Rückengymnastik hatte die Sonne den Nebel besiegt und sandte inzwischen warme Strahlen auf die vom Tau nassen Wiesen.

»Der Trick ist auch hier, seine innere Mitte zu finden. Mit Ruhe und Ausgeglichenheit funktioniert es ohne Probleme, dass man den richtigen Schwung herausfindet und im Takt bleibt.«

»Hmhm.« Wenn Julian wüsste, wie weit sie gerade in diesen Tagen von Ruhe und Ausgeglichenheit entfernt war. Nicht nur, dass die alten Gefühle für Felix wieder an die Oberfläche gekommen waren, auch machte ihre Mutter sie langsam wahnsinnig. Ständig hatte sie etwas auszusetzen. ›Warum sagst du sowas?‹ ›Zieh doch mal das an.‹ ›Kannst du nicht einmal etwas offener sein?‹ Und so weiter … Dabei musste gerade sie so etwas sagen, mit ihrer Geheimniskrämerei, die sie neuerdings an den Tag legte.

»Schade, dass wir uns gestern Abend nicht mehr getroffen haben«, stellte Julian fest. »Ich hatte noch einen anderen Kurs einige Ortschaften entfernt, deshalb war ich erst spät beim Essen. Aber du warst nicht mehr da.«

Doro merkte, wie ihr die Röte ins Gesicht schoss. Kein Wunder, spürte sie doch bei dem Gedanken daran, was sie zu diesem Zeitpunkt gemacht hatte, Felix' Lippen auf ihren. Schnell versuchte sie an etwas anderes zu denken.

»Anstrengend?«, fragte Julian, der Doros roten Kopf auch bemerkte.

»Eigentlich nicht«, antwortete sie, sich der Zweideutigkeit ihrer Aussage durchaus bewusst. »Liegt wohl an der ungewohnten Betätigung.«

Wie wahr! So einen heißen Kuss hatte sie lange nicht mehr erlebt.

»Stimmt. Die Regelmäßigkeit macht's«, meinte Julian auch noch, und Doro verfiel in einen Hustenanfall.

»Entschuldigung. Verschluckt«, röchelte sie.

»Oh je.« Er betrachtete sie mitleidig. Die Raktoren in der Hand verhinderten aber, dass er ihr mitfühlend auf den Rücken klopfte, was Doro nur recht war. »Aber den heutigen Abend könnten wir doch gemeinsam gestalten. Ich kenn da ein lauschiges Plätzchen, nicht weit entfernt.« Er flüsterte fast.

Doros Augen wurden größer. Sie verschluckte sich gleich nochmal, und so begann der Hustenanfall, der soeben verebbt war, erneut. Julian war wirklich ein ganz Netter, und sie fühlte sich geschmeichelt, dass ein jüngerer Mann sich für sie interessierte. Fieberhaft überlegte sie, was sie antworten sollte.

»Sagen Sie mal, die Technik beim Reaktiv-Walking ist doch pure Physik. Alles eine Frage der richtigen Berechnung«, unterbrach auf einmal Felix ihr Gespräch. Er schloss neben Julian auf, der darüber nicht gerade erfreut wirkte.

Doro war dankbar, dass ihr eine Antwort auf Julians Einladung erspart blieb. Aber Felix' plötzliche Anwesenheit brachte sie in Verlegenheit. Zum ersten Mal in ihrem Leben stand sie zwischen zwei Männern, die sich gleichzeitig für sie interessierten. Das machte sie nervös. Sie hustete noch immer.

Julian schien hin- und hergerissen. Sollte er sich mit Felix auf ein Gespräch einlassen oder sich lieber um Dorothe kümmern?

»Haben Sie die Theorie schon mal verfolgt?« Felix ließ nicht locker. Grundsätzlich hatte er zwar nicht die geringste Lust, mit diesem sportlichen Adonis Konversation zu betreiben, aber das war die einzige Möglichkeit, ihn von Doro fernzuhalten. Die beiden sprachen nun schon lange genug miteinander. Er hatte sie genau beobachtet, und es missfiel ihm.

»Was meinen Sie?«, fragte Julian skeptisch.

»Na, was da beim rhythmischen Bewegen der Raktoren passiert? Wissen Sie, ich beschäftige mich beruflich mit Gasfedern und Dämpfern, da geht's immer darum, Massen zu bewegen, abzubremsen oder Schwingungen zu dämpfen. Und mir ist aufgefallen, dass das Training mit Raktoren einem gedämpften Pendel gleicht.«

Julian warf Felix einen ungläubigen Blick zu. Dieser ermutigte Felix, noch etwas tiefer in das Thema einzusteigen, und er überfuhr Julian mit den Berechnungsergebnissen seiner letzten schlaflosen Nacht, an der Doro nicht ganz unschuldig war.

»Nun, die Eigenfrequenz eines frei schwingenden Pendels beträgt 1 durch 2π mal der Wurzel aus g durch l. Auf Basis von biomechanischen Körperdaten errechnet sich die reduzierte Pendellänge l des gestreckten Arms einer 1,70 m großen Frau mit 60 kg inklusive 600 g Hantel in der Hand überschlägig zu 0,4 m. Wenn man die Erdbeschleunigung g mit 10 und π mit 3 annähert, errechnet sich die Eigenfrequenz 1 durch 6 mal Wurzel aus 10 durch 0,4 – was 100 Viertel oder auch 25 entspricht – und die Wurzel aus 25 ist 5, also ein Sechstel mal 5 oder mit anderen Worten 5 geteilt durch 6 – und damit 0,8 Hertz. Mit dem Kehrwert der Eigenfrequenz erhält man schließlich die Periodendauer von 1,25 Sekunden.«

»Ich verstehe«, versuchte Julian Felix' Erläuterungen abzukürzen. »Das mag durchaus sein. Aber ich muss zugeben, das ist nicht so mein Gebiet. Ich befasse mich lieber mit dem sportlichen Aspekt.«

»Schon. Aber das ist doch interessant. Um nicht zu sagen, faszinierend.«

Julian schaute stur geradeaus. Gut möglich, dass er überlegte, wie er Felix und seinen Fachsimpeleien entkommen konnte, dachte Felix bei sich, redete aber unbeirrt weiter. Doro lief schweigend nebenher.

»Wie viel Gramm dieser Microperlen sind nochmal in einer Hantel enthalten?« Felix gab nicht nach. Allmählich erwärmte er sich für seine Theorie. Seine Arbeit machte ihm einfach Spaß, und er verspann sich immer mehr darin.

»Gehen wir mal von 500 g aus. Damit sollen nun vier Kilo beziehungsweise 40N Reaktivkraft pro Schwung an jedem Umkehrpunkt erzeugt werden. Eine interessante

Fragestellung wäre hier, wie lange der Kraftimpuls andauert. Nun, das hängt davon ab, wie schnell die Hantel vor dem Unterpunkt bewegt worden ist. Gehen wir von der vorher genannten freien Schwingung und einer Schwingweite von etwa einem halben Meter aus, dann ...«

Zur Mittagszeit war der sportliche Teil des Tages für die Gruppe B glücklicherweise vorüber. Doro und Julian hatten in der letzten Stunde so viel über Raktoren, Schwingverhältnisse und Beschleunigungszeiten erfahren, wie sie beide nie erahnt hätten und gar nicht so genau hatten wissen wollen. Felix war nicht mehr zu bremsen gewesen. Auch Gundula schnaufte, und selbst Hanne wollte nur noch schnell zurück, da ihr die Sonne zu viel war, weil sie ihr Basecap vergessen hatte aufzusetzen. So war jeder auf seine Weise froh, das Hotel zu erreichen.

Gundula ließ ihre Hanteln als Erste fallen und marschierte ab zum Spa-Bereich, die überrumpelte Hanne im Schlepptau. Es hatte eine kleine Diskussion gegeben, weil Doro ihren Termin nicht wahrnehmen wollte.

»Was soll das denn? Weshalb zierst du dich so? Das ist doch ein Traum, diese Beinmassage«, hatte Gundula vorwurfsvoll gefragt.

Aber Doro war stur geblieben. »Dann genieß es! Bis nachher.«

»Also …« Gundula hatte nach Luft geschnappt. »Der Termin steht. Die Massage ist gebucht. Du kannst die doch nicht einfach ausfallen lassen.«

Wie zu erwarten, überkam Doro kurzzeitig das schlechte Gewissen. Natürlich kostete die Massage Geld, und sicherlich würde sie bezahlen müssen, ob sie nun kam oder nicht. Sie hätte gleich gestern die weiteren Termine canceln sollen, aber das hatte sie vergessen. Doch das änderte nichts daran, dass sie nicht hingehen wollte.

»Wovon sprecht ihr?«, hatte sich Hanne eingemischt, und Gundulas Augen hatten diesen speziellen Glanz angenommen, den Doro zur Genüge kannte. Den bekamen sie immer dann, wenn sie eine geniale Idee hatte. Zumindest genial nach Gundulas Ansicht. Und meistens gab es dann kein Entrinnen.

Da war es auch schon geschehen: »Hanne. Liebes. Ich hab da was ganz Tolles für dich«, hatte sie gesäuselt und die arme Frau bereits mit sich gezogen. »Pass auf. Du wirst es nicht glauben, aber …«

Gleich darauf waren die beiden aus Doros Hörweite verschwunden. Etwas ungläubig war Doro zurückgeblieben. Das war ja einfacher gewesen, als sie gedacht hatte. Aber die Zeit spielte ihr in die Karten, denn der Termin war an diesem Tag gleich im Anschluss an das Walking. Und so durfte sich Doro auf eine genüssliche Dusche und ein wenig Zeit für sich freuen.

»Was für eine Wohltat das doch wieder war«, trällerte Gundula gutgelaunt und ließ die Zimmertür eine halbe

Stunde später hinter sich ins Schloss fallen. »Ich verstehe gar nicht, warum du keine Beinmassage mehr willst.«

Doro enthielt sich eines Kommentars. Sie war gerade in ihren Badeanzug geschlüpft und holte zwei große Handtücher aus ihrem Koffer.

»Na ja, zum Glück ist Hanne für dich eingesprungen. Die war begeistert, kann ich dir sagen.«

»Freut mich.« Doro lächelte und zog einen weißen Hotelbademantel über.

»Was machst du?«

»Ich möchte endlich mal die schöne Poolanlage nutzen.«

Gundula überlegte kurz. »Gute Idee.« Sie nickte. »Warte kurz.«

»Ich besetze eine Liege, okay? Bis gleich.« Schon war sie aus dem Zimmer geschlüpft.

Die Badewelt lag gleich neben den Wellnessräumen und bestand aus zwei Innen- und einem beheizten Außenpool. Zuerst sah Doro ein großes rechteckiges Becken, in dem man seine Bahnen ziehen konnte. Der Raum war mit hellem Licht durchflutet. Die weißen Wände und cremefarbenen Bodenfliesen ließen das Beckenwasser richtig schön blau wirken. An der Decke befanden sich passend dazu braune Holzpaneele, und links hinten im Eck sah Doro eine kleine Theke mit Getränken. Überall standen moderne Rattan-Liegen mit cremefarbenen Auflagen. Hier und da sah sie ein bekanntes Gesicht. Offensichtlich hatten auch andere Kursteilnehmer beschlossen, sich hier zu erholen.

Doro trat durch einen der vier großen Glasraumteiler und entdeckte einen weiteren Pool, der zum Entspannen einlud. Rechts davon verwies ein Schild auf einen Ruheraum. Sie öffnete eine Tür, die nach draußen führte, und befand sich auf einer großzügig angelegten Terrasse. Die Sonne schien, und der Panoramablick war unglaublich. Im Sommer, wenn alles grünte, war er bestimmt atemberaubend.

Abgesehen von einigen Gästen, die sich im Wasser tummelten, war hier draußen kaum jemand. Lediglich zwei Liegen wurden mit einem Handtuch reserviert. Und da die Sonne, trotz der frühlingshaften Jahreszeit, bereits starke warme Strahlen aussandte, entschied sich Doro dafür, ihr Domizil im Außenbereich aufzuschlagen. Sie breitete ihr rotes Badetuch auf einer Liege aus und schälte sich aus ihrem Bademantel.

Ein leiser Pfiff ertönte. Verunsichert sah sie sich um.

War ein Badeanzug zu altmodisch? Dabei hatte sie sich erst ein neues Exemplar zugelegt, weil sie ihren alten nicht mehr finden konnte. Der Neue war königsblau und kaschierte sogar die Speckröllchen gut. Das versprach zumindest der Hersteller. Es war ein relativ schlichtes Modell, das lediglich zwischen ihrem Busen mit ein paar wenigen Ziersteinchen aufgepeppt wurde. Außerdem waren originelle Raffungen am Vorderteil angebracht, um zusätzlich eine schöne Silhouette zu schaffen.

Hier sah sie überall nur Frauen im Bikini herumlaufen. Aber mit ihrer Oberweite fühlte sie sich nun mal in keinem Bikini besonders wohl.

Schräg gegenüber registrierte sie auf einer Liege einen Mann, der mit der Hand seine Sonnenbrille etwas nach unten geschoben hatte und darüber hinweg geradewegs zu ihr schaute. Doro hielt die Luft an. Es war niemand anderes als Felix. Natürlich!

Wo war der denn so plötzlich hergekommen? War ja klar, dass ausgerechnet er einer der wenigen Menschen war, der ebenfalls hier draußen blieb. Je mehr Zeit verging und je länger Doro darüber nachdachte, desto sicherer wurde sie sich, dass der Kuss gestern Abend ein Ausrutscher gewesen war, der nichts bedeutete. Sie wollte um jeden Preis eine erneute Enttäuschung vermeiden und versuchte vernünftig damit umzugehen.

Sie rang sich ein Lächeln ab und schwang sich auf ihr Handtuch. War denn an dieser Woche überhaupt nichts entspannend? Sie wollte ein wenig dösen und die Sonne genießen, vielleicht etwas lesen. Doch nun fühlte sie sich beobachtet. So war an abschalten nicht zu denken. Sie schloss die Augen und zählte im Geist erst jedes überschüssige Gramm Fett an sich, dann die geschätzte Anzahl ihrer Orangenhautdellen. Verdammt! Seit wann machte sie sich denn über sowas Gedanken? Bisher hatte sie ganz gut ohne diese Denkweise gelebt und war mit ihrem Körper im Einklang gewesen.

Na gut, dass Matthias' Brillenschlange eine bessere Figur als sie besaß, mochte sie eventuell in jüngerer Zeit etwas verunsichert haben. Und ihre wieder erwachten Gefühle für Felix spielten vielleicht auch eine klitzekleine Rolle. Aber sie war nicht der Typ Frau, der wegen eines Mannes hungerte. Genau genommen war sie ironischerweise die Art Frau, die wegen eines Mannes zum Frustessen neigte. Diese Strategie hatte sie jedenfalls nach der Trennung verfolgt.

Plötzlich wurde ihr bewusst, dass ihre Kuchen-Anfälle, die vorzugsweise aus Erdbeerkuchen bestanden, in den letzten Tagen kaum mehr vorgekommen waren. Verblüfft stellte sie fest, dass sie dafür viel zu beschäftigt war. Die Aktiv-Woche hatte sie tatsächlich aktiv abgelenkt von ihrer Trauer um die zerbrochene Beziehung mit Matthias. Mit dieser positiven Erkenntnis rekelte sie sich wohlig auf ihrer Liege.

»Da ist sie! Gundulaaa! Hier rüber!« Hannes Ausruf ließ Doro jäh hochblicken.

»Hier draußen? Ist das nicht ein bisschen zu kalt? Wir haben März«, hörte sie ihre Mutter, noch bevor sie sie sah.

»Ach Quatsch. Riech mal. Diese herrliche frische Luft. Der Sauerstoffgehalt ist gut für die Haut.« Die ältere Frau hüpfte überraschend leichtfüßig auf die Liege neben Doro.

»Oh, wie schön der Frühling doch ist. Warme Sonnenstrahlen auf der Haut. Was gibt es Schöneres.« Mit Schwung öffnete sie ihren Bademantel und entblößte helle Haut, die für ihr Alter nur mäßig faltig war, sowie einen bunt gestreiften Bikini. Selbst eine Siebzigjährige trug also Bikini, stöhnte Doro innerlich.

»Und ich?«, gellte da die Stimme ihrer Mutter vorwurfsvoll.

»Was?« Hanne schob ihren Pferdeschwanz zur Seite und legte ihren Kopf ab.

»Wo bitte schön soll ich liegen?« Gundula stemmte die Hände in die Hüften. Ihr grünes Handtuch quoll seltsam an den Seiten hervor.

Nun fiel es Doro auch auf. Neben ihrer und Hannes Liege standen jeweils ein Sonnenschirm und ein Tischchen.

»Na, leg dich doch auf die andere Seite. Oder hast du Angst, weil wir durch den Schirm getrennt sind?«

»Pfff«, kam es zur Antwort. Vier hörbare Badelatschenwatschler und ein kratzendes Geräusch später, das vom Herumschieben der Liege verursacht wurde, platzierte sich auch Gundula endlich.

Froh, dass der Aufstand, den ihre Mutter veranstaltet hatte, vorüber war, angelte Doro nach ihrer Sonnenbrille. Wie magisch wanderte ihr Blick zu Felix. Wie sie feststellen musste, saß er inmitten eines Hühnerhaufens namens Barbara und Co. Doro atmete tief und sank zurück. Das war keine Überraschung. Warum überkam sie trotzdem ein bedrückendes Gefühl?

»Übrigens, Dorothe, die Beinmassage war klasse! Danke, dass du mir deinen Termin gegeben hast. Annegret hat meine Füße bewundert und mir dringend geraten, einen Termin im Nagelstudio nebenan zu machen. Meine Füße wären so schön, sagt sie. Ich könnte ein Fußmodell sein«, tönte Hannes Bericht zu Doro herüber. Widerwillig öffnete sie erneut die Augen. Hanne saß mit seligem Lächeln und angezogenen Beinen neben ihr und begutachtete ihre Füße.

Gundula runzelte abschätzig die Stirn. »Das hat sie doch bestimmt nur gesagt, um dir zu schmeicheln.«

»Nein. Wieso sollte sie? Oder hat man dir das Gleiche gesagt?«

»Nicht so direkt«, räumte Gundula ein.

»Siehst du. Und ich muss gestehen, sie hat recht.« Hanne wackelte zu Bestärkung ihrer Worte mit den Zehen. »So genau hab ich meine Füße noch nie betrachtet, aber sie sind wirklich schön, oder?«

Die Frage ging wieder an Doro. Die setzte sich etwas auf und begutachtete die Füße ihrer Nachbarin. Fast neidisch musste sie zugeben, dass Hannes Füße nicht aussahen, als würden sie schon siebzig Jahre durch die Gegend laufen.

»Ja. Doch ...«, stimmte sie zu.

Gundula schaute derweil ihre eigenen Zehen an, die knallrot lackiert waren. »Ich weiß nicht. So besonders sind sie auch nicht.«

»Pah. Du bist ja nur neidisch. Am späten Nachmittag hab ich einen Termin zur Pediküre. Warte nur ab, bis die kleinen Kerlchen aufgepeppt sind.« Wieder wackelte Hanne keck mit den Zehen.

»Ich glaube, vorerst wäre eine Abkühlung nicht schlecht für dich«, konterte Gundula. Sie stand auf und ließ ihren Bademantel anmutig über die Schultern nach unten gleiten.

Hatte sie das geübt? Wie oft in ihrem Leben hatte sie das schon gemacht? Doro blieb der Mund offen stehen. Norberts ebenso, der zusammen mit seiner Gattin gerade in diesem Moment an den Liegen der Frauen vorbeilief. Na, hoffentlich hatte seine Frau das nicht bemerkt.

Aber Gundula sah wirklich phänomenal aus. Jedenfalls für eine Dame ihres Alters und im Vergleich mit ihr selbst, wie Doro fand. Auch ihre Mutter hatte sich für einen Bikini entschieden. Er war schwarz, und ihr ähnlich gelagerter Brustumfang passte erstaunlich gut in das

Oberteil mit breiten Trägern. Zwischen ihren Brüsten baumelte ein kleines Schmuckstückchen. Ihr kleines Bäuchlein fiel im Gesamtbild kaum auf, zogen doch Gundulas weibliche Rundungen jeglichen Blick auf sich. Passend dazu trug sie eine schlichte Goldkette mit hübschem Anhänger, Ohrringe und einen Armreif. Dass sie geschminkt war, bedurfte keiner Erwähnung – schließlich würde sie niemals ungeschminkt vor die Tür gehen. Die rot lackierten Nägel standen im Kontrast zu dem schwarzen Stoff.

Gundula schüttelte den Kopf und fuhr sich durch die kurzen rötlichen Haare, sodass ihr Armreif klapperte.

»Also. Kommst du?«, fragte sie und sah Hanne an. Neben Gundula wirkte Hanne fast flach wie ein Brett. Ihr kaum vorhandener Busen konnte mit Gundulas imposantem Dekolleté nicht annähernd mithalten. Aber so unterschiedlich waren die Menschen eben gebaut. Ginge es nach Doros Wünschen, läge sie selbst irgendwo dazwischen.

Norberts Frau Margot stolzierte mit hoch erhobenem Haupt an ihnen vorbei und würdigte sie keines Blickes. Was für ein Glück für Gundula, aber auch für Norbert, der sich sichtlich bemühen musste, seine Augen von Gundula abzuwenden und stattdessen die Landschaft zu genießen. Fast wäre er dabei noch über seine Füße gestolpert.

Doro grinste, rappelte sich auf und folgte den beiden Frauen ins Wasser. Das wäre was gewesen, wenn Norbert vor lauter gierigen Blicken in den Pool gefallen wäre.

Ein aufdringlicher Klingelton ertönte unüberhörbar aus dem Bereich, wo die drei Frauen ihre Liegen gewählt hatten.

»Was um Himmels willen ist das denn?« Gundula, die sich soeben von den Warmwasserdüsen massieren ließ, riss knurrend den Kopf nach oben. »Brennt's irgendwo?«

Doro lachte. »Der Ton hört sich wirklich ein wenig wie eine Sirene an. Aber ich glaube, das kommt von einem Handy.«

»Wie? Was?« Hanne, die als Einzige nicht reagiert hatte und das lästige Geräusch nicht wahrzunehmen schien, schnellte herum, rutschte von der gekachelten Unterwassersitzbank ab und tauchte ungewollt unter. Fuchtelnd kam sie wieder an die Oberfläche und schnappte nach Luft. Das Wasser rann ihr wie einem begossenen Pudel übers Gesicht. Gundula schüttelte missbilligend den Kopf. Der Sirenenton trällerte fröhlich nervend weiter.

»Das ist für mich.« Hanne spuckte die Wörter samt Wasser förmlich aus. »Ich muss hier raus«, raunte sie und watete wie ein Huhn auf Stelzen zur Leiter.

»Du hast ein Handy?« Gundula war sichtlich überrascht.

»Klar. Warum auch nicht?«

»Ich weiß nicht. Du machst nicht gerade den Eindruck …«

»Was für einen Eindruck? Weil ich schon ein paar Jährchen älter bin?« Sie hielt mitten auf der Leiter inne und funkelte Gundula an. »So viel jünger bist du auch nicht. Vergiss das nicht!«

»Eigentlich habe ich mehr gedacht, weil du etwas esoterisch angehaucht bist. Ein kleiner Hippie vielleicht auch.«

»Ich glaube, du machst es nicht gerade besser«, murmelte Doro und hangelte sich zum Leitergriff.

Tropfnass wühlte Hanne in ihrer Badetasche. Endlich hatte sie ihr Handy gefunden und stellte zum Dank aller den Krach ab. Gundula und Doro kamen ihr hinterher.

»Und jetzt? War niemand dran oder was?«, erkundigte sich Gundula über Hannes Schulter hinweg und schaute ungerührt auf das Mobiltelefon. »So ein Aufstand also für nichts.«

Doro schlang sich leicht bibbernd ihr Handtuch um. Zwölf Grad waren eben noch keine Sommertemperaturen.

»Das war ja auch kein Anruf, sondern ein Erinnerungsruf.«

»Hä?« Gundula warf sich ihren Bademantel über.

»Ich muss trinken. Jetzt. Sofort. Wo ist denn …« Hanne kramte wieder in ihrer Tasche. »Ah, da.« Sie zog eine kleine Flasche Wasser hervor, schraubte den Deckel auf und trank sie in einem Zug leer. Ein leiser Rülpser entschlüpfte ihr, als sie die Flasche von den Lippen nahm.

Doro zog fragend die Stirn kraus, schielte dabei aber so unauffällig wie möglich zu Felix hinüber. Dass er unmittelbar in ihrer Nähe war, ließ ihr einfach keine Ruhe. Ebenso wenig wie die Tatsache, dass er von Frauen – anderen Frauen – umringt wurde. Er trug eine dieser Boxer-Badehosen, und wie sie schon vorher festgestellt hatte, war er für diese Jahreszeit relativ braungebrannt. In Badehose machte er keine schlechte Figur. Man könnte ihn durchaus als muskulös bezeichnen, auch wenn er definitiv keinen Waschbrettbauch besaß. Aber Doro gefiel das sogar. Schließlich hatte sie selbst auch keine Supermodelmaße. Und wenn er, wie gerade eben, lächelte, schmolz sie sowieso einfach dahin.

»Hab ich irgendwas verpasst?«, wollte Gundula unterdessen wissen.

Hanne kroch nicht gerade damenhaft auf ihre Liege. Ihr nicht vorhandener Bauch wölbte sich über den fünfhundert Millilitern Wasser nun doch leicht sichtbar.

»Keine Ahnung. Hast du?«, gab Hanne zurück. »Ich habe mich gestern Abend – nachdem du mich einfach hast sitzen lassen«, sie warf ihrer neuen Freundin einen schiefen Blick zu, »etwas ausführlicher mit Julian unterhalten. Der arme Kerl war ganz allein. Ich hab es nicht über mich gebracht, ihn so einsam essen zu sehen, deshalb hab ich mich zu ihm gesetzt.«

»Komm zum Punkt«, forderte Gundula sie auf.

»Ist ja gut.«

Wie ein altes Ehepaar, dachte Doro. Kaum zu glauben, dass die beiden Frauen sich erst kennengelernt hatten.

»Jedenfalls haben wir uns über straffe Haut unterhalten und –«, fuhr Hanne fort, wurde aber jäh von Gundula unterbrochen.

»Du und straffe Haut?«

»Was soll das jetzt bitte heißen? Willst du irgendwas andeuten?« Hanne setzte sich auf und fuhr sich mit der rechten Hand über den linken Arm. »Meine Haut ist gut zwanzig Jahre jünger, als der Kalender behauptet«, meinte sie eingeschnappt. »Und sieh dir nur meine Füße an! Sie sind so schön und straff, ich könnte Fußmodell sein. Sagt auch Annegret.«

»Ja, ja. Schon gut«, lenkte Gundula ein. Nicht ohne jedoch leise hinzuzufügen: »Wenn ich diese Annegret in die Finger bekomme … Das werde ich nun wohl ständig zu hören bekommen.« Doch den Kommentar ihrer Mutter hörte nur Dorothe, halb mit den Gedanken bei Felix.

»Und was hat das mit deiner Handyerinnerung zu tun?«, mischte Doro sich nun ein, um dem Gekabbel ein Ende zu setzen.

»Genau«, erinnerte sich Hanne wieder. »Man muss unbedingt ausreichend trinken. Das ist ganz wichtig! Wenn man nicht genügend trinkt, bilden sich schneller Falten, man kann tiefe Augenringe und Übergewicht bekommen. Sollte für dich, meine Liebe, auch nicht uninteressant sein.« Hanne sah herausfordernd auf Gundulas Bäuchlein, die ihrem Blick prompt folgte.

Touché!, dachte Doro anerkennend.

»Frechheit!« Entrüstet stemmte Gundula die Hände in die Hüften.

»Wassertrinken aktiviert den Stoffwechsel«, erklärte Hanne ungerührt weiter. »Deshalb habe ich mir letzte Nacht eine Trink-App aufs Handy geladen. Julian hat mich darauf gebracht. Was es nicht alles gibt. Toll, nicht wahr?«

»Und was kann diese App? Trinkt die für dich?«, zickte Gundula.

»Nein. Dummerchen.« Sie kicherte. »Aber sie erinnert mich, wann ich wieder etwas trinken muss. Ich habe ausgerechnet, dass ich mindestens zweieinhalb Liter pro Tag trinken sollte.«

»Und wenn deine Zeit gekommen ist«, Gundula grinste etwas höhnisch, »erklingt der ohrenbetäubende Alarm. Verstehe.«

»Mh-hm.« Hanne nickte strahlend. »Ich muss nachher unbedingt noch in den Supermarkt und mich ausreichend eindecken. Das war meine letzte Flasche.«

»Vielleicht komme ich mit. Ein Sixpack wäre in der Tat keine schlechte Idee.«

»Du willst dir einen Waschbrettbauch kaufen?«, fragte Hanne verstört.

Gundula verdrehte die Augen, während sie sich erschöpft auf ihre Liege setzte. Gespräche mit Hanne waren für ihre Mutter wohl des Öfteren ermüdend, stellte Doro in sich hineingrinsend fest. Sie selbst fand es amüsant.

»Ich dachte mehr an Bier oder so«, stellte Gundula richtig.

Doro tätschelte Hannes Hand. »Ich glaube, hier sagt man auch ›Sechsertragerl‹. Oder sagt man das in Österreich?«

»Ach so.«

16.

»Was haben wir sonst noch so vor?«

»Ich hab dann einen Termin beim Frisör.«

»Echt? Was lässt du denn machen?«

»Ich hab mir überlegt …«

Frauengespräche, dachte Felix. Barbara, Conny und Elli quatschten und kicherten die ganze Zeit über. Er hielt sich überwiegend heraus. Nur wenn er angesprochen wurde, gab er eine Äußerung von sich. Seine Aufmerksamkeit richtete sich auf die gegenüberliegende Seite des Pools. Dort lag Doro mit ihrer Mutter und der schrulligen Hanne.

Als sie sich den Platz ausgesucht hatte, war ihr augenscheinlich nicht aufgefallen, dass auch er hier war. Zumindest hatte er das ihrer Reaktion entnommen, als sie ihn dann entdeckt hatte. Ihr Gesichtsausdruck hatte von überrascht zu erfreut und dann zu skeptisch gewechselt. Was er davon halten sollte, wusste er nicht. Aber es war deutlich interessanter, Doro zu beobachten, als das Geschnatter der Frauen neben ihm zu verfolgen.

Im Gegensatz zu denen trug Dorothe einen Badeanzug. Und er musste sagen, dass er bisher gar nicht gewusst hatte, wie sexy auch ein Einteiler sein konnte.

»Wie wär's mit einem Saunagang?«, kam Barbara die blendende Idee. Erwartungsvoll schaute sie zu Felix.

»Ach nö. Da bin ich raus. Mein Kreislauf, du weißt doch.« Conny winkte ab.

»Und Elli geht zum Frisör. Dann bleiben noch du und ich«, meinte Barbara zu Felix.

»Was?«, fragte er leicht abwesend.

»Sauna. Wir zwei. Was sagst du?« Anmutig rekelte sie sich und schenkte ihm ein strahlendes Lächeln.

Felix zog amüsiert seine linke Augenbraue nach oben. Sie wollte ihn nackt sehen. Okay. Gleiches galt dann natürlich umgekehrt. Grundsätzlich hatte er nichts dagegen, dennoch hielt ihn etwas davon ab, spontan zuzustimmen. Eigentlich fand er es klasse, wenn Frauen selbstbewusst waren, durchstarteten und sich nicht ewig zierten. Aber irgendwie stimmte die Chemie mit Babsi nicht so richtig. Ständig war er abgelenkt. Unbewusst wanderte sein Blick wieder zu Dorothe hinüber. Sie saß zwischen den beiden Damen und schien in ein Gespräch vertieft. Plötzlich trafen sich ihre Blicke.

Ein kurzer Schauer durchzuckte Doro, als sie aufsah und geradewegs in Felix' Augen blickte. Sie spürte, wie sie errötete. Trotzdem gefiel es ihr, dass sie seine Aufmerksamkeit genoss, während ›Babsi‹ auf ihn einredete. Sie grinste und erhielt prompt ein Schmunzeln zurück. In ihrem Bauch tanzten Schmetterlinge. Sie setzte sich etwas anders hin, ließ ein Bein nach vorne gleiten, sodass es ausgestreckt lag, und winkelte das andere an, in der Bemühung, sich so vorteilhaft wie möglich zu präsentieren.

Er zwinkerte ihr spitzbübisch zu.

Wie süß! Doro errötete. Das hatte er schon ewig nicht mehr erlebt, dass eine Frau seinetwegen rot wurde. Genau genommen wohl seit der Schulzeit nicht mehr.

Und jetzt fiel ihm endlich ein, warum sie ihm irgendwie bekannt vorkam. Es war nicht die Ähnlichkeit mit einem Promi aus der Boulevardpresse. Sie erinnerte ihn an ein Mädchen, mit dem er mal die Schulbank gedrückt hatte. Es war in der Berufsschule gewesen. In der Phase, als er überlegt hatte, ob er den richtigen Beruf gewählt hatte. Wie hatte sie noch gleich geheißen?

»Komm schon. Verschwitzte Körper auf kleinstem Raum«, hörte er Barbara sagen. Aber er reagierte nicht, versuchte sich zu konzentrieren. Diesmal wollte er den Gedanken unbedingt weiterverfolgen.

Doro lächelte. Ein Windstoß blies ihre Haare nach hinten. Er lächelte zurück. Dorothe! Sie hatte Dorothe geheißen!

Die Frau da drüben trug den gleichen Namen. War das ein Zufall? Waren das Mädchen von damals und die Frau gegenüber ein und dieselbe Person? Andererseits … Wie hoch waren die Chancen, dass sie sich nach so vielen Jahren zufällig hier im Bayerischen Wald wiedertrafen?

202

Nun, die Welt war ein Dorf. Es war also nicht unrealistisch.

Doro rutschte etwas herum und verlagerte ihre Proportionen. Was er sah, gefiel ihm.

Irre, dass er so lange gebraucht hatte, um sie zu erkennen. Ob sie auch ihn erkannt hatte? Wohl kaum, sonst hätte sie ihn doch darauf angesprochen.

Ein knarzendes Geräusch drang an sein Ohr, dann ein regelrechtes Krachen. Wums!

Geistesabwesend schaute er nach links. Dahin, wo Barbara sich eben noch geschmeidig wie eine Katze gerekelt hatte. Aber nun musste er seinen Blick um einige Nuancen nach unten korrigieren. Und da lag sie am Boden in einer ziemlich unbequem wirkenden Position.

»Ah!«, quietschte sie. »Aua!«

Auch die Liege befand sich in sonderbarer Stellung. So wie es aussah, war das Kunststoffscharnier, das sich zwischen der Liegefläche und der verstellbaren Rückenlehne befand, in zwei Hälften auseinandergebrochen. Was zur Folge hatte, dass Babsi samt der Kunststoffliege in merkwürdiger V-Stellung verkeilt dalag.

»Um Gottes willen«, rief Elli und sprang auf.

Conny, rechterseits neben Barbara, begann zu kichern.

»Was ist denn da so lustig?«, fauchte die. »Kann mir vielleicht mal jemand helfen?«

Elli streckte ihr hilfreich die Hand entgegen. Langsam kam auch Felix in Bewegung.

Doro traute ihren Augen kaum. Die tolle Babsi hatte ihre Liege zum Einstürzen gebracht. Das war ja besser als im Kino! Dabei war sie doch so rank und schlank. Sie biss sich auf die Lippen, um nicht lauthals loszulachen. Ob die Mousse au Chocolat gestern Abend zum Dessert doch zu viel gewesen war? Für die arme Liege scheinbar schon.

»Also, ich bin dann mal bei der Pediküre«, verkündete Hanne derweil.

»Wir gehen was trinken«, teilte Gundula mit.

Hanne griff nach ihrer Tasche. »Jetzt? Um diese Zeit willst du schon einen dieser ekligen Cognacs, oder was du immer so bestellst, trinken?«

»Wer hat das denn gesagt? Es gibt auch sowas wie Kaffee zum Beispiel?«, lautete die spitze Antwort. »Außerdem ist weder Cognac noch Brandy eklig. Und was hast du für Anfälle?«, erkundigte sich Gundula bei ihrer Tochter und unterbrach ihre Diskussion mit Hanne. »Findest du es etwa witzig, dass ich ein gutes Schlückchen zu genießen weiß? Im Gegensatz zu gewissen anderen Personen.«

»Da drüben«, murmelte Doro nur und lachte nun doch laut los.

Gundula und Hanne starrten kurz auf die gegenüberliegende Seite der Sonnenterrasse.

»Was hat die denn für Probleme?«, kam die mitfühlende Bemerkung ihrer Mutter.

»Oh. Die Arme«, meinte Hanne hingegen sofort. »Hoffentlich hat sie sich nicht verletzt.«

Stimmt. Daran hatte Doro vor lauter Schadenfreude gar nicht gedacht. Sie war wirklich ein Biest. Normalerweise war sie nicht so! Nachdenklich sah sie wieder zu Felix hinüber, der sich jetzt um die immer noch am Boden liegende ›Babsi‹ kümmerte. Unwillkürlich knirschte Doro mit den Zähnen. Dann riss sie sich zusammen. Der ganze Gefühlskram war einfach nicht ihr Ding. Sie hatte eine gescheiterte Beziehung hinter sich. Und das Letzte, was sie derzeit wollte, war eine neue. Nach den Erfahrungen aus früheren Zeiten müsste sie einen großen Bogen um Felix machen. Warum mochte sie ihn dann trotzdem? Sie wollte keine prickelnden Gefühle verspüren. Und ganz besonders nicht wegen Felix!

Eine gute Stunde später saßen die Daubner-Frauen wie vereinbart an einem der im Halbkreis angeordneten Tische auf der Hotelterrasse und genossen eine Tasse Kaffee samt Erdbeerkuchen, während sie auf Hanne warteten. Über ihnen befand sich ein hölzernes Pergolagestell, an dem im Sommer sicherlich die Blätter des Japanischen Blauregens entlangkrochen und Schatten spendeten. Bisher waren allerdings nur die schmalen Stränge der Pflanze zu sehen.

»Juhu!«, flötete Hanne schon von Weitem und eilte in kleinen, flinken Schritten zu ihnen herüber.

»Kann sie das nicht einfach mal unterlassen?«, fragte Gundula Doro. »Das ist so girliemäßig.«

»Lass sie doch. So ist sie eben. Ist doch nicht schlimm«, wehrte die ab und schaute die ältere Frau freundlich an.

»Guckt mal!«, rief Hanne frohlockend, kaum dass sie vor dem Tisch zum Stehen kam. Stolz reckte sie erst ihren einen, dann den anderen Fuß nach vorn. Wahrscheinlich war sie die Einzige, die lediglich Pantoletten trug. Natürlich die mit gesundem Fußbett. Doro schauderte bei dem Anblick der nackten Füße. Nicht weil sie so schrecklich aussahen, sondern wegen der frischen Temperaturen. Im Badeanzug in der prallen Sonne war es schon recht warm gewesen. Aber im Schatten bevorzugte sie doch Jeans und Turnschuhe.

Hannes Fußnägel glänzten in einem schönen rotbraunen Ton in der Sonne.

»Was sagt ihr? Ich könnte wirklich ein Fußmodell sein, oder?« Damit setzte sie sich feierlich hin.

»Wir wollen mal nicht übertreiben.« Gundula runzelte die Stirn und erntete von ihrer Freundin einen bösen Blick.

»Du bist ja nur neidisch.« Fröhlich wackelte Hanne mit den Zehen, dann bestellte sie sich ebenfalls einen Kaffee. »Und ein Stückchen Käsekuchen mit Sahne bitte«, orderte sie, bevor sie wieder ihre Füße betrachtete.

»Käsekuchen? Ist der nicht zu ungesund für dich?«, stichelte Gundula.

»Der besteht doch zum größten Teil aus Quark.«

»Erdbeeren sind sogar noch gesünder«, warf Doro ein und stopfte sich die letzte Erdbeere in den Mund. Das Gefühlswirrwarr in ihr forderte seinen Tribut, und sie neigte dazu, ihre altbewährte Kuchentherapie wieder aufzunehmen. »Ich glaube, ich gönn mir noch ein weiteres Stück.«

»Kannst du dir das leisten?«, fragte Gundula leicht missbilligend.

Doro sah an sich herab. Na gut, die Speckröllchen würden nicht weniger davon. Doch sie würde ihrer Mutter keinesfalls recht geben.

»Sind doch nur Erdbeeren«, bemerkte sie deshalb betont leichthin in Hanne-Manier. Gundula schüttelte den Kopf.

»Jetzt muss ich mir unbedingt noch ein paar schöne Sandalen kaufen«, überlegte Hanne laut.

Gundulas Kopf schnellte nach oben. »Oh! Wunderbar! Ich berate dich gern. Wann wollen wir los?«

Doro hatte Mühe, nicht loszukichern. Aber Hanne nickte mit einem überraschenden Strahlen in den Augen.

»Willst du in die Sonne?« Eine schrille Stimme ließ Doro unvermittelt aufhorchen. Sie erkannte Margot ziemlich nahe hinter Gundulas Rücken. Oh je. Schon zog sie einen Stuhl zu sich, um sich zu setzen. Norbert tat es ihr nach.

»Hast du nochmal mit dem Anwalt gesprochen? Wegen dieser ›Person‹?«, fragte sie ihren Mann spitz. Doro könnte schwören, dass sie das mit Absicht machte.

»Wir haben Urlaub. Entspann dich. Darüber müssen wir doch wirklich nicht jetzt sprechen«, versuchte Norbert seine Frau mit einem schwachen Lächeln zu beruhigen. Für eine Sekunde sah er zu ihrem Tisch herüber.

Ihre Mutter, die nun Rücken an Rücken zu Margot saß, bekam Ähnlichkeit mit einem Kaninchen im Scheinwerferlicht. Sie verharrte kurz reglos, bevor sie langsam zu ihrer Kaffeetasse griff.

»Der Käsekuchen mit Sahne. Bitte schön!« Wie aus dem Nichts war der Kellner aufgetaucht und stellte vor Hanne einen Teller ab.

Erschrocken zuckte Gundula zusammen. Porzellan schepperte, dann ergoss sich schwarzer Kaffee über die weiße Untertasse und das weiße Tischtuch. Die fünf schmalen Armreifen ihrer Mutter klirrten aufgeregt.

»Wie ungeschickt!«, fluchte sie leise.

Der Kellner reagierte sofort und hatte die Bescherung schnell mit ein paar flinken Handgriffen so gut wie möglich beseitigt.

»Manche Leute haben weder Geschmack noch besonderes Geschick«, sagte Margot kalt.

Doro spitzte die Lippen. Wenn sogar sie das gehört hatte, dann wohl erst recht ihre Mutter. Sie zählte innerlich bis fünf. Spätestens dann würde Gundula sich umdrehen und der Frau die Meinung sagen.

Doch es geschah überraschenderweise nichts dergleichen. Stattdessen atmete Gundula sichtbar tief durch.

Wer war diese Frau, und was hatte sie mit ihrer Mutter gemacht, fragte sich Doro perplex. Sie würde sie später zur Rede stellen. Und diesmal so lange nachfragen, bis Gundula ihr seltsames Verhalten aufklärte. Sich derart herablassend behandeln zu lassen, lag so überhaupt nicht in der Natur ihrer Mutter! Und wenn diese Schrott-Haus-Geschichte tatsächlich stimmte, warum war Norbert dann so entspannt? Um nicht zu sagen, liebenswürdig zu Gundula? War er so ein professioneller Geschäftsmann? Doros Erfahrung nach entwickelten sich wohlhabende Bosse im Lauf der Zeit meist zu überheblichen Stinktieren. Aber Norbert wirkte nicht so.

Würde Felix ihr nicht ständig über den Weg laufen und ihre Aufmerksamkeit auf sich ziehen, wüsste sie bestimmt schon lange, was da ablief. Nicht zum ersten Mal verfluchte sie das unvorhergesehene Wiedersehen mit ihm und das Gefühlschaos, das er bei ihr auslöste.

»Aaahhh!« Hannes Kreischen riss die Frauen aus ihren Gedanken. Fahrig schob sie ihren Stuhl zurück und starrte zu Boden. Doro schielte nach unten. Eine süße schwarze Katze mit weißen Pfoten schlängelte sich an einem der Tischbeine entlang.

»Unglück!«, stammelte Hanne.

»Die schwarze Katze?« Doro zog die Augenbrauen zusammen. Sie glaubte nicht an solche abergläubischen Geschichten. Bei Hanne hingegen wunderte es sie kaum.

»War ja klar.« Gundula seufzte, und Doro fragte sich, wie sie das wohl meinte.

»Kam sie von rechts oder links?«, versuchte Doro trotzdem auf Hanne einzugehen und sie zu beruhigen. Dabei wusste sie nicht einmal, von welcher Seite eine schwarze Katze kommen musste, um Glück oder Unglück zu bringen.

»Ist doch völlig wurst. Schaut euch meine Nägel an!«, jammerte Hanne.

Doro machte ihren Hals noch ein Stück länger. Gundula beugte sich über Hannes Beine hinweg, um besser sehen zu können. Dann erklang ein Kichern aus Gundulas Kehle. Es steigerte sich, bis es in ein schallendes Lachen überging.

»Ich finde das gar nicht witzig. Schaut euch das an!« Zur besseren Sicht hob Hanne ihren linken Fuß hoch. Es schien ihr einerlei, dass sie hier in einem Café waren.

Nun erkannte auch Doro, was Hanne meinte. Die schön lackierten Zehennägel waren mit feinen Katzenhaaren überzogen.

»Fußmodell, was?« Gundula gackerte derweil und wischte sich bereits erste Tränen aus den Augen. »Hast du dir ein Winterfell zugelegt? Ist ja doch noch kühl um diese Jahreszeit.«

Auch Doro gluckste. Nur Hanne war nicht zum Lachen zumute.

»Was soll ich denn jetzt machen?«, fragte sie fassungslos. »Wisst ihr, was das gekostet hat?«

»Wie ist das denn überhaupt passiert?« Doro bemühte sich, sich zusammenzureißen.

»Die Katze. Sie lag auf einmal auf meinen Füßen.«

»Die will schmusen«, stellte Doro nüchtern fest und sah sich nochmal nach der Übeltäterin um. Aber die war inzwischen verschwunden.

»Toll. Doch nicht auf meinen Modelfüßen!« Hanne rang um Fassung.

»Sieht doch gut aus. Jetzt hast du lauter kleine Moonboots auf den Nägeln.« Gundula wischte sich wieder lachend über die Augen.

»Witzig«, zischte Hanne.

»Jetzt mal im Ernst. Wie ist das überhaupt möglich? Der Nagellack sollte doch schon lange trocken sein. Aber wenn er das wäre, hättest du jetzt nicht süße kleine Fellpuschen.« Gundula versuchte sich zu beherrschen, doch bei ihren letzten Worten prustete sie erneut los.

»Ich weiß auch nicht.« So wie Hanne dasaß und dreinblickte, tat sie Doro schon fast leid.

»Tja. Eine haarige Angelegenheit, würde ich mal sagen«, setzte Gundula noch einen obendrauf. Schallend lachend hielt sie sich nun den Bauch.

»Ich muss dringend nochmal in die Kosmetikabteilung.« Hanne keuchte und stürzte davon.

17.

Gundula lachte noch weiter, sodass sie gar nicht hörte, wie Margot sagte »Was sind denn das für Leute hier? Aber wen wundert's, dass diese Frau sich in solcher Gesellschaft befindet«, aufstand und davonrauschte.

Zu Doros Überraschung blieb Norbert sitzen, und als sich seine Frau außer Sichtweite befand, stand er sogar auf und kam zu ihnen herüber.

»Meine Damen.« Er deutete fast eine kleine Verbeugung an. »Ich muss mich für das Verhalten meiner Frau entschuldigen. Darf ich Ihnen als Zeichen meines Bedauerns etwas spendieren?«

Gundulas Lachen verebbte sofort. Leicht errötet nickte sie. »Welch nette Geste.«

»Möchten Sie sich vielleicht zu uns setzen?«, forderte Doro ihn neugierig auf und fragte sich gleichzeitig, wie Margot das wohl fände.

»Höchstens für ein paar Minuten. Meine Frau, Sie verstehen …«, räumte er selbst auch schon ein, zwinkerte dabei jedoch spitzbübisch.

»Durchaus«, bestätigte Doro. »Was für ein Problem hat sie denn mit meiner Mutter? Sie scheinen ihre Meinung ja nicht zu teilen.« Erwartungsvoll legte sie ihr Kinn auf die verschränkten Hände, die Ellenbogen vor sich auf den Tisch gestützt.

Norbert lächelte, zog sich einen Stuhl heran und gab dem Kellner ein Zeichen. »Was darf's denn sein für die Damen?«

»Einen Aperol Spritz, bitte«, orderte Gundula, ohne zu zögern. Doro überlegte kurz. Es war sechzehn Uhr. Warum nicht? Andererseits … Hannes halb aufgegessenes Stück Kuchen mit dem Sahneberg lachte sie verführerisch an. Barbaras Silhouette schob sich weiter hinten in ihr Blickfeld. Sofort überfiel sie schlechte Laune.

»Für mich ein Stück Erdbeerkuchen«, bestellte sie, ohne weiter nachzudenken.

»Wirklich?«, platzte Gundula auch schon hervor.

»Gut, dann bitte zweimal Aperol Spritz und ein großes Stück Erdbeerkuchen mit Extrasahne«, beendete Norbert die Diskussion, noch ehe sie begonnen hatte.

»Kommt sofort.« Der Kellner notierte die Bestellung und verschwand.

Doro lehnte sich dankbar zurück. Sie bereute ihre Bestellung nicht. Sie brauchte Kuchen, ganz viel Kuchen. Barbara, also eigentlich Felix, brachte sie total aus dem Konzept. Einerseits war es aufregend, ihn immer wieder zu sehen und in der Nähe zu wissen. Es verursachte ein Kribbeln in ihr. Die Art und Weise, wie er mit ihr sprach, sie hin und wieder anschaute, ließ ihren Puls höherschlagen. Auf der anderen Seite fürchtete sie sich manchmal geradezu davor, ihm zu begegnen. Vor allem dann, wenn er mit Barbara zusammen war. So wie vorhin, als er mit ihr am Pool geschäkert hatte. In solchen Momenten fühlte sie sich unsichtbar. Sie machte sich doch nur lächerlich. Felix hatte früher keinen Blick für sie übrig gehabt, und daran hatte sich bis heute nichts geändert. Aber warum dann der Kuss? Sie konnte es wenden, wie sie wollte, sie wurde nicht schlau aus ihren widersprüchlichen Gefühlen. Da half nur Erdbeerkuchen! Und der Gedanke, bald wieder zu Hause in ihrem gewohnten Umfeld zu sein. In einem Leben, in dem weit und breit kein Felix vorkam.

»Das ist übrigens meine Tochter Dotty«, stellte Gundula sie gerade vor.

Sofort war Doro wieder beim Gespräch.

»Dorothe!«, verbesserte sie knurrend.

»Freut mich sehr, Dorothe.« Galant schüttelte Norbert ihr die Hand. »Nett, Sie kennenzulernen.«

So aus der Nähe betrachtet sah Norbert nicht mal schlecht aus, für einen Mann seines Alters. Doro musterte ihn genauer. Er besaß ein ovales Gesicht mit breiter Stirn und dunkelmeliertes Haar. Seine Augen blickten freundlich, und um sie herum befanden sich kleine Lachfältchen. Doro konnte sich gut vorstellen, wie er in geselliger Runde saß und Witze erzählte.

»Danke. Woher kennen Sie meine Mutter eigentlich?«

»Wir sind uns in einer Villa auf Mallorca begegnet, die Ihre Mutter verkaufen wollte.«

Getränke und Kuchen wurden gebracht.

»An Sie?«, fragte Doro und griff erneut zur Kuchengabel.

»Oh nein. Meine Firma sollte diverse Renovierungsarbeiten übernehmen. Nicht wahr, Gundula?« Er warf ihrer Mutter einen tiefgründigen Blick zu. Die lächelte jedoch nur versonnen.

»Interessant«, stellte Doro fest. Und das war es wirklich. Immerhin bekam sie nun zumindest ein paar Informationen aus seiner Sicht. Vielleicht war er ja gesprächiger als ihre Mutter. »Und warum ist Ihre Gattin so schlecht zu sprechen auf meine werte Frau Mama?«

»Ach.« Er vollzog eine wegwerfende Handbewegung. »Sie hat da etwas völlig missverstanden.«

»Tatsächlich?«

Felix trat auf die Terrasse und ging auf Barbara und Elli zu. Sofort richtete sich Doros Aufmerksamkeit auf ihn, auch wenn es in ihrem Magen einen Knoten verursachte. Es war wie bei einem Thriller. Man wollte nicht hinschauen, tat es aber trotzdem.

Barbara klimperte mit den Wimpern, griff unter Felix' linken Arm und gab ihm ein Küsschen auf die Wange. Er machte nicht den Eindruck, als würde ihm das missfallen.

Die Situation erinnerte sie an eine Szene aus ihrer Berufsschulzeit, als Felix mit einer Mitschülerin namens Melissa geflirtet hatte. Wie Melissa kokett lächelnd an der Wand des Schulgebäudes gelehnt hatte, während Felix lässig den Arm neben ihrem Kopf abstützt und wie gebannt an ihren Lippen gehangen hatte. Damals hatte sich etwas wie Neid in Doro geregt. Es konnte doch nicht sein, dass es ihr heutzutage noch genauso ging?

Sie schüttelte den Kopf und zwang sich, sich wieder auf Norbert und ihre Mutter zu konzentrieren. Mist. Wie sie jetzt feststellte, hatte sie Norberts Antwort gar nicht richtig wahrgenommen. Was hatte er noch gleich gesagt? Verärgert über sich selbst biss sie sich auf die Zunge. Dabei hätte sie doch nur zu gern gewusst, was da zwischen den zweien vonstatten ging.

Sie überlegte gerade, wie sie womöglich nochmals die gleiche Frage etwas umformuliert stellen konnte, ohne dass es groß auffiel, als Hanne wieder auf der Bildfläche erschien.

»So! Jetzt aber!«, platzte sie heraus und strahlte zufrieden.

»Hast du dich deiner Fellpuschen entledigen können?« Gundula warf einen Blick auf Hannes Füße. »Sieht ganz so aus.«

»Allerdings. Und nicht nur das. Eigentlich war es sogar gut, dass das passiert ist.«

»Du meinst, haarige Zehen sind in? Das glaube ich nicht.«

»Beachte sie einfach nicht.« Doro verdrehte die Augen. »Erzähl«, forderte sie Hanne auf.

»Der Nagellack war irgendwie falsch vom Hersteller befüllt. Irgendein Zusatz fehlte. Darum ist er nicht richtig getrocknet. Und nur deshalb konnten die Katzenhaare überhaupt kleben bleiben.«

»Du meinst, ohne die Schmusekatze wäre dir das gar nicht aufgefallen?«

»Na ja, doch. Aber wahrscheinlich erst viel später. Wenn ich meine Socken hätte anziehen wollen. Oder die Socken schon angehabt hätte und die ganze Farbe am Strumpf klebte. Und dann, Gott bewahre, wäre das Kosmetikstudio geschlossen gewesen. Und meine kleinen Models hier«, sie betrachtete voller Hingabe ihre Füße, »hätten verhunzt rumlaufen müssen.« Fassungslos angesichts dieser schauerlichen Gedanken fuhr sich Hanne durch die Haare.

Gundula bedachte sie mit gerunzelter Stirn, während Norbert anzusehen war, dass er keinerlei Ahnung hatte, wovon hier gesprochen wurde.

»Aber es ist ja noch mal gutgegangen«, meinte Hanne selig. »Die Kosmetikerin hat alles wieder ins Lot gebracht und sich tausendmal entschuldigt. Seht ihr, sogar Katzen finden meine Füße zum Küssen schön.«

Gundula seufzte. »Diese Annegret hat dir doch irgendwas im Kopf verdreht. Hat es bei der Beinmassage vielleicht seltsam gerochen? Hast du was eingeatmet? Bist du mal kurzzeitig weggetreten? Vielleicht hat sie dich hypnotisiert?«

»Was denkst du denn? Annegret ist total nett!« Etwas verärgert aß Hanne ihren restlichen Kuchen auf.

»Tja. Also. Ich muss dann auch weiter.« Norbert räusperte sich und stand auf. »Bevor meine Frau nach mir zu suchen beginnt«, beeilte er sich erklärend hinzuzufügen.

Die Frauen sahen ihm hinterher. In Gundulas Gesichtsausdruck lag etwas Unergründliches. Eine Mischung aus Verärgerung und Bedauern. Oder bildete Doro sich das nur ein? Sie fragte sich, ob es nochmal eine Gelegenheit geben würde, mit dem Mann zu reden.

»Das war doch der, der …«, mampfte Hanne, den Mund voll Käsekuchen.

»Norbert. Ja«, bestätigte Gundula.

»Und was hat der hier bei euch gemacht?«

»So eine schöne Überraschung«, unterbrach Julians Stimme. Schon stand er an etwa derselben Stelle wie noch vor einigen Minuten Norbert und lächelte Doro an. »Ich hab jetzt Feierabend. Darf ich mich zu euch setzen?«

»Natürlich«, antwortete Gundula sofort mit einladender Geste.

Doro schluckte gerade den letzten Bissen ihres zweiten Kuchenstücks hinunter. Verneinend schüttelte sie den Kopf und funkelte ihre Mutter an. »Wir wollten uns doch gerade auf den Weg machen und Wasser einkaufen.«

Wie aufs Stichwort schrillte der ohrenbetäubende Alarm an Hannes Handy. Das Gerät, das soeben noch friedlich auf dem Tisch gelegen hatte, zappelte und hüpfte durch den zusätzlich eingestellten Vibrationsalarm wild herum. Hanne schnappte es sich.

»Stimmt. Ich brauche dringend Wasser!«, stellte sie lauthals fest. »Und neue Sandalen!«

»Eben. Wir sollten uns auf den Weg machen, bevor die Geschäfte schließen.« Etwas verlegen zuckte Doro entschuldigend mit den Schultern in Julians Richtung.

»Ach so. Schade.«

Froh, Julian und der ausstehenden Antwort bezüglich seiner Abendeinladung nochmals zu entkommen, drängte sie die älteren Frauen zum Aufbruch.

»Wollen wir nachher noch eine Runde Minigolf spielen?« Julian gab nicht auf.

»Eine glänzende Idee«, reagierte Hanne sofort.

Auf Julians Gesicht zeichnete sich für eine Sekunde Verwirrung ab. Damit hatte er nicht gerechnet. Doch er fasste sich schnell und schenkte Doro ein aufmunterndes Lächeln.

»Warum nicht«, stimmte sie gezwungenermaßen zu, und auch Gundula nickte.

Sie sollte sich ehrlich mehr auf Julian konzentrieren, sagte sich Doro zum wiederholten Mal wie ein Mantra vor. Wie ihre Mutter schon bemerkt hatte, war er ein lieber Kerl und auch optisch nicht zu verachten, durchtrainiert, wie er war.

»Eine kleine heiße Affäre bewirkt Wunder! Glaub mir. Aber wenn du dich nicht ranhältst, ist die Woche vorbei«, hatte sie mehr als einmal von ihr zu hören bekommen. Vielleicht sollte sie dieses eine Mal den Ratschlag ihrer Mutter annehmen, überlegte Doro.

Sie befanden sich auf dem Rückweg zum Hotel, den Kofferraum vollbeladen mit Wasser und nicht ganz so gesunden Getränken. Allein Hanne hatte zwölf Ein-Liter-Flaschen stilles Wasser gehamstert und war der festen Überzeugung, dass es bis zur Abreise gerade mal so langen würde. Wie viel wollte die Frau denn trinken?

Gundula hingegen hatte sich für eine Flasche Sekt – man wusste ja nie –, eine Flasche Wasser – wenn es denn um Gottes willen sein musste – und zehn Döschen Secco mit Himbeergeschmack – für mal eben zwischendurch – entschieden. Während Doro sich nur mit Wasser und einer Flasche Cola begnügte.

Den Sandalenkauf hatten die Frauen auf den nächsten Tag verlegt, da der Laden im Ort bei diesen frühlingshaften Temperaturen noch nicht auf die Sommermode eingestellt war. Wenn Hanne unbedingt Sandalen haben wollte, musste sie in die nächstgrößere Stadt. Etwas knatschig hatte sie die Botschaft aufgenommen, aber Gundula tröstete sie. Die Aussicht auf einen richtigen Einkaufsbummel in einer ›echten‹ Stadt ließ Gundulas Stimmung steigen.

Wenig später hatten sie die Getränke auf ihre Zimmer geschleppt und standen startklar am ersten Loch der Minigolfbahn.

»Hier, die Schläger habe ich schon besorgt«, erklärte Julian und gab jedem einen. Als er Doro ihren reichte, berührten sich für einen Moment ihre Hände. Aufmerksam sah er ihr in die Augen. Verlegen grinste sie und überlegte, wie sie sich am besten verhalten sollte.

»Na, dann mal los!«, rief Gundula und schritt voller Tatendrang auf die Bahn, positionierte sich und schlug ab.

Der Ball rollte ziemlich präzise in Richtung Loch, wurde langsamer und blieb kurz davor liegen.

»Mist!«, schimpfte Gundula. Erst mit dem dritten Schlag gelang es ihr, ihn einzulochen.

»Du bist dran«, meinte sie dann an Hanne gewandt.

»Also, ich weiß nicht. Ich hab das als Kind mal gespielt. Glaube ich.«

»Ehrlich? Gab es da schon Minigolfanlagen?«

»Mutter!« Doro versetzte ihr mit ihrem Schläger einen sanften Klaps auf den Hintern. Julian gluckste.

»Wie muss ich das machen?«, fragte Hanne und legte ihren Ball auf den Startpunkt.

»Das glaub ich jetzt nicht!« Gundula stöhnte. »Wenn ich mich recht erinnere, hast du sofort gesagt, dass du spielen möchtest.«

»Möchte ich ja auch. Nur ist es halt schon ein bisschen her.«

»›Ein bisschen‹ ist gut, wenn du zuletzt als Kind gespielt hast.«

220

Julian, der sich offensichtlich Mühe gab, ernst zu bleiben, trat zu Hanne und unterbrach das Geplänkel der Frauen.

»Schauen Sie, Hanne.« Er zeigte ihr, wie sie sich am besten hinstellen sollte, holte aus und schwang seinen Schläger absichtlich am Ball vorbei. »Und jetzt Sie«, forderte er sie dann auf.

Hanne stellte sich an den Platz, an dem soeben Julian gestanden hatte, drückte ihren Rücken durch, sodass sie ein Hohlkreuz machte, und schob ihren Po nach hinten. Dann schlug sie ab.

»Du siehst aus wie eine Ente«, stellte Gundula unverblümt fest.

Der Ball hüpfte zweimal, rollte und war im Loch verschwunden.

Triumphierend schaute Hanne ihre Freundin an. »Aber immerhin wie eine Ente, die auf den ersten Schlag einlocht.«

Doro und Julian klatschten, während Gundula eine Schnute zog.

»Und du?« Julian drehte sich zu Doro und sah ihr tief in die Augen. »Brauchst du auch Unterstützung?«

Doro zuckte mit den Schultern. In der Tat, auch sie hatte sehr lange nicht mehr gespielt, entgegen ihrer großspurigen Beteuerungen abends in der Bar.

»Komm, Hanne, wir gehen derweil weiter zur nächsten Bahn«, hörte sie da ihre Mutter sagen.

»Aber ... Wir spielen doch miteinander! Das macht man nicht«, widersprach Hanne.

»Papperlapapp! Jetzt komm einfach.« Sie zog Hanne am Ärmel mit sich und zwinkerte ihrer Tochter verschwörerisch zu. Doro hob die Brauen. Julians Gesichtsausdruck hellte sich auf.

»Na?«, fragte er nochmals nach und strich ihr sanft über den Arm. Doro betrachtete seine Hand und überlegte, warum er sich so ins Zeug legte. Dann bemerkte sie, dass er wartete und sie ihm noch immer eine Antwort schuldig war. Na gut, sie spielte das Spielchen mit. Es könnte durchaus lustig werden.

»Könnte vielleicht nicht schaden. Wenn ich dann auch mit einem einzigen Schlag einlochen kann.« Sie lächelte ihn an.

»Aber gerne doch. Im Einlochen bin ich ziemlich gut«, erwiderte er keck, legte ihr seine Hand auf den Rücken und schob sie zur Bahn. Die Wärme seiner Hand durchdrang angenehm ihren Pullover.

Anders als bei Hanne stellte er sich nahe hinter sie. So nah, dass ihre Körper sich berührten und Doro sein Aftershave roch. Seine Arme umfassten sie von hinten, und seine Hände schlossen sich um ihre. Ein angenehmes Gefühl durchlief sie. Sie hob den Kopf zur Seite und stellte überrascht fest, dass sein Gesicht nur wenige Zentimeter von ihrem entfernt war. Seine Lippen bewegten sich weiter auf sie zu. Gleich würden sie ihre berühren.

»Was sehen meine trüben Augen da?«, rief in dem Moment eine vertraute Männerstimme. »Die Königin des Minigolfs wird doch nicht etwa Hilfe brauchen?«

Julian wandte sich abrupt ab. Ein tiefes Seufzen entschlüpfte ihm. Doro, leicht durcheinander, beugte sich etwas nach vorn, um den Sprücheklopfer zu sehen. Ihr Pulsschlag beschleunigte sich, und ihr inneres Gleichgewicht geriet aus den Fugen.

Felix stand nicht weit entfernt von Bahn eins, in Begleitung von Barbara. Nichts anderes hätte Doro erwartet. Es passte ihr trotzdem nicht. Weder, dass Felix jetzt hier auftauchen musste und wahrscheinlich noch mehr tolle Weisheiten auf Lager hatte, noch der Umstand, dass er schon wieder mit seiner ›Babsi‹ abhing. Lässig drehte er seinen Schläger zwischen den Fingern. Barbara hielt ihren an sich gepresst und kaute Kaugummi. Sie erinnerte Doro irgendwie an eine Kuh, die genüsslich eine Margerite zermalmte.

»Beachte ihn einfach nicht«, sagte Julian halblaut, seinen Mund immer noch ziemlich nahe an ihrem Ohr.

Doch einfach weiterspielen konnte sie auch nicht. Leider herrschte, wie so oft in diesen Tagen, wenn es darauf ankam, in ihrem Hirn gähnende Leere. Wo war ihre Schlagfertigkeit geblieben, mit der sie stets Kollegen und Kunden auf Trab hielt? War die Anwesenheit ihrer Mutter, die ihr oftmals das Gefühl gab, klein und unbedeutend zu sein, der Auslöser? Oder hatte die gesunde bayrische Luft ihr Hirn vernebelt? Schnell verscheuchte sie die albernen Gedanken und riss sich zusammen.

»Ah, der Hofnarr!«, antwortete sie, selbst von sich überrascht. »Das ist wohl nicht die richtige Sichtweise. Die Königin kann sich jederzeit Unterstützung holen, egal ob sie Hilfe braucht oder nicht.« Zumindest äußerlich wirkte sie ausgeglichen.

»So so.« Felix hielt mit dem Drehen seines Schlägers inne. Mit einer derartigen Antwort hatte er offenbar nicht gerechnet. Einen Moment sah es so aus, als wollte er noch etwas anmerken, aber Babsi stellte sich vor ihn und stemmte die Hände in die Hüften. Doro hörte sie etwas zischen.

Mit Genugtuung drehte sie sich zu ihrem kleinen Ball, fixierte und schlug heftiger als beabsichtigt ab. Mit Pfeffer raste der Ball nach hinten bis zum Anschlag, wurde zurückkatapultiert und fiel in das Loch. Ihr klappte der Kiefer nach unten. Wow! Sie nickte triumphierend und tat, als ob der Abschlag nichts als Berechnung von ihr gewesen wäre.

Die nächsten sieben Bahnen spielten Doro und Julian ohne viele Worte. Die Dämmerung hatte bereits eingesetzt. Das Geplapper ihrer Mutter drang hin und wieder zu ihnen herüber. Hanne und sie hatten sich bereits zwei Bahnen Vorsprung erarbeitet. Hinter ihnen hörte Doro ab und zu Barbara, die Felix' Spielweise bewunderte und um Tipps bat. Wer's glaubte. So schlecht spielte Babsi nämlich gar nicht. Aber Felix sprang wahrhaftig darauf an. Doros Ärger wuchs. Entsprechend wuchtig drosch sie ihre Bälle ab. Auch Julian schien Felix' Anwesenheit gegen den Strich zu gehen. Aber er versuchte sein Bestes, um die Situation zu retten.

»Prima«, lobte er immer wieder. »Was hältst du von einem Irish Coffee nachher? Der Gewinner zahlt«, war sein Vorschlag. Somit würde wohl Julian die Zeche übernehmen, denn bei Doros bravourösem Ersttreffer war es bisher leider geblieben. Seither brauchte sie bei jeder Bahn mindestens drei Anläufe, wenn nicht sogar mehr. Sie zielte nicht richtig und schlug zu hart.

So wie gerade. Der Ball flog in hohem Bogen die Anhöhe hinauf und landete danach schnurstracks in der sich dahinter befindlichen Kuhle. Sie schaute dem kleinen Mistkerl von Ball hinterher. Als sie den Kopf hob, bemerkte sie ein breites Grinsen auf Felix' Gesicht, der, ganz zufällig natürlich, gerade herübersah. Die Bahnen lagen sich schräg gegenüber. Sie kniff die Augen zusammen. Hoffentlich enthielt er sich eines Kommentars.

»War wohl nix«, kam es auch schon aus seinem Mund. Elegant vollführte er eine leichte Beuge, schwang den Schläger und beförderte seinen eigenen Ball ins Loch.

»Oh, wie toll. Kannst du mir nochmal zeigen, wie du das machst?«, säuselte Babsi sogleich und ging auf Tuchfühlung.

Angestrengt blies Doro sich eine Haarsträhne aus dem Gesicht.

»Mach doch gleich hier weiter«, bot Julian versöhnlich an und deutete auf die Linie des Folgeabschnitts, gleich neben der gemeinen Vertiefung. Aber Doro wollte nicht bescheißen. Wenn schon, dann lieber ehrlich verlieren.

Sie angelte nach dem Ball und lief zurück zum Ausgangspunkt. Starr fixierte sie ihn, holte aus, hörte Babsi süßlich kichern, beschloss, sich diesen Kerl ein für alle Mal aus dem Kopf zu schlagen, und traf mit Wucht den Ball.

Der flog in hohem Bogen über ihre Bahn hinaus und prallte direkt auf Barbaras Stirn. Diese schrie auf, ließ den Schläger fallen und taumelte rückwärts gegen Felix, der sie geistesgegenwärtig auffing.

Julian blickte fassungslos von Doro zu Barbara und zurück. Doro schlug die Hände vor den Mund. Das hatte sie nicht gewollt! Wie war der Ball nur da drüben gelandet?

»Ist alles in Ordnung?«, rief sie und rannte zu Barbara hinüber. Julian folgte auf dem Fuß.

»Ahhh!« Babsi heulte und hielt sich den Kopf.

»Das war keine Absicht! Es tut mir ja so leid! Glaub mir, das wollte ich nicht«, begann Doro kleinlaut. »Ich weiß gar nicht, wie das passiert ist. Die Bahnen liegen sich ziemlich nah schräg gegenüber. Ich hab wohl einfach zu heftig abgeschlagen«, versuchte sie sich zu rechtfertigen.

»Ja, klar!« Barbara kreischte. »Verschwinde! Lass mich in Ruhe! Du, du, du Miststück!« Sie drehte sich um und drückte sich an ihren Retter. Felix nahm sie beschützend in die Arme. Sein Blick war unergründlich.

18.

Ausgelaugt fiel Doro auf ihr Bett. Der Appetit aufs Abendessen war ihr gründlich vergangen. Bedröppelt war sie zusammen mit ihrer Mutter aufs Zimmer geschlichen. Sie fühlte sich einfach nur mies!

Auch wenn sie Barbara nicht besonders leiden konnte, würde sie ihr doch niemals mit Absicht Schaden zufügen. Trotzdem war sie sich sicher, dass Barbara das anders sah.

»Das ist doch Quatsch mit Soße«, warf Gundula ein. »Du machst dir unnötig Gedanken. Es war ein dummes Missgeschick. Ein blöder Zufall. Wer was anderes sagt …« Gundula schüttelte verständnislos den Kopf. Dann kam ihr eine Idee. Sie ging zur Minibar und holte zwei Dosen Secco heraus. Mit einem Klacken öffnete sie die handlichen Döschen und hielt Doro eine entgegen.

»Hier, Dottylein, trink. Dann geht's dir besser.«

Ohne zu murren, griff sie danach.

»Prost!«, sagte Gundula. Doro nickte nur. »Und dann gehst du unter die warme Dusche. Du wirst sehen, danach fühlst du dich wie neugeboren.«

Doro blieb skeptisch. Sie wollte nach Hause, zurück in ihr Leben, auf die Arbeit. Keine Gundula, kein Felix, kein Julian. Niemand! Diese Woche war die reinste Berg-und-Tal-Fahrt für ihr Gefühlsleben.

Niedergeschlagen legte sie sich auf ihr Bett. Wie funktionierte das nochmal mit der Progressiven Muskelentspannung? Bis ihre Mutter im Bad fertig war, versuchte sie sich Julians Anweisungen ins Gedächtnis zu rufen und atmete tief und gleichmäßig.

Allmählich kehrten Doros Lebensgeister zurück. Ihre Mutter hatte recht behalten. Eine Stunde später, frisch geduscht und zurechtgemacht, fühlte sie sich wirklich bedeutend besser. Sie hatte sich sogar nochmal für den Rock entschieden und trug dazu eines ihrer Langarmshirts, das überraschend gut dazu passte. Sie schob die Bluse mit dem fehlenden Knopf im Schrank zur Seite. Bei der Berührung des Ärmelstoffs hielt sie kurz inne. Gedankenverloren strich sie darüber. Ein Prickeln durchlief sie bei der Erinnerung an die Ereignisse des Vorabends.

Gundula tippte wild auf ihrem Handy herum. Kühle Abendluft wehte durch den Spalt der leicht geöffneten Balkontür herein.

»Gundula! Gun-du-la!«, plärrte es da von weither. Doro blickte sich suchend um. Grummelnd löste sich ihre Mutter von ihrem Handy.

»Wenn mich nicht alles täuscht, ist das Hannes zartes Stimmchen.« Sie steckte ihr Handy weg und ging nachsehen.

Draußen wurde es langsam dämmerig. Hannes Terrasse war hell erleuchtet. In einem tannengrünen Strickkleid stand sie dort und wedelte wild mit den Armen.

»Was ist? Schon wieder ein Flugzeug im Landeanflug?«, fragte Gundula unwirsch und lehnte sich unbekümmert an die Brüstung ihres Balkons.

»Was meinst du? Welche Flugzeuge?« Hanne war verwirrt. Doro prustete los.

Ihre Mutter winkte ab. »Schon gut. Wo brennt's denn?«

»Ich hab sie auch gesehen. Gerade eben. So wie du! Kaum zu fassen, oder?«, sprudelte Hanne hervor. Gundula und Doro verstanden nur Bahnhof.

»Wen? Was?«, fragten sie im Chor.

»Na, die Frau. Die, die sich ständig in den Tod stürzt.«

Es war schon wieder passiert? Und diesmal war nicht ihre Mutter diejenige, die es beobachtet hatte? Doro runzelte die Stirn.

»Wo?« Gundula hielt den Atem an. Erfreut leckte sie sich über die Lippen. »Ich bin also doch nicht verrückt!«, rief sie erleichtert. »Obwohl …« Ihre Haltung änderte sich plötzlich, und ihre Augen verformten sich zu Schlitzen. »Bei genauerer Betrachtung, wie du so da unten stehst, hast du eine täuschende Ähnlichkeit mit einer dürren Fichte. Dieser Ökolook mit grauem Pferdeschwanz und keinerlei Make-up …« Sie schüttelte kaum merklich den Kopf. »Vielleicht bin ich schlichtweg nicht die Einzige mit einem Knall.« Es war nur ein Flüstern. Doro war sich fast sicher, dass sich ihre Mutter gar nicht bewusst war, dass sie ihre Gedanken laut geäußert hatte.

Wie zum Beweis, dass es anders war, klapperten Gundulas Armreife bei einer flüchtigen Bewegung.

»Was hast du gesagt?«, rief Hanne nun.

»Ich meinte: Ach wirklich?« Es war mehr ein gereiztes Knurren als eine aufrichtige Frage.

»Aber ja. Wenn ich es doch sage!«

»Und …« Doro blickte sich suchend um. Schon wieder. Aber an diesem Abend konnte sie noch weniger erkennen als die letzten Tage. »Wo liegt sie?«, stellte sie die unausweichliche Frage.

»Wenn ich das nur wüsste.« Hanne seufzte nachhaltig. »Aber sie war …«

»Wie wäre es, wenn die Damen das ganz in Ruhe beim Essen besprechen?«, mischte sich Felix ein und trat ebenfalls auf seinen Balkon hinaus. »Ich glaube, jeder in Reichweite von fünf Kilometern ist inzwischen im Bilde über die seltsamen Vorkommnisse. Ob er will oder nicht.«

»Meinst du?«, rief Hanne lauthals zu Felix.

Gundula schickte ihm einen ihrer bekannten bösen Blicke, und Doro funkelte ihn nur an. Was musste der sich hier einmischen? Sollte er sich doch um Babsi kümmern! Das konnte er ja recht gut.

Zu aller Überraschung saß Julian bereits am Tisch, als die Frauen im Speisesaal eintrudelten. Und zwar auf Felix' Platz! Na, der würde sich wundern, dachte Doro und holte sich den ersten Gang, noch bevor sie sich setzte. Sie war gespannt auf Felix' Reaktion, aber auch ein wenig schadenfroh. Nach dem Minigolf-Debakel war ihr Julians Anwesenheit an diesem Abend deutlich lieber.

»Geht's dir gut?«, fragte der, kaum dass sie saß, und legte seine Hand auf ihre, quer über den Tisch. War das ein leiser Pfiff, der da aus Gundulas Richtung kam? Doro grinste.

»Du meinst, wegen Barbara? Ich denke schon.«

»Du machst dir doch nicht immer noch Vorwürfe?« Julian klang ein bisschen besorgt. »Das brauchst du nicht. Es war keine Absicht. Und außerdem geht es ihr bestens. Ich hab sie vorhin gesehen.«

»Da bin ich aber froh.« Doro war dennoch ein wenig zerknirscht, zog ihre Hand langsam zurück und griff zum Weinglas.

»Was gibt's denn heute?«, fragte Hanne in die Runde, schielte auf Doros Teller und rieb sich voll Vorfreude die Hände. Für Salat war Hanne immer zu haben. Gundula weniger.

»Lass uns nachsehen. Ich sterbe vor Hunger.« Schon schwang ihre Mutter ihren Stuhl zurück. Kurz darauf war Doro mit Julian allein.

»Und? Hast du über meine Einladung für den Abend nachgedacht?«, fragte er sogleich.

Doro lächelte und schlug verlegen die Augen nieder. »Sag mal, darf ich dich was fragen?« Sie fuhr sich aufreizend über die Lippen. »Was findest du an mir?«

Sie musste diese Frage einfach stellen, kam sich aber, sobald die Worte ihrem Mund entschlüpft waren, dumm vor. War das nicht egal? In Kürze wäre sie auf Nimmerwiedersehen verschwunden. Sie sollte es einfach genießen.

»Ich meine …«

Julian beugte sich etwas vor und ergriff erneut ihre Hand. Diesmal fester. »Was ich an dir finde? Ist das nicht offensichtlich?« Er betrachtete sie. »Du bist eine tolle Frau und wunderschön.«

Sprach er da gerade zu ihrem Busen?

»Tja, ich habe auch schon vier Schönheits-OPs hinter mir«, antwortete sie spontan.

Ein überraschter und kritischer Ausdruck huschte über sein Gesicht.

»Eigentlich wollte ich noch mehr machen lassen. Aber der Schönheitschirurg weigert sich. Er meint, es wäre genug«, legte sie nach und musste sich bereits das Kichern verkneifen. Sein Gesichtsausdruck war einfach zu köstlich.

»Aber … aber …«, stammelte er.

»Na ja, ist ganz gut geworden. Findest du nicht?« Damit reckte sie ihren Busen etwas hervor und schob ihn ihm fast unter die Nase. Seine Augen wurden groß. Es war ihm anzusehen, dass er sich unwohl fühlte.

»Und du bist dir wirklich sicher?«, fragte Gundula Hanne über die Schulter hinweg und stieß deshalb leicht gegen Doros Stuhl.

»Wie oft willst du mich das nun noch fragen?«, echauffierte
sich Hanne und schob sich hinter Julian vorbei zu ihrem Platz. »Glaubst du etwa, du bist als Einzige auserwählt, die arme Frau zu sehen?« Geräuschvoll stellte sie ihren Teller ab. Gundula kniff die Augen zusammen. Irritiert schaute Julian zu ihr hinüber, dann weitete sich sein Blick.

»Ähm, ähm, Gundula«, stöpselte er die Worte zusammen. »Wussten Sie, dass Ihre Tochter … Also, ich meine, sie ist doch Ihre Tochter, oder?«

»Jungchen, ist alles okay mit Ihnen?« Verständnislos runzelte sie die Stirn. »Dass Dotty meine Tochter ist, haben wir doch schon bei der Anreise geklärt. Stimmt's, Dottylein?«

»Dorothe!«

»Wie auch immer.« Gundula nahm ihre Gabel in die Hand.

»Äh, ja.« Julians Mund öffnete sich, schloss sich, öffnete sich erneut. Er sah aus, als hätte er Schnappatmung. »Und haben Sie dann auch … Ich meine …« Vage deutete er auf Gundulas gehaltvolles Dekolleté.

Sie ließ die Gabel wieder sinken. »Ich habe bitte schön was?«

»Na ja, ich meine …« Er kratzte sich hinter dem Ohr. »Ich dachte, das wäre Vererbung. Also genetisch bedingt. Sie verstehen?« Seine Augen huschten zwischen Mutter und Tochter hin und her. Doro kicherte.

»Ich kann Ihnen leider nicht folgen. Was ist genetisch bedingt?« Gundula war sichtlich verdutzt.

Dann lachte Doro geradeheraus.

»Das war ein Witz«, prustete sie los und versuchte Luft zu holen. Pikiert schaute Julian sie an.

»Muss man nicht verstehen, denke ich mal.« Ihre Mutter zuckte mit den Schultern und schob sich endlich den ersten Bissen in den Mund.

Doro lachte weiter, bis sich Tränen in ihren Augenwinkeln bildeten. Julians Gesichtsausdruck war wirklich unbezahlbar. Das hatte er nun davon, dass er sich lieber mit ihrem Busen statt mit ihrem Gesicht unterhielt. Sie war doch für ihn nichts weiter als eines von vielen schnellen Abenteuern. Ein bisschen Salz in der Suppe konnte schließlich nicht schaden, oder? Reizte es ihn, dass sie älter war? Erhoffte er sich sexuelle Verwegenheiten? Da hatte er aber falsch gewettet. Ihr vergangenes Sexleben mit Matthias konnte man höchstens als gewöhnlich bezeichnen. Was diesen Punkt ihrer Beziehung betraf, waren sie bereits vor langer Zeit im Stadium des ›alten Ehepaars‹ angelangt. Seltsam, dass sie es vorher nicht mal zum Traualtar geschafft hatten. Aber daran wollte sie jetzt nicht denken.

»Jedenfalls«, knüpfte Hanne an ihre vorige Unterhaltung an, »ist es schon komisch. Ich meine, warum stürzt sich jemand ständig vom Dach?«

»Wie bitte?« Julian verschluckte sich an seinem Wein. Es hätte nicht viel gefehlt, und er hätte die rote Brühe auf die Tischdecke gespuckt. »Wer hat sich vom Dach gestürzt? Davon habe ich ja überhaupt nichts mitbekommen!«

»Ach. Alte Kamellen!« Gundula winkte ab, was ihn jedoch nicht zu befriedigen schien.

»Sehen Sie, es ist so …«, klärte ihn Hanne deshalb auf.

Doro stand auf, um sich am Hauptgang zu bedienen. Bei der Gelegenheit sah sie sich im Saal um. Wenn sie Hanne oder ihre Mutter noch öfter über diese Geschichte reden hörte, würde sie zu schreien beginnen. Die zwei Frauen hatten bestimmt heimlich einen gezwitschert, und das kam dann dabei raus. Man sah Sachen, die es nicht gab.

Viel mehr interessierte Doro sich im Moment dafür, Felix ausfindig zu machen. Es war doch eigenartig, dass er gar nicht an ihrem Tisch erschienen war. Vielleicht hatte er schon von Weitem erkannt, dass sein Platz heute

Abend besetzt war? Oder wollte Felix wieder an Babsis Tisch speisen? Zur moralischen Unterstützung, sozusagen. Sicherlich würde die sich dafür mehr als dankbar erweisen! Automatisch verzog Doro das Gesicht. Dann häufte sie sich einen Berg Nudeln auf den Teller. Wurde Nudeln nicht auch nachgesagt, dass sie glücklich und sogar schlank machten? Prompt schob sie noch einen Löffel hinterher. Dazu ganz viel Soße und ein Hähnchenfilet. Perfekt. Sie ging zurück zum Tisch.

»… aber ich sage immer …« Offenbar war Hanne noch lange nicht fertig. Stöhnend setzte sich Doro wieder und aß. Suchend blickte sie sich weiter um und bemühte sich dabei, Hannes Ausführungen einfach auszublenden. Sie kam jedoch nicht umhin, flüchtig wahrzunehmen, dass Julian immer ungläubiger dreinblickte.

Dann sah sie Barbara. Oh je! Doro zog die Mundwinkel betreten nach unten. Über ihrer linken Augenbraue, fast genau oberhalb der Nase, prangte ein leuchtendroter, kreisrunder Fleck auf ihrer Stirn. Sogar aus dieser Entfernung war das Monstrum unübersehbar. Ihr Gesichtsausdruck war entsprechend leidend. Und wen erkannte Doro da an ihrer Seite, sich hilfsbereit aufopfernd? Felix. Na klar. Das Essen klumpte in ihrem Magen zu einem Stein.

»Ihnen geht's nicht so gut. Stimmt's?«, unterbrach Hanne sich plötzlich. »Schau doch mal, Gundula, er sieht ein wenig blass und mitgenommen aus. Findest du nicht?«

»Na ja«, brachte Gundula zwischen zwei Bissen hervor.

Doro schielte zu Julian hinüber. Er sah tatsächlich etwas demoliert aus. Das Frauentrio hier am Tisch war für ihn offenbar ein wenig zu viel des Guten.

»Vielleicht sollten Sie ein paar Entspannungsübungen machen«, riet Hanne. »Ich praktiziere Yoga. Seit Jahren.« Sie nickte. »Soll ich Ihnen einige Übungen zeigen?«

Julians Gesichtsausdruck war undefinierbar.

»Hanne, meine Liebe, er ist unser Trainer. Progressive Muskelentspannung. Du erinnerst dich?« Gundula tätschelte ihrer Freundin geduldig die Hand.

»Ach sooo. Stimmt ja. Ich Dummerchen.«

Gundula nickte. Julian blieb stumm. Angesichts Hannes Redeschwalls schien er die Sprache verloren zu haben.

»Aber ich mache gern mit Ihnen ein paar Übungen.« Hanne ließ sich nicht abbringen. Der klangvolle Signalton, den ihr Handy in dieser Sekunde von sich gab, brachte sie dann jedoch aus dem Konzept.

»Herrje! Trinken. Ich muss trinken.«

»Das ist der neue Ton?«, fragte Gundula wenig begeistert. »Der ist ja noch schlimmer!«

»Soll ich Ihnen etwas bestellen?«, bot Julian an. Der Signalton, der sogar Tote aufweckte, hatte anscheinend auch in ihn wieder etwas Leben gebracht.

»Vielen lieben Dank. Aber hier gibt es doch nur Nullfünfundsiebzig-Wasserflaschen. Ich brauche einen Liter. Dann müsste ich ja zwei bestellen. Und das wäre schon ein wenig viel.«

»Du willst jetzt nicht im Ernst einen ganzen Liter wegschlucken?«, erkundigte sich Gundula ehrfürchtig.

»Na ja, schon. Ich hab doch heute einige Male nichts dabeigehabt. Das muss ich jetzt nachholen.«

»Was ist los?« Julian horchte auf.

»Sie sind ganz ruhig«, gebot ihm Gundula kategorisch Einhalt. »Das da, Trinken für die Gesundheit oder so«, sie wedelte barsch mit dem Finger zu Hanne, »ist doch auf Ihrem Mist gewachsen.«

»Ich denke, ich verschwinde einfach kurz auf mein Zimmer.« Hanne erhob sich. »Aber keine Sorge, Julian. Ich komme wieder!«, tröstete sie den irritierten Julian noch, klopfte ihm zur Bestätigung auf die Schulter und verschwand eilig. Er starrte ihr hinterher. Sicherlich überlegte er, ob das eine Drohung war.

»Tja«, meinte Gundula und tupfte sich den Mund mit ihrer Serviette ab, »der werden Sie wohl so schnell nicht entkommen.«

Kurz darauf schlurfte Doro allein an die Bar. Denn wie sie feststellen musste, war sie als Einzige am Tisch übrig geblieben. Und so fühlte sie sich gerade auch. Übrig und allein.

Nach Hanne hatte sich Julian mit der Entschuldigung verabschiedet, er müsse unbedingt wegen der Sache mit der vom Dach gefallenen Frau nachfragen. Dabei handelte es sich lediglich um die Geschichte zweier versponnener alter Weiber, dachte Doro boshaft und schämte sich sogleich, weil sie so über Hanne und ihre Mutter gedacht hatte. Die zwei waren im Grunde äußerst liebenswerte Personen. Wenngleich auch etwas anstrengend. Vielleicht war es für Julian auch nur ein Vorwand, um vor Hanne flüchten zu können. Ihre Ankündigung, mit ihm noch Entspannungsübungen machen zu wollen, schien er durchaus ernst zu nehmen – sie lagen wohl aber nicht unbedingt in seinem Interesse.

Kaum war er weg, fiel ihrer Mutter ein, sie müsse zur Toilette. Wie am Vorabend schien sie den Weg zurück jedoch nicht zu finden, denn sie kam nicht wieder. Sicherlich irrte sie hilflos im Hotel umher, dachte Doro sarkastisch. Vermutlich versteckte sie sich wieder hinter irgendeinem Busch.

Doro blies die Wangen auf und ließ dann gemächlich die Luft entweichen. Sie schmiss ihre Serviette auf den Tisch und marschierte zur Bar, weil ihr nichts Besseres einfiel. Und da saß sie nun. Allein am Tresen auf einem Barhocker. Nur ihr Spiegelbild hinter der Theke leistete ihr Gesellschaft. Der Barkeeper stellte gerade einen Caipirinha vor ihr ab.

»Auch allein?«

Sie fuhr herum. Felix grinste schief und setzte sich auf den Hocker neben sie.

»Allerdings. Und ich hatte nicht vor, daran etwas zu ändern«, stellte Doro trocken fest.

»Für mich ein Bier, bitte«, orderte Felix, dann sah er sie schräg von der Seite an. »Ich bin doch nicht etwa unerwünscht?«

Sie zuckte mit den Schultern. »Zumindest fragen kann man mal, bevor man sich setzt.«

Felix lachte. »Ist die Königin des Minigolfs etwa schlecht gelaunt?«

Sie schenkte ihm einen hochmütigen Blick.

»Vielleicht sollte ich lieber gehen, bevor du mir auch noch ein Veilchen verpasst.«

Doro rollte mit den Augen.

»Bist du deshalb allein hier? Haben alle Angst vor dir?« Er stupste sie grinsend an.

Ein Schnauben entwich ihr.

»Das war gemein. Entschuldige.«

»Warum bist du denn hier und hältst nicht stattdessen Babsis Hand?«

»Sie hat ein bisschen Kopfschmerzen und zog es vor, aufs Zimmer zu verschwinden.«

Doro biss sich auf die Lippe. Oh je. Doch so schlimm?

Felix erkannte Doros Wechselbad der Gefühle. Es stand ihr ins Gesicht geschrieben. Er wollte nicht, dass sie sich Vorwürfe machte. Hätte er sie beim Minigolf nicht immer wieder aufgezogen … Vielleicht war er nicht ganz unschuldig an der unglücklichen Verkettung der Umstände.

»Ehrlich. Es geht ihr gut. Mach dir keine Sorgen«, meinte er deshalb einfühlsam. »Abgesehen von dem roten Kreis auf der Stirn, natürlich.« Er lachte. Doro versetzte ihm lächelnd einen Seitenhieb.

Der Barkeeper, der gerade das gefüllte Bierglas abstellen wollte, wich geistesgegenwärtig einen Schritt zurück.

»Wohl bekomm's«, sagte er dann mit einem Zwinkern, als er ihr das Glas zuschob.

Doro sah ihm hinterher. Immerhin lachte sie wieder.

»Und was hat Hanne heute Abend Wundersames erlebt oder gesehen?«, fragte Felix, bevor er einen großen Schluck trank.

»Das Übliche, würde ich sagen.« Doro grinste.

19.

Zwei Cocktails und zwei Bier später saßen die beiden noch immer einträchtig nebeneinander, und es hatte sich eine ziemlich nette und amüsante Unterhaltung zwischen ihnen entwickelt. Sie tauschten kleine Sticheleien aus, und die Funken flogen.

Felix erzählte von seinen Rückenproblemen und seiner Befürchtung, er würde operiert werden müssen.

»Ich weiß nicht, ob ich meinen Job dann noch so machen könnte wie bisher.« Er fuhr sich durch die Haare. »Ich bin viel unterwegs. Kenne so einige Flughäfen auf der Welt. Das bedeutet oft lange Flüge und enge Sitze. Ob das in Zukunft noch möglich ist … Ich liebe meinen Job.« Nachdenklich starrte er in sein Glas. Dann hellte sich sein Gesicht wieder auf. »Einmal wurde ich dreimal ausgerufen, und das vollbesetzte Flugzeug musste warten.« Er lachte. »Ich war schon recht früh am Flughafen und viele Stunden auf den Beinen gewesen. Also hab ich es mir auf meinem Stuhl im Wartebereich so bequem wie möglich gemacht, bin glatt eingeschlafen und erst beim dritten Aufruf aufgewacht. Die haben vielleicht säuerlich geguckt, als ich meinen Platz im Flieger einnahm.«

Doro lachte. Wer hätte gedacht, dass sie einmal einträchtig mit Felix Langner zusammensitzen würde? Nach so viel Erste-Liebe-Schmerz und so vielen Jahren.

»Ist was?«, fragte Felix, der ihren seltsamen Blick auffing.

Sollte sie ihn darauf ansprechen? Auf damals und seinen kränkenden Brief? Sie konnte sich nicht überwinden. War es inzwischen nicht auch egal? Damals war damals, und heute war heute. Ganz vergessen konnte sie es dennoch nicht. Der Alkohol ließ sie wehmütig werden. Oh großer Gott! Sie wischte die negativen Gedanken beiseite und schenkte ihm stattdessen ein aufreizendes Lächeln.

»Ich dachte gerade nur, dass mir die Krankenschwester, die du dir zweifellos engagieren würdest, schon ein wenig leidtäte«, sagte sie keck. Mann, der Alkohol hatte es wirklich in sich.

»Ach ja? Warum? Sie könnte sich glücklich schätzen einen so charmanten Kerl wie mich zu pflegen.«

»›Alten Mann‹ trifft es wohl besser.«

»Hey!« Er knuffte sie in den Arm. »Soll ich dir beweisen, wie jung und fit ich noch bin?« fragte er und strich sich übers Kinn.

»Wie denn?« Das Knistern zwischen ihnen war nahezu greifbar.

»Hm.« Er überlegte. »Wir könnten um die Wette schwimmen.« Die Idee gefiel ihm. »Los, komm!«, forderte er sie auf.

»Jetzt? Wir haben nach zehn Uhr. Das Schwimmbad ist geschlossen.«

»Na und? Dann schleichen wir uns eben rein.« In seinen Augen lag plötzlich ein Glühen.

»Du spinnst.« Sie lachte, ließ sich aber von ihm hochziehen.

Sie zahlten ihre Drinks und schlichen kurz darauf wie zwei Kinder kichernd zum Spa-Bereich.

»Ich hab meinen Badeanzug nicht dabei«, erinnerte sie ihn.

»Den brauchst du nicht.« Seine Augenbrauen hoben und senkten sich neckisch.

Doro wurde heiß bei dem Gedanken. Wäre sie nicht so erregt gewesen, hätte sie vielleicht gelacht. In ihrem Magen tanzte ein Pulk Schmetterlinge aufgeregt durcheinander.

Der Gang in den Wellnessbereich lag sanft beleuchtet, still und verlassen vor ihnen. Felix griff nach der Glastür, die zu den Schwimmbecken führte.

»Verschlossen«, stellte er brummig fest.

»Ich hab's dir doch gesagt.« Auch Doro war enttäuscht. Natürlich war es eine Schnapsidee gewesen. Aber die Vorstellung, nackt mit Felix baden zu gehen, hatte doch einen gewissen Reiz.

Er drehte sich zu ihr um. Etwas ratlos schauten sie einander an, dann entdeckte er, dass eine Tür schräg gegenüber nur angelehnt war. Er schob sie auf und befand sich mitten im Ruheraum.

»Komm!«, flüsterte er und zog sie mit sich.

Für einen Moment war es stockdunkel. Dann betätigte Felix den Schalter, und der Raum erhellte sich in einem angenehmen orangefarbenen Licht. Er schloss die Tür hinter ihnen. Neben ein paar Liegen befanden sich in dem Raum zwei breite Himmelbetten im Asiastil, die mit unzähligen roten Kissen bedeckt waren.

»Schön«, meinte Doro.

»Perfekt«, befand Felix und zog sie an sich. Ehe sie sich versah, küsste er sie.

Ihre Augenlider fielen zu, und Doro ließ sich fallen. Ein Glücksgefühl durchfuhr sie. Er war ihre erste Liebe! Und nun, nach all den Jahren, war er ihr so nah. Sie merkte, wie ihr Körper auf ihn regierte, und hörte auf zu denken. Seine Lippen fühlten sich weich auf ihren an. Sie erkundete seinen Mund mit ihrer Zunge, zärtlich und hungrig zugleich. Dann zog er sich sanft etwas zurück, aber nur, um ihren Hals bis zum Ohr mit kleinen, aufregenden Küssen zu bedecken. Alles in ihr schien zu vibrieren, bis er sie erneut voller Leidenschaft küsste.

Wie von selbst wanderten ihre Hände über seinen Rücken, umfassten nun den Stoff seines Hemdes und zogen es aus seinem Hosenbund. Als ihre Finger seine nackte Haut berührten, war es, als erhielte sie einen kleinen elektrischen Schlag. Die Härchen in ihrem Nacken stellten sich wohlig auf und wurden von seinen starken Händen wieder glattgestrichen, die in diesem Moment ihren Hals hinaufstrichen und sich in ihre Haare wühlten.

Zwischen ihnen pulsierte die Hitze. Ihre Zungen vollführten einen wilden Tanz. Er drückte sie noch näher an sich, sodass sie seine Erregung spürte. Sie schnappte nach Luft. Seine Hände glitten zu ihrem Hintern.

»Du hast einen tollen Po«, flüsterte er.

Doro genoss jede einzelne seiner Berührungen. Normalerweise war einzig ihr Busen Zielobjekt der Begierde. Ihr Bauch zog sich lustvoll zusammen, und sie machte sich am Knopf seiner Jeans zu schaffen. Als sie endlich den Reißverschluss geöffnet hatte und ihre Hand hineinschob, drängte sich ihr seine mächtige Erektion entgegen. Er stöhnte auf. Eine Welle aus heißer Lust durchflutete sie.

Sie lächelte, dann zog er ihr mit einem Ruck ihr Shirt über den Kopf. Mit zwei weiteren routinierten Handgriffen hatte er ihren BH geöffnet, und ihr Busen konnte sich in seiner vollen Pracht entfalten. Ihre Knospen reckten sich ihm erwartungsvoll entgegen.

»Wunderschön«, hauchte er ehrfürchtig.

Zärtlich strich er über ihren Bauch und die Unterseiten ihrer drallen Brüste. Dann küsste er ihren Hals entlang und leckte über ihren Busen. Ihre Nippel wurden sofort hart, als er an ihnen zog. Doro erschauerte und fuhr ihm etwas grober als beabsichtigt durchs Haar.

Herrje, sie wusste nicht, wann sie zuletzt so erregt gewesen war. War sie das überhaupt jemals derart gewesen? Sie schnappte nach Luft, zog sanft seinen Kopf wieder auf Augenhöhe und küsste ihn, als gäbe es kein Morgen.

Felix war wie elektrisiert. Diese Frau brachte ihn noch um. Sein Begehren war übermächtig. Etwas Tempo herauszunehmen, wäre eine gute Idee. Doch auch der glühende Kuss richtete nur wenig aus, damit er wieder etwas runterkam. Er ließ sie kurz los, um sich seines Hemdes zu entledigen. Dann verschlossen seine Lippen wieder die ihren und wanderten an ihrem Hals entlang bis zu der Stelle gleich neben ihrem Ohr, deren Berührung sie aufkeuchen ließ.

Seine Hände glitten ihren Rücken hinunter und unter den Bund ihres Rockes. Er öffnete den Reißverschluss, und der Rock fiel raschelnd zu Boden. Mit seiner flachen Hand erkundete er ihre Rundungen und fuhr zwischen ihre Schenkel. Sein Magen sackte ihm in die Kniekehlen. In seinen Lenden fühlte er ein Zucken.

Langsam schob er sie Richtung Himmelbett, bis ihre Kniekehlen dagegen stießen. Schwer atmend fiel sie aufs Bett. Er beugte sich über sie und küsste ihren Körper, am Hals beginnend und sich nach unten vorarbeitend. Ihre Brust hob und senkte sich, und ihre vollen Brüste reckten sich ihm entgegen. Er verweilte dort, und seine Zunge umkreiste spielend ihre Nippel. Dann hakte er seine Daumen in ihre Strumpfhose und zog sie zusammen mit ihrem Slip herunter. Einen Moment betrachtete er sie einfach nur, wie sie so vor ihm lag, mit vor Erregung gesenkten Augenlidern, und sich über die feuchten Lippen leckte. Sie erhob sich leicht und zog ihn auf sich. Er spreizte ihre Beine und ließ seine Hände tiefer wandern, während ihre Münder miteinander verschmolzen.

»Zieh deine Hose aus«, forderte sie ihn auf.

Er wich sich zurück und tat ihr den Gefallen nur zu gern. Sie wölbte sich ihm auffordernd entgegen. Er wollte sie spüren. Und sie wollte nicht mehr warten und griff nach seinem Arm. Er verstand. Als er endlich in sie eindrang, stöhnte sie lange und tief. Er zog sich etwas zurück und stieß tiefer, fühlte ihren pulsierenden Körper unter sich. Auch ihm entwand sich ein kehliges, stöhnendes Geräusch.

Mit gleichmäßigen Stößen gab er ihr wieder und wieder, was sie wollte, bis sie fast zeitgleich den Höhepunkt erreichten und über den Gipfel glitten.

Erschöpft und verschwitzt lagen sie aufeinander. Langsam hob Felix den Kopf. Er stützte sich mit den Armen ab, um sie besser sehen zu können, und spürte einen stechenden Schmerz in der Lendenwirbelgegend.

»Ah!«, zischte er durch die Zähne.

Doro blinzelte. Dann kicherte sie leise. Er zog eine Augenbraue nach oben und fixierte die Frau, die ihn gerade völlig um den Verstand gebracht hatte.

»Ist was?«, fragte er und begann sich aufzurappeln.

Sie strich sich durch die Haare, setzte sich auf und lachte. »Alles bestens, alter Mann!«

Er war sich nicht sicher, ob er ihr glauben konnte. Bisher hatte sich noch keine Frau über den Sex mit ihm beschwert, ganz im Gegenteil. Aber Dorothe war anders als die Frauen, mit denen er sich sonst umgab. Und so empfand er auch den Sex mit ihr. Es war schneller Sex gewesen, aber dennoch innig und intensiv. Er würde ihn als phänomenal bezeichnen. Ihrer Reaktion zufolge schien es ihr ähnlich zu gehen, aber er war sich nicht sicher.

»Das war nur zum Aufwärmen.« Er zwinkerte ihr zu. Dann suchte er seine Sachen zusammen und schmiss sie aufs Bett.

»So ein Quickie hat schon was«, stellte sie fest. »Ich fand's klasse.« Doro beobachtete jede seiner Bewegungen.

Erleichtert zog er seine Hose an. Wie hatte er nur glauben können, es hätte ihr nicht gefallen?

Doro nahm den Augenblick in sich auf. Der Schalk blitzte aus ihren Augen. Sie hatte Sex mit Felix gehabt! Und was für einen!

»Wir könnten das noch ausbauen. Was meinst du?«, fragte er jetzt sogar. Doro schmunzelte und erhob sich. Weil sie nicht antwortete, sah er ihr verführerisch in die Augen. »Mein Zimmer ist ganz in der Nähe.«

Oh ja. Und ihre Mutter schlief gleich nebenan, fiel ihr siedend heiß ein. Plumps landete sie in der Realität. Die brauchte das hier auf keinen Fall zu erfahren!

Doro angelte sich ihren Rock und schlüpfte hinein, dann zog sie ihr Shirt an. BH und Strumpfhose formte sie zu einem kleinen Knäuel und stopfte es in ihre Tasche.

»Es ist schon spät.« Sie gingen zur Tür. Vorsichtig lugten sie auf den Flur hinaus. Der Gang lag einsam und verlassen vor ihnen. Leise schlüpften sie nach draußen.

»Stell dir vor, uns hätte jemand erwischt.« Doro kicherte, als sie den Aufzug betraten. Glücklicherweise war er leer. Nur ungern wäre sie ohne BH auf andere Leute getroffen. Sie verschränkte die Arme vor der Brust, um diese Tatsache so gut wie möglich zu verbergen.

»Derjenige hätte Augen gemacht.«

Sie kicherten wie Kinder.

»Und du bist dir wirklich sicher, dass du nicht noch mit reinkommen möchtest?«, fragte Felix wenig später vor seiner Zimmertür.

Doro schüttelte den Kopf und zeigte auf ihre eigene Tür. »Es ist besser so.«

Sie machte einen Schritt auf ihn zu und gab ihm einen Kuss.

Nur widerwillig entließ Felix sie.

20.

Sie hatte die ganze Nacht kein Auge zugemacht. Obwohl Doro wohlig und erschöpft ins Bett gefallen war, lief ihr Gehirn auf Hochtouren.

Sie durchlebte den Moment mit Felix nochmal in allen Einzelheiten und fragte sich gegen vier Uhr morgens völlig übermüdet, ob es wirklich passiert war oder sie es vielleicht nur geträumt hatte. Bei der Erinnerung, dass sie sich verstohlen in den Ruheraum geschlichen hatten, musste sie dann wieder grinsen. Es hatte so etwas Jugendlich-Übermütiges. Dabei waren sie doch inzwischen gestandene Erwachsene. Was sie wieder dazu brachte, über vergangene Zeiten zu grübeln und darüber zu philosophieren, was ihr der Sex mit Felix überhaupt bedeutete.

Was sie empfand, war nur schwer greifbar und schlecht zu benennen. Irgendwann, als sie sich zum x-ten Mal vom Rücken auf den Bauch rollte, beschloss sie die einfachste und rationalste Variante zu wählen, um vielleicht endlich Ruhe und Schlaf zu finden. Es war Sex gewesen, ein Urlaubsquickie. Sonst nichts. In zwei Tagen würden sich ihre Wege wieder trennen, und das war's. Wie gut, dass sie so vernünftig gewesen und seiner Einladung ins Zimmer nicht nachgekommen war. Dann hätte sie garantiert ihrer Mutter gegenüber eine

Erklärung abgeben müssen. So blieb es ihr kleines Geheimnis. Für immer. Ohne es eventuell mit ihrer Mutter kaputtanalysieren zu müssen.

Dummerweise fühlte sich das Ergebnis ihrer Überlegungen nicht so erleichternd an, wie sie gehofft hatte. Ihr Herz zog sich zusammen. Sie versuchte es zu ignorieren und endlich zu schlafen. Es war schon fast am nächsten Morgen, und als sie endlich dabei war, wegzudämmern, begann ihre Mutter zu schnarchen.

Völlig übermüdet stand Doro um kurz vor acht an der Poolbar und genehmigte sich einen Kaffee und ein Croissant. Den Tipp, dass es hier so eine Art Mini-Frühstück gebe, hatte sie gestern bei Poolgesprächen der anderen Gäste aufgeschnappt. Dankbar nahm sie das Angebot an. Sie hatte ihre Ruhe, und niemand würde sie hier suchen. Dachte sie.

»Ach, da steckst du!« Gundula sah aus wie das blühende Leben, frisch und munter in ihrem Sportdress und mit rosigen Wangen. »Verschwindest einfach klamm und heimlich. Ich dachte, du wärst schon beim Frühstück.«

»Bin ich ja auch. Guten Morgen Hanne.« Doro nickte der älteren Frau zu, die einen Schritt hinter Gundula auftauchte, und rutschte auf dem Barhocker herum.

»Ach. Du weißt genau, was ich meine.« Ihre Mutter stemmte die Hände in die Hüften. »Warum bist du hier und nicht im Speisesaal?«

Doro zuckte mit den Schultern und biss ins Croissant.

»Na ja, ist ja auf die Schnelle auch ganz nett.«

Die drei Frauen blickten sich um. Nur wenige andere Gäste hielten sich hier auf. Die Frühsportler zogen ihre Bahnen, und an einem Tisch saßen noch Leute. Gundula orderte zweimal Kaffee und setzte sich. Hanne stibitzte zwei Croissants aus dem Korb auf der Theke.

»Und, hast du mit Julian noch Yogaübungen gemacht, gestern Abend?«, fragte Doro.

Hanne verzog den Mund. »Ich weiß nicht. Irgendwie wollte Julian nicht so recht. Er hatte plötzlich noch einen dringenden Termin.« Doro und Gundula warfen sich einen Blick zu. »Und ihr? Hattet ihr denn einen schönen Abend?«

Die Daubner-Frauen sahen in der Gegend herum, als wäre keine von ihnen angesprochen worden.

»Hallo? Ich meine euch beide.«

»Mich? Ach so.« Gundulas überraschter Gesichtsausdruck war auch schon mal besser, dachte Doro. Doch es gab ihr Anlass zum Nachdenken. Warum sie selbst so unbeteiligt reagierte, wusste sie. Die Art von Yoga, die sie mit Felix betrieben hatte, wollte sie nicht unbedingt erörtern. Aber warum verhielt ihre Mutter sich so seltsam? Was steckte dahinter? Und wo war sie gestern gewesen?

»Na, was hast du gemacht?«, fragte sie deshalb und ließ Gundula nicht aus den Augen.

»Ich? Ach, nicht viel.« So gleichgültig wie möglich rührte sie in ihrem Kaffee. »Aber du«, meinte sie dann und wandte den Kopf, um Doro besser betrachten zu können, »du siehst irgendwie anders aus als sonst. Das ist mir vorhin schon aufgefallen.« Sie kniff die Augen zusammen und musterte ihre Tochter eingehend.

Doro sah angestrengt zu dem fleißigen Schwimmer vor sich. Wie viele Bahnen er wohl schon geschwommen sein mochte?

»Ich hab's.« Gundula frohlockte. »Du hattest Sex heute Nacht!«

Doro verschluckte sich an den Butterteigbröseln ihres Hörnchens. Ging es vielleicht noch lauter? Wie kam ihre Mutter denn auf die Idee? Sah man ihr das wirklich an?

»Du kannst es ruhig zugeben«, meinte sie und klopfte ihr auf den Rücken.

»Natürlich, wir sind doch alles erwachsene Leute«, bestätigte Hanne.

Doro hustete noch immer. Na, das sagte gerade die Richtige. Hanne mit ihren verqueren Ansichten und auch ihre Mutter, die sich neuerdings verhielt wie ein Teenager, der Geheimnisse hatte.

»Diesen Punkt halte ich für diskussionswürdig«, krächzte sie, als sie endlich den Krümel mit Kaffee heruntergespült hatte.

»Wie meinst du das?«, fragte Hanne.

»Wir müssen los«, stellte Gundula derweil zum Glück fest und rutschte von ihrem hohen Stuhl.

»Warum sind wir heute schon wieder gleich in der Früh dran? Müsste nicht die andere Gruppe heute so bald aufstehen?«

»Wärst wohl lieber noch im Bett liegen geblieben?« Ihre Mutter zwinkerte ihr neckisch zu.

»Wir machen jetzt eine Übung, die aus dem Yoga kommt. Sie heißt ›Der Fuchs‹ und geht so.« Julian saß auf seiner Matte und begab sich in eine seltsam verrenkte Körperhaltung.

Hanne jubelte.

»Ich hab ihn offenbar gestern Abend motiviert«, flüsterte sie Gundula zu.

Die verdrehte die Augen. »Na, herzlichen Dank auch.«

Die Körperstellung sah wirklich kompliziert aus. Doro versuchte ihr Bestes. Sie drehte ihren Kopf zur Seite, um zu sehen, ob es so richtig war. Als Erstes bemerkte sie Hanne, deren Haltung mit dem langgestreckten Hals mehr an einen Puter erinnerte als an einen Fuchs. Ihr Blick wanderte weiter und blieb bei Felix hängen. Seine Haltung sah gut aus, um nicht zu sagen perfekt. Aber wen wunderte das? Der Fuchs schien ihm im Tierkreis wohl am ähnlichsten zu sein. Vielleicht ein naher Verwandter? Das seltsame Gefühl, das sie bei seinem Anblick gerade noch verspürt hatte, wich amüsierter Leichtigkeit. Sie gluckste, riss sich dann aber zusammen, als Felix unerwartet seinen Kopf hob und ihre Blicke sich trafen.

Schnell schaute sie sich weiter um. Babsi! Die sah natürlich toll aus. Schwanengrazie in Vollendung, während Doro bestimmt mehr einem Walross ähnelte.

»Das erinnert mehr an einen Pfau«, meinte Julian da auch schon, der zur Begutachtung von einem zum andern ging und bei Doro stehen blieb.

Toll! Frustriert runzelte sie die Stirn. Immerhin war ein Pfau besser als ein Walross, oder?

Wenig später marschierten alle am Waldrand vorbei über die Wiese. Die Sonne schien, und Vögel zwitscherten als Frühjahrsboten ihr Lied. Doro versuchte nachzudenken, aber ihr Gehirn schien den Dienst zu versagen. Sobald sie probierte, einen klaren Gedanken zu fassen, hatte sie das Gefühl, als würde eine Sicherung heiß laufen. Vielleicht hatte sie über Nacht einfach schon zu viel gegrübelt.

Felix erging es nicht ganz so. Im Gegensatz zu Doro hatte er tief und fest geschlafen. Allerdings war das Erste, woran er beim Aufwachen gedacht hatte, Dorothe! Das beunruhigte ihn leicht. Es war zwar nichts Außergewöhnliches, dass er sich am nächsten Morgen an den One-Night-Stand der letzten Nacht erinnerte, aber höchstens mit einem Lächeln auf den Lippen und nicht, sobald er die Augen aufschlug. Doro war einfach anders. Das stellte er nicht zum ersten Mal fest.

»Hallo, starker Mann.« Babsis Stimme riss ihn aus seinen Gedanken. Mit festem Schritt drängte sie sich zu ihm hindurch und lächelte ihn an. Der rote Fleck auf der Stirn war noch sichtbar, aber nicht mehr so deutlich wie am Vorabend. Gutgelaunt blinzelte sie, und ihr Pferdeschwanz schwang fröhlich wippend hin und her.

»Hey, wie geht's dir?«, fragte er ehrlich.

»Wieder gut. Mich haut so schnell doch nichts um.« Sie lachte glockenhell.

Felix nahm ihren Anblick in sich auf. Jung, hübsch, dynamisch. Er sollte sich wirklich lieber mehr mit Barbara abgeben. Dorothe war so … Ihm fiel die richtige

Beschreibung nicht ein. Bodenständig, das traf es wohl am besten. Und derartige Frauen schafften seiner Erfahrung nach meist nur Komplikationen. Er mochte es nicht, wenn er sein Leben nicht mehr im Griff hatte. Er war ein Weltenbummler. Ein einsamer Wolf, der seine Freiheit liebte. Hier und da ein Abenteuer suchte.

Seltsam, dass es sich diesmal gar nicht so anfühlte, als könnte es kompliziert werden. Ihre ehrliche, unverstellte Art fand er herrlich erfrischend. Wenn er tief in sich hineinhörte, musste er sogar zugeben, dass er gerne mehr Zeit mit Dorothe verbringen würde.

Wurde er tatsächlich alt? Lag es an dem ganzen Gesund-und-fit-Kram, den er hier jeden Tag gepredigt bekam? Angefangen hatte es mit seinen blöden Rückenschmerzen …

Weiter hinten liefen Gundula, Hanne und Doro in einer kleinen Gruppe mit Jochen, Karin, Fred und Simone.

»Heute Abend ist im Hotel richtig was los«, teilte Karin vergnügt mit.

»Ach, echt?«, fragte Fred.

»Habt ihr die Plakate nicht gesehen?«

»Nicht, dass ich wüsste«, verneinte Jochen.

»Ich hab's dir doch schon erzählt«, meinte Karin zu ihrem Mann. »Hast wieder nicht richtig zugehört.«

»Und was ist heute Abend los?« Fred war neugierig.

»Ein Poetry-Slam.« Simone war ganz aufgeregt. »Das wird bestimmt lustig.« Sie schüttelte ihre Hanteln wie die Cheerleader ihre Pompons.

»Und was ist ein Pottery-Slam?«, mischte sich nun Hanne ein. Sie wirkte aufrichtig interessiert.

»Würde ich auch gern wissen«, brummte Fred.

»Bestimmt wieder so ein neumodisches Zeugs.« Jochen wirkte wenig begeistert. Wahrscheinlich sah er lieber Fußball.

»Da kommen verschiedene …«, antwortete Karin und schüttelte dabei ihre Raktoren, sodass das Granulatgeräusch ihre Stimme deutlich dämpfte.

»Hast du schon mal was davon gehört?« Hanne sah ihre Freundin an. Gundula schüttelte den Kopf. »Da kommen Geschiedene.« Hanne schaute etwas verständnislos.

»Echt?«, fragte Gundula. »Und was wollen die da alle?«

Hanne blies die Backen auf. »Was weiß ich?«

»Könnte aber durchaus interessant sein«, meinte Gundula nachdenklich.

Hanne nickte. »Wollen wir hingehen? Vielleicht ist da auch einer für mich dabei.«

Doro brach in schallendes Gelächter aus.

»Was ist denn so witzig? Dir könnte das auch nicht schaden.« Gundula funkelte ihre Tochter an.

»Da kommen doch keine Geschiedenen.« Doro lachte weiter. »Da kommen verschiedene Künstler. Ein Poetry-Slam ist ein Wettbewerb, bei dem selbstgeschriebene Texte innerhalb einer bestimmten Zeit vorgetragen werden, und die Zuhörer entscheiden am Ende, wer der Beste war.«

»Ach sooo.« Hannes Gesicht hellte sich auf.

»Hört, hört. Das ist doch mal eine vernünftige Erklärung«, stellte Fred fest.

»Sag ich doch.« Seine Frau wirkte leicht beleidigt.

»Was du alles weißt.« Gundula zog die Stirn in Falten.

»Also?«, meinte Karin. »Simone und ich gehen auf jeden Fall hin.«

Die Männer brummten unverständlich.

»Mir hätte eine Veranstaltung mit Geschiedenen besser gefallen. Glaub ich«, grummelte Hanne.

Gundula kicherte. »Mir auch.«

»Sind alle da?«, rief Julian. Auf einer Lichtung versammelten sich alle um ihn herum. Das Grüppchen um Doro kam als letztes hinzu.

Die Lichtung war herrlich und wie geschaffen für ein Päuschen. Hinter ihnen lag der Wald, vor ihnen hangabwärts eine Wiese, auf der die ersten Frühlingsblumen sprossen. Die Sonne schien und entfaltete bereits ihre Kraft.

Doro machte die Bluse auf, die sie über ihrem Sporttop trug, und fächerte sich Luft zu.

»Mann, ist das heiß«, sagte sie.

Felix, der etwas abseits stand, beobachtete Doro in ihrem engen Sporttop. Er dachte an den Sex mit ihr. Bei dem Gedanken daran spürte er ein Ziehen im Bauch, und unterhalb der Gürtellinie regte sich etwas bei ihm.

»So heiß ist es aber auch nicht«, bemerkte Gundula und zog eine Augenbraue nach oben. Dann neigte sie sich näher zu ihrer Tochter. »Liegt das vielleicht an der direkten Nähe zu Julian?«, fragte sie lächelnd.

Doro verstand zuerst nicht. Dann fiel es ihr wie Schuppen von den Augen. Ihre Mutter dachte, sie hätte mit Julian geschlafen.

»Quatsch.« Automatisch suchte sie nach Felix. Der stand bei Barbara. Schon wieder! Missmutig drehte sie sich um und versuchte den Ausblick zu genießen. Ein Rest Morgentau glänzte an den Grashalmen in den Sonnenstrahlen. Leider sollten sie hier statt eines schönen Picknicks Gymnastikübungen machen.

»Ich muss aufs Klo«, jammerte Hanne.

»Weil du säufst wie ein Loch«, konterte Gundula prompt.

»Also!« Hanne schnappte nach Luft.

»Ist doch wahr. Seitdem du diese bescheuerte App hast, verdrückst du einen Liter Wasser nach dem anderen.«

»Das ist gesund!«, verteidige sich Hanne. »Aber ich muss mal.«

»Dann geh doch in die Büsche.«

»Hier? Vor allen Leuten?« Hanne sah sich skeptisch um, fand aber keinen passenden Ort.

»Wir wollen jetzt ein paar Übungen mit den Raktoren machen. Schließlich wollen wir alle fit in den Frühling starten.«

Damit stellte Julian sich in die Mitte und demonstrierte die erste Übung.

»Zuerst einen Ausfallschritt«, ordnete er an. Es folgte unkoordiniertes Gewusel, bis jeder ausreichend Platz für sich gefunden hatte. »Dann die Hantel hoch und runter.«

Was so einfach aussah, war doch deutlich komplizierter, stellte Doro fest. Außerdem stand sie mit einem Bein auf einer Wurzel. Ob es daran lag, dass sie teilweise schwankte wie einer der Grashalme im Wind? Der Muskel in ihrem Arm begann brennend zu schmerzen. Aber sie würde sich nicht die Blöße geben und schwächeln. Selbst ihre Mutter beherrschte den Trainingsablauf. Eine Schweißperle bildete sich auf Doros Stirn. Dann sah sie Barbara, die sich neben Felix positioniert hatte und die Arme leicht wie eine Feder schwang. Sie stand Felix frontal gegenüber, sodass sie sich je nach Übungsgrad immer zu ihm hinbeugte und ihm einen tiefen Blick in ihren Ausschnitt gewährte.

Doros Magen zog sich zusammen. So ein Mistkerl! Warum gab er sich schon wieder mit ihr ab? Und das ausgerechnet nach der vergangenen Nacht!

Sie schaute weg und wieder hinüber. Er konnte sich gar nicht sattsehen. Aber was überraschte sie das? Sie war damals enttäuscht und sogar gedemütigt worden, und diesmal würde es genauso sein. Warum war sie nur so blöd, wieder Gefühle für diesen Mann zu entwickeln?

Wütend über sich selbst, weil sie sich auf ihn eingelassen hatte, stemmte sie ihre Hantel nach oben. Das Granulat schob sich geräuschvoll nach vorn. Sie hatte sich selbst verboten, sich mit Felix abzugeben. Warum hatte sie nur nicht auf sich gehört?

Eine weitere kräftige Bewegung mit dem anderen Arm. Ihr Oberschenkelmuskel zuckte. Wieder rutschte das Granulat mit voller Wucht nach vorn. Es müsste geschmeidiger fließen: schwingen statt Hau-Ruck-Bewegungen. Doro war das momentan völlig egal, und sie vollführte gleich noch eine zackige Bewegung.

Da passierte es.

Sie kam ins Straucheln, verlor das Gleichgewicht, schwankte zurück und fing sich irgendwie auf. Dabei verdrehte sich ihr Fuß, und sie fiel nach vorn. Die Hanteln glitten ihr aus der Hand, und eine traf hart auf den bereits geschundenen Fuß. Mit Wucht prallte sie auf ihren Rist, bevor sie zur Seite fiel. Im letzten Moment konnte Doro sich mit den Händen am Boden abstützen, um nicht bäuchlings die Erde zu küssen.

»Äh, Doro?«, fragte Hanne, die das Spektakel nur am Rande mitbekommen zu haben schien. »Machst du jetzt Yoga? Das ist die Berghaltung, oder?«

»Auuuu!« Doro sackte zu Boden.

»Dottylein!« Gundula stieß einen spitzen Schrei aus.

Verblüfft starrten alle zu ihr herüber. Julian eilte mit wenigen Schritten an ihre Seite. »Was ist passiert?«, fragte er besorgt und ging neben ihr auf die Knie.

In Doros Augenwinkeln bildeten sich erste Tränen. Sie hielt sich den Fuß. Es tat so verdammt weh! Sie konnte kaum antworten.

»Bist du umgeknickt?«, fragte Julian weiter, weil sie nichts gesagt hatte. Er legte seine Hände um ihre und schob diese sanft beiseite.

Doro schnappte nach Luft. Um sie herum bildete sich eine Menschentraube. Ihre Mutter stand gleich neben ihr und legte ihr fürsorglich eine Hand auf die Schulter.

»Mir ist einer der Raktoren auf den Fuß gefallen«, brachte sie endlich heraus. »Es geht bestimmt gleich wieder.« In Wirklichkeit war sie sich nicht so sicher. Auch ihre Handgelenke schmerzten, jedoch nicht so stark wie der Fuß.

»Lass mal sehen.« Julian machte sich an ihren Schnürsenkeln zu schaffen.

Doro versuchte abzuwehren. »Schon gut. Bin gleich wieder fit.«

»Keine Widerrede«, bestimmte nun ihre Mutter.

»So ein Raktor ist je nach Befüllung fast ein Kilogramm schwer«, gab Hanne zu bedenken. »Weißt du, wie viel Gramm in deinen sind?«

Das Gemurmel um Doro herum wurde immer lauter. Der Vorfall war ihr einfach nur peinlich.

»Wie ungeschicklich man aber auch sein kann«, hörte sie da und hätte trotz der anhaltenden Schmerzen schwören können, dass der Kommentar von Barbara kam. Sicherlich nicht ohne einen Hauch von Schadenfreude, wenn man den Minigolf-Patzer von gestern bedachte.

»Ah!«, entwischte es Doro, als Julian ihren Schuh und Socken auszog. Die Abdrücke der Schnürsenkelösen hatten sich an einer Stelle deutlich im Fleisch abgezeichnet. Ihr Fußrist war stark gerötet.

»Sieht schon etwas geschwollen aus.« Hanne senkte den Kopf weiter nach unten, um besser sehen zu können. »Ich hab Globulis dabei. Ich geb dir im Hotel gleich welche«, meinte sie hilfsbereit.

»Wir müssen sie erst mal dahin zurückbekommen.« Gundula sah sie ratlos an. »Meinst du, du kannst überhaupt laufen?«

»Ja. Das geht schon.« Irgendwie, fügte sie in Gedanken hinzu. Der Schmerz wurde immer unerträglicher. Und dass sie so im Mittelpunkt stand, machte die Sache auch nicht einfacher. Sie biss die Zähne zusammen und stülpte sich den Socken wieder über. Aua!!!

»Macht ihr einfach weiter im Programm«, forderte sie Julian auf. »Ich geh zurück ins Hotel.«

»Du kannst doch nicht ...«

»Doch. Das geht schon.« Doro sah ihm flehentlich in die Augen. »Bitte!«, flüsterte sie gerade so laut, dass nur er und Hanne, die gleich neben ihm stand, es hören konnten.

»Bist du sicher?«, fragte er nochmals nach und wirkte unentschlossen, was er machen sollte.

»Ja.« Sie nickte tapfer.

»Wir begleiten dich.« Hanne warf sich ins Zeug, und Gundula drängte sich an Julian vorbei, um Doro beim Anziehen ihres Schuhs zu helfen.

»Na dann. Okay.« Julian erhob sich. »Also, Leute, gehen wir weiter, damit wir unsere Runde schaffen.«

Als Gundula und Hanne Doro vorsichtig aufhalfen, sah sie Felix mit undefinierbarem Gesichtsausdruck etwas abseits von der Gruppe stehen.

21.

Der Tag konnte kaum besser werden.

»... dann behalten wir Sie lieber mal eine Nacht zur Beobachtung da«, meinte die behandelnde Ärztin der Notaufnahme und nickte dem Krankenpfleger zu, damit er alles in die Wege leitete.

»Da?« Doros Stimme klang alarmiert. Auf der Röntgenaufnahme war nichts sichtbar. Sie verstand die Notwendigkeit nicht.

»Es wäre mir schon lieber. Und Sie sagten ja selbst, Sie sind hier nur im Urlaub. Also kann ich Sie nicht nach Hause entlassen.« Sie lachte über ihren eigenen Scherz. Doro fand das gar nicht komisch.

»Ich kann mich doch in meinem Hotelzimmer ausruhen«, murmelte Doro verzweifelt.

»Das ist nicht dasselbe. Sehen Sie, hier können wir Ihnen eine Infusion gegen die Schmerzen geben und die Durchblutung Ihres Fußes überprüfen. Schauen Sie ihn sich doch an. Diese Schwellung ist nicht nur ein bisschen. Das mutiert schon zum Klumpfuß. Haha. Und das wollen wir doch nicht zulassen, oder?«

Klumpfuß! Was für ein Scherzkeks, dachte Doro, gab sich aber geschlagen. Vielleicht hatte die Ärztin recht, und es war die beste Lösung.

»Aber morgen gehe ich!«, stellte Doro ohne Umschweife fest.

»Ich denke schon.« Die Ärztin nickte und trat zur Tür. »Alles Gute«, sagte sie noch und verschwand mit dem Pfleger.

Doro blieb allein zurück. Gundula saß draußen und wartete.

Wie hatte das nur passieren können? Der Rückweg zum Hotel war die reinste Tortur gewesen. Humpelnd, hüpfend und gestützt von Hanne und ihrer Mutter hatte sich jeder Meter wie Kaugummi gezogen. Fix und fertig waren sie schließlich angekommen. Der Schweiß war in kleinen Rinnsalen ihren Rücken hinuntergeflossen, als sie die Lobby betreten hatte. Die Hotelangestellte hinter der Rezeption war sofort hervorgesprungen und hatte ihre Hilfe angeboten. Doros Turnschuh hatte ausgesehen, als würden gleich die Nähte gesprengt. Aufgrund der immensen Schwellung hatte Gundula beschlossen, ihre Tochter vorsorglich in die Notaufnahme zu bringen, und war zu keiner Diskussion bereit gewesen.

Und nun? Nun bekam Doro also eine Nacht im Krankenhaus zusätzlich zur Aktiv-Woche im Sternehotel. Wenn das keine Woche zum Abschalten war! Sie musste allerdings zugeben, dass sie in diesen Tagen überhaupt nicht an ihre Arbeit im Autohaus dachte. In dieser Hinsicht war das Abschalten also erfolgreich.

Als sie die Augen aufschlug, wusste sie im ersten Moment nicht, wo sie sich befand. Doch bei dem Versuch, sich aufzusetzen, verzog Doro vor Schmerzen das Gesicht. Der Fuß. Ach ja. Den hatte sie sich am Vormittag ja glorreich verdreht. Er lag gut gepolstert, unübersehbar und hoch erhoben im geschätzten Fünfzehngradwinkel. Sie blickte an sich herab. Da sie nicht auf einen längeren Besuch eingestellt war, musste ihre Mutter ihr erst Wäsche vom Hotel holen. Und so steckte sie derzeit in einem dieser äußerst hübschen Krankenhausnachthemden. Brrr. Unwillkürlich schüttelte sie sich. Zumindest war sie frisch geduscht. Darauf hatte sie bestanden, bevor man sie ins Bett gesteckt und eine dieser göttlichen Schmerzmittelinfusionen gelegt hatte. Vermutlich hatten die sie auch derart plattgemacht, denn sie war nach kürzester Zeit eingeschlafen.

Doro blickte sich um. Gab es hier keine Uhr? Wie spät war es überhaupt? Ihre Bettnachbarin, die sie bei ihrer Ankunft nur halb wahrgenommen hatte, war anscheinend in der Zwischenzeit entlassen worden, denn das Bett war nun leer und frisch bezogen. Doro konnte also auch nicht nachfragen. Draußen war es noch hell. Sie schätzte, dass es spät am Nachmittag war.

Die Tür schwang auf.

»Juhu!«, trällerte Hanne und wehte herein. »Wie geht es der Patientin?«

Gundula kam hinterher.

»Mein Gott, wie siehst du denn aus?«, fragte sie und stellte ihre neuerworbene klobige Arzttasche sowie einen Beutel auf dem Tisch neben Doros Bett ab.

»Warum?« Erschrocken befingerte Doro ihr Gesicht. War sie so blass oder besaß sie passend zum Klumpfuß jetzt auch noch einen Wasserkopf?

»Na, das Ding da«, antwortete ihre Mutter spitz und deutete auf das Nachthemd. »Komm, ich helf dir. Nix wie raus aus dem Ding«, befahl sie und wühlte in dem Beutel nach Doros Nachtwäsche, die sie mitgebracht hatte.

»Nur keine falsche Bescheidenheit. Ich bin eine alte Frau und hab schon so manches in meinem Leben gesehen«, beteuerte Hanne, betrachtete aber anstandsweise intensiv das Bild an der Wand. Gundula zupfte bereits an dem Nylonstoff, den Doro trug.

»Ich kann das durchaus allein!«

»Ist schon gut. Wollte nur helfen«, antwortete ihre Mutter eingeschnappt.

Doro versuchte sich aus dem Krankenhauskittel zu schälen, musste dann aber feststellen, dass er hinten zusammengebunden war.

»Könntest du vielleicht doch …?«, erkundigte sie sich leicht zerknirscht bei Gundula.

»Hmpf.« Mit einem Handgriff befreite diese ihre Tochter und reichte ihr das Nachthemd. Doro strich es glatt und stülpte es sich über den Kopf.

»Hallo. Störe ich …« Die Stimme kam ihr bekannt vor, sehen konnte sie jedoch nichts. Als sie aus der Kopföffnung auftauchte, stand Felix im Zimmer und grinste sie schief an. Ihr Herz setzte für einen Schlag aus.

»Überhaupt nicht!« Gundula schaute amüsiert von einem zum anderen.

Doro errötete und zog das Nachthemd nach unten. Immerhin hatte er nichts Neues gesehen. Bei dem Gedanken an letzte Nacht wurde sie noch röter, wenn das überhaupt möglich war.

»Felix! Wie nett.« Hanne schüttelte dem etwas perplexen Besucher freudig die Hand.

»Ich glaube, ich hol uns mal einen Kaffee«, sagte Gundula. »Kommst du mit, Hanne?«

»Kaffee? Gibt's keinen Tee?«

»Woher soll ich das wissen? Komm mit und schau nach.«

Die Tür schloss sich hinter den Frauen, und Felix trat an Doros Bett.

»Wie geht es dir?«, fragte er, deutete auf ihren bandagierten Fuß und kratzte sich dann hinter dem Ohr. Er wirkte etwas unbeholfen, wie er so vor ihr stand.

»Eigentlich ganz gut. Ich finde es auch übertrieben, dass ich hier bin. Aber die Ärztin wollte mich unbedingt über Nacht zur Beobachtung hierlassen.« Sie zuckte mit den Achseln.

»Dann darfst du morgen wieder raus?« Er begann das leere Nachbarbett zu studieren.

Doro war irritiert. Es waren die ersten Worte, die sie, seitdem sie sich gestern Nacht getrennt hatten, miteinander wechselten.

»Das will ich doch meinen.«

»Ich wusste nicht, ob es dir recht gewesen wäre, wenn ich dich zum Hotel gebracht hätte. Aber deine Mutter, Hanne und Julian haben dich direkt eingekreist und abgeschottet. Vorhin, meine ich. Im Wald. An der Lichtung …«

Was stotterte er da nur für Zeug zusammen? Oh weh!, dachte Doro. Das war ein Anstandsbesuch. Er fühlte sich unwohl, das war nicht zu übersehen.

»Du bist mir zu nichts verpflichtet.«

»Nein, das nicht. Aber ich«, er nahm den Hebel, der sich rechts am Kopfteil befand, näher in Augenschein, »hätte dir helfen sollen. Ich hätte dich tragen können«, murmelte er über die Schulter.

»Mach dir keine Gedanken. Ich bin zurechtgekommen. Ehrlich.« Doro starrte seinen Rücken an und fühlte sich bemüßigt, ihm so etwas wie Absolution zu erteilen, die er offenbar suchte. Hätte es ihr gefallen, wenn er sich um sie gekümmert hätte? Sicherlich. Hatte sie es erwartet? Nein. Sie hatten miteinander geschlafen. Das bedeutete rein gar nichts. Und deswegen war er ihr zu nichts verpflichtet. Es war grandioser Sex gewesen. Ein One-Night-Stand ohne jegliche Verpflichtungen. Trotzdem fühlte sie sich plötzlich … leer.

»Hm.« Er spielte mit dem Hebel. »Das ist ein CPR-Hebel für die Reanimationsposition«, erklärte er.

»Aha.«

»Die CPR-Positionen müssen in wenigen Sekunden verzögerungsfrei herstellbar sein.« Er zog an dem Hebel, und das Bett klappte am Kopf- und am Fußteil fast augenblicklich nach unten.

»Einundzwanzig, zweiundzwanzig, dreiundzwanzig. Respekt, das haben wir gut hinbekommen.« Anerkennend nickte er.

Doro schluckte. »Na, zum Glück hast du das nicht mit meinem Bett ausprobiert.«

Aber wenn sie es recht überlegte, fühlte sie sich gerade genauso. Plattgemacht. Was wollte er? Warum war er überhaupt gekommen? Um ihr die Vorzüge der modernen Krankenhausbetten zu demonstrieren? Wie demütigend war das denn?

»Wollen wir mal prüfen, wie die Dämpfung bei deinem Bett funktioniert?«, fragte er jetzt und sah sie grinsend an. »Wenn ich den elektrischen Motor entriegle, solltest du im Nu flachgelegt sein.«

Doro klappte der Kiefer nach unten. Meinte er das ernst?

»Ich könnte die Stoppuhr aktivieren. Das Zeitfenster sollte zwischen zwei und fünf Sekunden liegen.«

»Du spinnst ja!«

Sie sahen sich in die Augen. Es hing ein Knistern in der Luft. Doro konnte es förmlich hören.

»Ich könnte auch ganz andere Sachen mit dir anstellen«, flüsterte Felix und sah sie aufreizend an.

Doro lief ein angenehmer Schauer über den Rücken. Er bewegte sich auf ihr Bett zu und beugte sich ziemlich nahe zu ihr herunter. Sie konnte ihn riechen, fast schmecken. Ihre Kehle war plötzlich trocken. Bevor sie jedoch antworten konnte, schneiten Hanne und Gundula wieder herein. Felix schnellte nach oben.

»Kaffee für alle«, verkündete ihre Mutter, verharrte eine Sekunde in der Bewegung und nahm die Situation in sich auf. Dann reichte sie Doro einen dampfenden Pappbecher. »Für dich, Dottylein.«

Doro rollte wie immer mit den Augen. Hanne drückte derweil Felix einen Becher in Hand.

»Mir wäre ein echter Earl Grey Tea schon lieber gewesen«, meinte sie und zog eine Schnute.

»Mensch, Hanne, wir sind hier nicht im Hotel.« Gundula schüttelte den Kopf und öffnete ihre monströse Tasche.

»Die hast du wohl extra für den Krankenhausbesuch ausgewählt?«, fragte Doro und verstand nach wie vor nicht, wie ihre Mutter sich mit sowas sehen lassen konnte. Selbst ihr, der Äußeres ziemlich egal war, wäre die Tasche peinlich.

»In gewisser Weise hast du recht«, war die verblüffende Antwort. Aufmerksam sah sie hinein und prüfte den Inhalt. »Mag jemand einen Kaffee mit Schuss?«, fragte sie in die Runde und zog eine Miniflasche heraus.

»Was ist denn das?« Doro versuchte sich weiter vorzubeugen.

»Ich glaube, Gin.« Gundula hielt sich das Fläschchen vor die Nase, um das Etikett besser lesen zu können.

»Im Kaffee?« Felix schüttelte sich.

»Stimmt. Moment …« Sie schob die kleine Flasche zurück, warf einen weiteren Blick in die Tasche und zog schließlich ein anderes Fläschchen mit brauner Flüssigkeit hervor. »Das müsste Rum sein.« Triumphierend hielt sie es in die Höhe.

»Sind da noch mehr drin?«, wollte Doro nun wissen, und ihr schwante allmählich, welchen Zweck die Tasche vielleicht erfüllen könnte.

»Ha.« Gundula lachte. »Das ist die beste Erfindung überhaupt.«

»Zeig mal.«

Gundula stellte das Monstrum auf Doros Bett. Alle beugten sich darüber.

»Eine tragbare Minibar! Ich fass es nicht!« Felix fand als Erster Worte.

»Sogar zwei Gläser stecken in den Seitengummis«, meinte Hanne verblüfft.

»Jetzt weiß ich, warum auf einmal unsere Minibar leer war. Ich hab mich schon gewundert.«

»Toll, oder?« Gundula wirkte richtig stolz. »Auf sowas muss man erst mal kommen. Als ich die im Secondhandladen entdeckte, traute ich meinen Augen kaum. Aber die ist doch grandios. Genau richtig für turbulente Zeiten wie diese«, beendete sie ihren Werbevortrag. »Also, will einer?« Sie hielt das Fläschchen noch einmal hoch.

Felix lachte. »Ich brech zusammen.«

Felix beugte sich tief über Doro. Seine Nase streifte ihre, dann spürte sie seine Lippen auf ihrem Mund. Der Kuss war sofort wild und fordernd. Ihre Zungen tanzten Er schmeckte nach heißem Sex. Seine Hände strichen über ihren nackten Busen und spielten mit ihren Nippeln, die sich lustvoll zusammenzogen. Ihre Schenkel trafen sich, und sie presste sich gegen seine harte Erektion.

»Gott, ich will dich so sehr«, hörte sie sich stöhnen.

Dann ging alles recht schnell. Das Szenario war einfach zu bizarr. Denn plötzlich erklang die Stimme ihrer Mutter, die aus voller Brust sang: »Ooooh, wann kommst du? Kommst du? Ooooh, wann kommst du? Kommst du?«

Doro kannte das Lied. Es stammte aus den Siebzigerjahren, wenn sie sich nicht irrte, und war damals ein Schlagerhit von Daliah Lavi gewesen. Irritiert blickte Doro sich um. Das brachte sie derart aus dem Rhythmus, dass sie Felix von sich schob.

Nicht auszudenken, wenn hier irgendwo ihre Mutter im Raum stand und ihr beim Sex zusah. Natürlich war sie eine erwachsene Frau. Aber was zu weit ging, ging zu weit!

Verschlafen blinzelte Doro zur Krankenschwester, die ihr das Frühstück brachte. Wie gut, dass sie gekommen war und sie aus diesem grotesken Traum gerissen hatte. Hoffentlich hatte sie nicht im Schlaf gesprochen! Trotz Doros Einwänden, dass sich Alkohol sicherlich nicht gut mit den Schmerzmitteln vertrug, die ihr verabreicht worden waren, hatte ihre Mutter einfach ›einen Spritzer‹ in den Kaffee getan. Die Wirkung hatte nicht allzu lange auf sich warten lassen. Doro schlief, mit wenigen Unterbrechungen, ganze zwölf Stunden am Stück durch. Kein Wunder, hatte sie doch die vergangenen Nächte nur wenig Schlaf abbekommen. Aktiv-Woche eben, Tag und Nacht. Gleich nach dem Abendessen war sie eingeschlummert und erst jetzt wieder aufgewacht. Hochgeschreckt träfe es wohl besser. Denn das, was sie zuletzt geträumt hatte, verfolgte sie selbst in wachem Zustand noch. Aber zum Glück war es nur ein Traum gewesen, wenn auch ein sehr intensiver.

Etwas verlegen musterte sie die Schwester, aber die ließ sich nichts anmerken. Doro schaute zum Nachbarbett. Gestern hatte sie kurz vor dem Abendessen wieder eine Bettgenossin bekommen. Eine Frau in Doros Alter, vielleicht ein wenig jünger, mit blonden, langen Haaren, vermutlich gefärbt, und russischem Akzent. Zum Morgengruß hob sie nun die Hand und lächelte leicht. »Guten Morgen.«

»Morgen«, murmelte Doro und blickte zum Fenster hinaus. Felix' Küsse und Berührungen spürte sie noch immer, auch wenn sie nicht real gewesen waren.

Als sie mit dem Frühstück fertig war, wurde ihr langweilig. Was sollte sie auch tun, außer die Wand zu begutachten? Sie wollte raus, und zwar sofort. Ihr Fuß schmerzte nicht mehr groß, und sie war im Urlaub, verdammt noch mal!

Die neue Zimmergenossin hielt offenbar nicht viel von Krankenhausregeln. Als sie gestern eingeliefert worden war, hatte man ihr gesagt, sie müsse nüchtern bleiben, da sie heute ihre Magenspiegelung habe. Aber Doro wusste, dass sie heimlich um Mitternacht ihr Brot von daheim gefuttert hatte. Als sie gegen neun Uhr abgeholt worden war, hatte sie gerade eine halbe Flasche Spezi weggekippt. Aber vielleicht musste man das verstehen. Sie war Russin. Bei ›nüchtern bleiben‹ dachte sie vermutlich ›kein Wodka‹.

Circa eine Stunde später wurde sie sediert zurückgebracht. Auf die Anweisung der Schwester, sie dürfe frühestens in einer Stunde aufstehen und auf keinen Fall etwas essen oder trinken, stieß sie mit einem Glas Spezi an. Dann stand sie auf und ging eine rauchen. Nun ja.

Dann kam die Putzfrau. Sie sorgte dafür, dass Doros Ohren glühten und sie sich mit der Frage beschäftigte, warum die Gute ihr das alles erzählte. Immerhin war sie eine praktisch veranlagte Frau. Der Lappen, mit dem sie aus dem Badezimmer kam, durfte ohne erneuten Wasserkontakt erst die Sitze der Stühle, dann den Kalender, danach das Kreuz an der Wand und abschließend Doros Container säubern.

Die Putzfrau gab der Russin und erfreulicherweise ihrer Mutter die Klinke in die Hand. Doro war noch nie so erfreut gewesen, Gundula zu sehen, wie in diesem Moment.

»Guten Morgen, Dottylein!«, trällerte ihre Mutter gutgelaunt. Klar, die hatte ja auch im Hotel Pfannkuchen frühstücken dürfen. »Wie geht's dir? Kann ich dich gleich mitnehmen?«

Doro richtete sich, so gut es ging, auf. »Die Ärztin war noch nicht da. Aber ich halte es hier keine Minute mehr aus.«

Gundula setzte sich an ihr Bett und tätschelte ihre Hand. »Das wird schon. Die Visite musst du noch abwarten. Einfach gehen ist nicht«, bestimmte sie. »War die Nacht so schlimm? Schnarcht sie?« Gundula deutete mit dem Kopf in Richtung Nachbarbett.

Doro lachte. Schlimmer als Gundula manchmal schnarchte, konnte das auch nicht sein.

»Nein. Das nicht.«

»Hanne und ich waren gestern Abend bei dem Poetry-Slam. Nicht schlecht, muss ich sagen.«

»Dann hattet wenigstens ihr einen schönen Abend«, stichelte Doro. Sie war nicht gerade bester Laune. Wie auch, wenn der Tag schon mit Kamillentee begann. Dann fiel ihr etwas ein. »Du warst mit Hanne unterwegs?«, fragte sie interessiert.

»Sagte ich doch.«

»Die letzten beiden Abende warst du aber … Wo noch gleich?«

Jetzt hatte sie ihre Mutter am Haken. Endlich würde sie erfahren, was sie die ganze Zeit über trieb. Es gab kein Entkommen. Auffordernd sah sie ihr geradewegs ins Gesicht.

»Ich? Wo soll ich schon gewesen sein? Im Hotel natürlich. Das weißt du doch.« Gundulas Ohrringe klapperten aufgeregt. Angestrengt zog sie eine Haarsträhne gerade.

Doro kniff die Augen zusammen. »Ich versteh dich nicht. Warum rückst du nicht mal mit der Sprache raus? Ich weiß, wir haben zeitweise kaum Kontakt. Aber wenn dich etwas bedrückt …Ich bin doch deine Tochter!«

Ein Anflug von Unsicherheit huschte über Gundulas Gesicht, war dann aber auch schon wieder verschwunden. Sie holte tief Luft. Ein gutes Zeichen, dachte Doro. Was würde sie ihr jetzt erzählen?

»Du hast recht. Dottylein, ich muss dir sagen, dass ich gestern dort auch Felix mit Barbara und ihren Freundinnen gesehen habe. Ich erzähle dir das nur, weil ich gestern, als Felix dich hier besuchen kam, den Eindruck hatte, als könnte da was laufen zwischen euch.«

Doro wurde kalt. Sie zog die Bettdecke weiter hoch. Das war nicht das, was sie hören wollte. Das war überhaupt nicht das, was sie hören wollte!

22.

Ausgestattet mit einem Paar Krücken saß sie auf ihrem Bett und wartete darauf, dass sie endlich abgeholt wurde. Die Ärztin hatte nichts Auffälliges entdecken können, die Untersuchung brachte keinen weiteren Befund, und die Durchblutung ihres Beins war so, wie sie sein sollte.

In ihrem Kopf ratterte es. Sie musste die ganze Zeit an Felix und Babsi denken. Sie konnte nichts dagegen tun. Ihr Herz war schwer und tat unsäglich weh. Sie konnte es nicht länger leugnen. Sie hatte sich in Felix verliebt. Noch einmal. Und wie damals war alles, was sie davon hatte, schlimmer Liebeskummer.

Aber warum sollte es diesmal anders sein? Nur weil sie inzwischen erwachsen waren? Er hatte sie flachgelegt, und kaum, dass sie außer Sichtweite war, umspann er sein nächstes Opfer. Weg war ihre ach so erwachsene Einstellung, dass es nur ein schöner One-Night-Stand ohne Verpflichtungen gewesen war. Aber was wollte sie auch mit einem Mann, der schon früher nicht den Mut besessen hatte, offen zu reden, klammheimlich verschwunden war und ein paar demütigende Zeilen zurückgelassen hatte. Vielleicht bekam sie morgen ja wieder einen Brief?

Doro stieß ein hämisches Lachen hervor. Ihre Bettnachbarin warf ihr einen bösen Blick zu. Sie bezog es offenbar auf sich, aber das war Doro egal. Sollte die doch denken, was sie wollte. Gleich wäre sie hier weg. Wann kam nur endlich ihre Mutter wieder?

Gundula hatte keine Lust gehabt, zu warten, und stattdessen beschlossen, einige geschäftliche Telefonate zu führen, die angeblich unaufschiebbar waren. Das war vor drei Stunden gewesen.

Doro drehte eine der Krücken hin und her. Wie sollte sie sich nur verhalten, wenn sie Felix traf, was unweigerlich bald passieren würde? Ein dicker Kloß bildete sich in ihrem Hals. Am liebsten würde sie ihn nie wieder sehen. Aber sie musste realistisch bleiben. Die Aktiv-Woche war noch nicht vorbei. Morgen Vormittag war das letzte Gruppentreffen. Erst dann stieg ein jeder in sein Auto und machte sich auf den Heimweg.

Daheim. Wie gern wäre Doro jetzt nach Hause gefahren. Die Woche war schön gewesen, amüsant und aufregend. Und das Hotel war toll! Aber sie fühlte sich zurückgeworfen in ihre Vergangenheit. Wer sagte, dass man aus Fehlern lernte? Sie offensichtlich nicht!

Aber sie würde verdammt sein, wenn sie es sich anmerken lassen würde. Sie würde nur müde lächeln, wenn sie Felix mit Barbara sah, und ihn merken lassen, wie gleichgültig ihr das war. Er war ein nettes Abenteuer für sie gewesen. Mehr nicht. Ja, genau. Das würde sie ihm sagen, sollte sie mit ihm sprechen müssen.

Und sobald sie wieder zu Hause in ihren eigenen vier Wänden war, in ihrer gewohnten Umgebung, würde sie Felix Langner ein für alle Mal aus ihrem Gedächtnis streichen. Für immer! Entschlossen reckte sie das Kinn hervor. Ihre Bettnachbarin kniff die Augen zusammen.

Vielleicht sollte Doro auf dem Gang warten, bevor noch eine Schlägerei in Gang kam.

Halb watschelnd, halb hüpfend betrat sie den Krankenhausflur. Der Beutel mit ihren Sachen schlug im Rhythmus nervig gegen ihre Krücke. Doros Laune konnte nicht tiefer sinken.

In dem Moment bog Julian um die Ecke. Doro wäre fast die Krücke aus der Hand gefallen.

»Hoppla!« Julian fing die Krücke gerade noch auf. »Nicht so einfach, was?«, fragte er lächelnd.

Was um Himmels willen tat der denn hier? Stumm blickte sie ihn an.

»Deine Mutter ist beschäftigt. Ich habe angeboten, dich abzuholen«, beantwortete er ihre unausgesprochene Frage.

Toll! Ganz toll! Doro sank auf einen herumstehenden Stuhl. Das musste sie erst verarbeiten. Was zur Hölle hatte ihre Mutter zu tun, dass sie ihre Tochter nicht vom Krankenhaus abholen konnte? Sie war im Urlaub!

Oder war das ein abgekartetes Spiel? War es nicht ihre Mutter gewesen, die ihr von Felix' und Barbaras Kuschelstunden erzählt und ihr geraten hatte, sich lieber auf die kleine Affäre – zwinker, zwinker – mit Julian zu konzentrieren? Wenn die wüsste!

Felix schlenderte am Golfplatz vorbei, blieb stehen und begutachtete die Abschläge zweier Männer. Nicht

279

schlecht. Die Hände tief in den Hosentaschen vergraben ging er weiter. Der Himmel war wolkenverhangen, und trotz der Mittagszeit war alles in diesiges Licht getaucht. Er sollte sich allmählich umziehen. In einer knappen Stunde begann das heutige Training. Aber was er viel mehr brauchte, war ein klarer Kopf.

Den gestrigen Abend hatte er mit Barbara verbracht. Er wäre lieber mit Doro zusammen gewesen, aber die lag im Krankenhaus. Und Barbara hatte so lange auf ihn eingeredet, bis er zugestimmt hatte, mit ihr zum Poetry-Slam zu gehen.

Es war nett und witzig gewesen. Unter anderen Umständen wäre er ihren Avancen ohne Weiteres unterlegen gewesen. Und Barbara hatte im Laufe des Abends eindeutig klargemacht, was für Absichten sie verfolgte. Doch als sie ihn geküsst hatte, fühlte er – nichts. Nicht das kleinste Bedürfnis, mehr daraus machen zu wollen. Babsi verfügte über ein spritziges Wesen, und ihr Lebensstil war seinem nicht unähnlich, wie er glaubte. Sie genoss ihr Leben in vollen Zügen. Ein süßer Schmetterling im Wind.

Aber er musste ständig an Dorothe denken. Wie es ihr ging, ob sie Schmerzen hatte, die Art, wie sie ihn angesehen hatte, als er sie nachts in den Ruheraum gezogen hatte, und ihr trunkener Blick nach dem Sex. Er konnte sogar ihr Lachen hören. Ein wohliges Gefühl breitete sich in ihm aus.

Und so hatte er Barbara eine Abfuhr erteilt. Sie war darüber alles andere als erfreut gewesen. ›Mistkerl‹ war noch das freundlichste Wort, das sie verwendet hatte, als sie wütend davonmarschiert war. Dabei hatte er sich wirklich Mühe gegeben, nett zu sein. Anfangs hatte sie seine Zurückhaltung nicht für voll nehmen wollen, aber vor seiner Zimmertür war dann Schluss gewesen. Der eine Kuss, das war's.

Als er mitten in der Nacht auf seinen Balkon getreten war, um frische Luft zu schnappen, und auf den verlassenen Nachbarbalkon geblickt hatte, wusste er, dass es die richtige Entscheidung gewesen war. Und er war froh darüber.

Ja, er konnte sich im Moment überhaupt nicht vorstellen, mit jemand anderem als Doro zusammen zu sein. Er wollte mehr Zeit mit Doro verbringen. Aber wollte sie das auch? Die Aktiv-Woche war so gut wie vorüber. Und dann? Wo wohnte Doro eigentlich? Könnte es überhaupt funktionieren, dass sie sich weiterhin trafen?

Seine Gedanken überraschten ihn, und er schob sie schnell beiseite. Er schüttelte über sich selbst den Kopf. Was war nur los mit ihm? War er mit seinen über vierzig Jahren endlich dabei, erwachsen zu werden?

Kies knirschte unter den Reifen eines auf den Parkplatz fahrenden Autos. Es hielt vor der Eingangstür des Nebengebäudes, in dem er wohnte. Felix sah Julian aus der Fahrertür herausspringen. Er lief zur Beifahrertür und nahm Krücken entgegen. Felix sah genauer hin. Ärger machte sich in ihm breit. Hatte etwa der Kerl da Doro vom Krankenhaus abgeholt?

Julians Arm wanderte in den Innenraum des Fahrzeugs, und gleich darauf erschien Doro, die sich von ihm heraushelfen ließ. Beim Anblick ihrer Strubbelfrisur überkam Felix ein seltsames, freudiges Gefühl. Das aber kurz darauf verschwand, als er mit ansehen musste, wie sie sich Julian regelrecht an Hals warf. Wie der sie anfasste! Und sie ließ es zu! Endlich stand sie, nahm eine der Krücken, schüttelte abwehrend den Kopf, um sich gleich darauf an Julian zu schmiegen und ... Er sah wohl nicht recht – ihm einen dicken Kuss aufzudrücken.

Felix presste die Lippen aufeinander. So war das also! Erst er und jetzt Julian! Ein regelrechter Orkan tobte in ihm.

Doro hatte Felix schon beim Vorbeifahren entdeckt, und ihr Herzschlag hatte für einen Moment ausgesetzt. Dann waren ihr die Erzählungen ihrer Mutter schlagartig ins Bewusstsein gedrungen. Er hatte die letzte Nacht mit Babsi genossen. Gevögelt wäre bestimmt richtiger, dachte sie boshaft in einem Anflug von verletzten Gefühlen. Aber was er konnte, konnte sie auch. Mit voller Absicht hatte sie sich deshalb zuerst gut sichtbar platziert und dann dem etwas überrumpelten, aber durchaus erfreuten Julian einen Kuss gegeben. Damit hatte er nicht gerechnet. Keiner der beiden Männer.

Der Kuss war feucht und fiel länger aus, als Doro geplant hatte. Aber Julian schien seine Chance nutzen zu wollen und legte sich ins Zeug. Seine Lippen waren warm und von einer unerwarteten Fülle. Seine Zunge drang, ohne zu zögern, vor. Der Kuss war nicht schlecht, für ihren Geschmack allerdings ein bisschen zu nass. Leider löste er nicht das geringste Kribbeln in ihr aus.

Als sie endlich voneinander abließen, lag in Julians Blick ein äußerst befriedigter Ausdruck. Ganz im Gegensatz zu Felix. Der stand wie versteinert beim Golfplatz und trug einen säuerlichen Gesichtsausdruck zur Schau. Zufrieden mit dem Ergebnis ihrer Aktion humpelte Doro ins Hotel.

Zum Glück musste Julian gleich weiter, weil ihr Kurs in Kürze begann. Doro war das nur recht, denn sein Verhalten zeigte deutlich, dass er den Kuss gerne vertiefen wollte, im Gegensatz zu Doro. So kam er wenigstens nicht auf falsche Gedanken.

Gundula begrüßte sie mit einem verschwörerischen Augenzwinkern.

»Na, war das eine gute Idee?«, fragte sie und band sich die Turnschuhe zu. Dass Julian sie abgeholt hatte, war also doch mit gewissen Hintergedanken ihrer Mutter verbunden. Da sie aber zum Kurs musste, war keine Zeit zum Reden, und Doro blieb eine Antwort erspart.

Endlich allein überlegte sie, wie weit sie gehen würde, um Felix eins auszuwischen. Würde sie mit Julian schlafen? Bestimmt nicht! Sie schlug die Hände vors Gesicht. Dass sie überhaupt darüber nachdachte! Sie sollte einen großen Haken setzen und den letzten Abend einfach genießen. Sich mit gutem Essen den Bauch vollschlagen, sich mit Hanne und ihrer Mutter nett unterhalten. Morgen schon würden sich ihre Wege trennen. Ein beklemmendes Gefühl überkam sie. Wie schnell die Woche doch vergangen war. Sie würde nicht nur ihre Mutter, sondern auch Hanne vermissen. Die war schon eine Marke. Mit ihren schrägen Ansichten und ihrem unbedarften Wesen hatte sie die befürchteten und sonst häufigen Spannungen zwischen Mutter und Tochter unterbunden.

»Willst du wirklich nicht die zweite Krücke mitnehmen?«, fragte Gundula zum bestimmt fünften Mal.

»Nein!« Doro war genervt. Es war ihr schon zu viel, überhaupt so ein Ding benutzen zu müssen. »Mein Fuß ist nicht gebrochen, nur verstaucht. Eigentlich geht es ihm ganz gut.« Zum Beweis schmiss sie die Krücke, die sie in der Hand hatte, aufs Bett und wollte ohne laufen. Schmerz durchfuhr sie messerscharf von der Fußsohle aufwärts. Doro verzog das Gesicht.

»Das sieht man«, legte ihre Mutter noch obendrauf.

»Schon gut! Ich nehme die eine ja. Aber das reicht. Humpeln geht einwandfrei.« Damit angelte sie nach der Krücke und machte sich auf zum Speisesaal.

Wie immer war er gut gefüllt, und Doro knurrte der Magen. Sie würde heute Abend nochmal schlemmen. Das hatte sie sich verdient.

»Schön, dass du wieder da bist«, sagte Hanne erfreut, kaum dass Doro an den Tisch kam. »War gestern ganz ungewohnt ohne dich.«

Doro lächelte. Warum konnte Hanne nicht ihre Tante sein und nur ein paar Häuser entfernt von ihr wohnen? Mit ihr käme sie wesentlich besser aus als mit Simone. Hanne war herzlich, unkonventionell und lustig. Selbst Gundula hatte sie in ihr Herz geschlossen, da war Doro sich ziemlich sicher. Auch wenn sie keine Gelegenheit ausließ, um Hannes Aussagen mit einem Kopfschütteln zu quittieren.

Felix war nicht da. Aber Doro wunderte das nicht besonders. Sicherlich genoss er lieber die letzten Stunden mit Babsi.

»Sind wir an unserem letzten Abend etwa ganz ohne Männergesellschaft?«, stellte Gundula auch gerade fest.

Unschlüssig betrat Felix den Speisesaal. Sollte er an seinem inzwischen angestammten Platz bei Hanne und den Daubner-Frauen abendessen oder sich lieber einen anderen Tisch suchen?

Der Kuss zwischen Doro und Julian sprach für sich, und er würde sich Doro garantiert nicht aufdrängen. Eigentlich könnte er doch ganz froh sein, dass Doro die gemeinsam verbrachte Nacht so locker nahm. War er aber nicht.

Er blickte sich um und sah nur bereits besetzte Plätze. Wie er selbst aßen fast alle immer am gleichen Tisch. Somit würde es schwierig werden, einen anderen freien Platz zu ergattern, zumal er den letzten Abend nicht mit Fremden verbringen wollte. Der einzige freie Stuhl, den er sah, war an Barbaras Tisch.

Felix zog die Stirn kraus. Nach dem Debakel von letzter Nacht war ihm nicht danach, und er konnte sich nicht vorstellen, dass Barbara ihn überhaupt Platz nehmen lassen würde. So sauer wie sie auf ihn gewesen war.

Dass er wegen ungebührlichen Verhaltens beschimpft wurde, war ihm schon einmal passiert. Aber nicht, weil er sich anständig benommen hatte. Da versteh einer die Frauen, dachte er.

Dann sah er Hanne winken. Damit war die Sache beschlossen. Langsam ging er zu ihrem Tisch.

»Felix. Wie schön. Ich dachte schon, du lässt uns an unserem letzten Abend allein.«

Gutgelaunt legte Hanne einen Arm um ihn und drückte ihn kurz an sich, sobald er sich gesetzt hatte.

»Knuddelzwang«, teilte Gundula Felix mit, schmunzelte aber. Felix lächelte.

Doro sah ihn nur schweigend an. Sie schien nicht gerade erfreut über seine Anwesenheit.

»Heute gibt's übrigens ein Menü. Ihr könnt zwischen drei verschiedenen wählen«, informierte sie Hanne und schob ihnen je eine Karte zum Ankreuzen hin. »Das passt doch perfekt«, fügte sie an Doro gewandt hinzu. »So musst du nicht mal aufstehen und zum Buffet humpeln.«

»Gut«, kam die bemüht fröhliche Antwort von Doro. Sie zog die Karte zu sich heran und studierte sie.

Felix griff in seine Hemdtasche und holte seine Lesebrille hervor. Was für ein Zufall, dass er sie überhaupt dabeihatte. Sie war noch relativ neu, und er mochte sie nicht. Meistens lag sie nur irgendwo herum. Alterssehschwäche! In seinem Alter. Er hätte gedacht, sowas begänne erst in ein paar Jahren. Aber wie so oft in den letzten Monaten wurde er eines Besseren belehrt. Leicht widerwillig setzte er sie auf.

Ah! Jetzt erkannte er die Menü-Vorschläge klar und deutlich.

»Nanu, Felix. Sie haben ja eine Brille!«, stellte Hanne aufgeregt fest.

»Lesebrille«, berichtigte er brummend. War er hier der Einzige, der sowas brauchte?

»Das ist ja supi!«, rief Hanne. »Darf ich mir die mal ausborgen? Meine ist in meinem Zimmer, und ich hatte schon gedacht, ich müsste mir ein Überraschungsmenü bestellen.«

»Also, ich brauch sowas zum Glück nicht. Der Kelch ist bisher an mir vorübergegangen. Aber ich hätte dir schon gesagt, was es gibt«, meinte Gundula, die Nase weiterhin in die Karte gesteckt.

Felix sah auf und direkt in Doros blasses Gesicht. Seine Augenbrauen zuckten nach oben. Sie war plötzlich ziemlich weiß geworden. Ging es ihr nicht gut?

Doro fühlte, wie ihr das Blut aus dem Gesicht wich. Eine Brille! Felix war Brillenträger? Das erklärte ja alles!

Warum hatte er das Ding nicht gleich zu Anfang aufgesetzt? Sie wusste doch, dass das Tragen einer Brille ein schlechtes Omen für sie war. Hätte sie das gewusst, hätte sie sich sicherlich niemals erneut in ihn verliebt.

Doro schluckte hart und musterte ihn. Ihre Blicke trafen sich. Schnell schaute sie wieder in ihre Karte, schielte aber heimlich wieder zu ihm hinüber.

So schlecht stand ihm das Ding gar nicht, musste sie überrascht zugeben. Seine markanten Gesichtszüge wurden dadurch etwas weicher. Der Dreitagebart und die grauen Schläfen dazu verliehen ihm eine kluge und vertrauenserweckende Erscheinung.

Aber das änderte nichts daran, dass Doro seit jüngerer Zeit nun einmal ›brillengeschädigt‹ war. Und dass Felix sich mit Babsi amüsierte, kaum dass sie außer Sichtweite war, gab ihr ja auch recht! Ein Grund mehr für Doros Frustessenvorhaben.

Sie bestellten gemeinsam eine Flasche Rotwein und reichten dem Kellner ihre Menü-Karten. Doro hatte Menü zwei gewählt. Zur Vorspeise gab es Leberknödelsuppe, als Hauptgang knusprige Gansbrust mit Rotkohl und Knödeln und als Nachspeise einen gemischten Dessertteller. Lecker! Ob da auch Erdbeerkuchen mit dabei war?

Nachdem sich Doros Schock über Felix' Brille gelegt und er sie glücklicherweise auch wieder verstaut hatte, entspannte sie sich etwas. Trotzdem ertappte sie sich dabei, wie sie immer wieder argwöhnisch auf seine Hemdtasche schaute. Sie wusste ja selbst, dass sie, was dieses Thema betraf, völlig irrational reagierte.

»Wann bist du denn aus dem Krankenhaus entlassen worden?«, fragte Felix ganz nebenbei und brachte sie aus ihrer übersteigerten Phantasie zurück in die Gegenwart.

»Wie bitte?« Doro riss sich zusammen und zwang sich, ihm in die Augen zu sehen.

»Julian hat sie am frühen Nachmittag abgeholt«, setzte ihn Gundula in Kenntnis.

Als ob Felix das nicht ganz genau wusste! Doro schenkte ihm ein zuckersüßes Lächeln und dachte an den feuchten Kuss mit Julian. Dabei wirkten Felix' Lippen, die gerade einen Strich bildeten, viel anziehender auf sie. Sie fragte sich, warum er nicht bei Babsi am Tisch saß.

»Wo steckt Julian eigentlich?«, fragte Hanne.

»Soweit ich weiß, in einem anderen Hotel. Der hat doch wer weiß wo noch einen Kurs. Ich könnte das ja nicht. Von morgens bis abends einen auf Gesundheit machen. Und dazu noch dreimal am Tag hintereinander dasselbe predigen.«

»Du genießt lieber. Ich weiß.« Doro zwinkerte ihrer Mutter zu. Die erhob das Glas.

»Ganz genau. Prost!« Sie stießen miteinander an.

Die Unterhaltung plätscherte dahin. Mit Felix sprach Doro kaum. Sie fühlte sich verletzt und hatte auch ein wenig Angst, ihre brüchige Stimme könnte ihre Gefühle verraten. Und sie wollte bestimmt kein Mitleid. Aber auch er blieb ungewöhnlich einsilbig.

»Tja, ich müsste dann mal zur Toilette. Ihr entschuldigt mich?«, meinte Gundula schließlich, legte ihre benutzte Serviette auf den Dessertteller und wollte aufstehen.

»Oh nein. Diesmal kommst du mir nicht so davon.« Doro griff nach dem Arm ihrer Mutter und hielt sie zurück.

»Was meinst du?«

»Dass du wieder spurlos verschwindest. Sag mal, was hast du denn jetzt immer abends getrieben?« Doro konnte nicht umhin, bei der Fragestellung Felix einen kurzen Blick zuzuwerfen, konzentrierte sich aber sofort wieder auf ihre Mutter.

»Ich war gestern mit Hanne unterwegs. Das hab ich dir doch erzählt.«

»Du weißt genau, was ich meine. Was ist mit den beiden Abenden davor? Jetzt sag schon.«

Langsam setzte Gundula sich wieder und holte tief Luft. »Na gut.«

Gespannt sahen Doro und Hanne Gundula an.

»Hast du versucht, die Klage gegen dich abzuwenden?«, erkundigte sich Hanne.

»Klage, welche Klage?«

»Na, die von dem Dingsbums. Dem … Ach, du weißt schon.«

»Norbert und Margot«, warf Doro ein.

»Danke.«

»Was du nur immer damit hast.« Gundula schüttelte vehement den Kopf.

»Aber es hat schon mit den beiden zu tun, oder? Sei ehrlich«, forderte Doro ihre Mutter heraus.

»Wie kommst du nur darauf?« Gundula rollte den Stiel ihres Weinglases zwischen Daumen und Zeigefinger hin und her.

»Ich hab dich mit Norbert reden hören.«

»Was? Wann? Wo?« Plötzlich besaß Doro ihre ganze Aufmerksamkeit.

»Vor ein paar Tagen. Draußen, auf der Terrasse. Im Dunkeln.«

»Im Dunkeln? Heimlich? Also doch. Du willst ihn überzeugen nicht weiter gerichtlich gegen dich vorzugehen.«

»Sag mal, Hanne, was verstehst du nicht? Ich werde nicht verklagt. Du schädigst meinen guten Ruf, wenn du immer wieder sowas erzählst.«

»Ich erzähle das doch nicht weiter. Was denkst du von mir!« Hanne wirkte empört.

»Hm.« Gundula zuckte mit den Schultern.

»Und warum behauptet diese Margot das dann? Hä?«, fragte Hanne bockig und verschränkte die Arme vor der Brust.

Gundula warf einen Blick auf ihre Armbanduhr und rutschte etwas auf ihrem Stuhl herum.

»Hast du einen Termin?«

»Ich muss zur Toilette. Hab ich doch gesagt.«

Doro kniff die Augen zusammen. »Glaub ich nicht.«

»Schon gut!«, fauchte Gundula.

»Also, wenn Hanne mit ihrer Vermutung falschliegt …« Doro beendete den Satz absichtlich nicht.

»Ja, wir kennen uns«, gab ihre Mutter zu.

»Das wissen wir bereits.«

»Vielleicht auch etwas besser …«, murmelte Gundula.

»Du meinst … Aber der hat doch schon eine Frau«, stellte Hanne unnötigerweise fest. »Und warum das Theater? Hast du seine Kronjuwelen geklaut?«

»Ach!« Gundula machte eine wegwerfende Handbewegung, dann huschte ein Lächeln über ihr Gesicht. »Er hat im Übrigen ganz außerordentliche Kronjuwelen, muss ich sagen.«

Das war mehr an Information, als Doro wissen wollte. Sie bemühte sich das unschöne Bild, das sich ihr soeben aufdrängte, zu ignorieren.

»Echt? Sind die irgendwo ausgestellt?«, fragte währenddessen Hanne ganz aufgeregt in ihrer treuherzigen Art.

»Einen schönen guten Abend.« Julian war unbemerkt neben Doro erschienen und rettete sie damit vor weiteren pikanten Informationen ihrer Mutter. Wie selbstverständlich legte er seine Hand vertraut auf ihre Schulter. Doro wusste nicht recht, wie sie reagieren sollte. Felix hingegen stand auf und entschuldigte sich. Einen Augenblick lang sah sie ihm wehmütig hinterher.

In der Lobby hielten sich nur wenige Leute auf. Nachdem Gundula es geschafft hatte, sich doch zu verdrücken, begleiteten Julian und Hanne Doro, weil es dort die schönen Sitzecken gab, mit deutlich mehr Platz als an der Hotelbar. Das Ambiente war angenehm, und man bekam einiges zu sehen, denn es herrschte reger Betrieb. Doro beobachtete gerne Menschen. Sie saß auf einem der Sofas und streckte ihr Bein aus. Immerhin humpelte sie nun schon recht gut. Sie hoffte, dass es morgen noch besser sein würde und sie vielleicht sogar selbst nach Hause fahren konnte. Der Fahrstil ihrer Mutter war, so wie sie selbst, rasant und aufbrausend. Das fand jedenfalls Doro und konnte gut darauf verzichten, von ihr chauffiert zu werden. Aber wenn sie ehrlich zu sich war, glaubte sie nicht daran, morgen schon wieder Auto fahren zu können. Vielleicht sollte sie, um die Fahrweise ihrer Mutter besser zu ertragen, Gundulas tragbare Bar zu sich in den Fußraum stellen, überlegte sie plötzlich belustigt.

»Bin ich froh, dass ich dich gleich gefunden habe. Ich habe mich extra bemüht so bald als möglich wieder da zu sein, damit wir die wenige Zeit miteinander noch auskosten können.«

Doro runzelte die Stirn. Während Hanne unterwegs war, um aus der Bar Getränke zu holen, redete Julian auf sie ein. Er gab sich wirklich Mühe, ging ihr aber trotzdem auf die Nerven. Das, was er sich diesen Abend erhoffte, konnte sie ihm nicht geben. Ihr war klar, dass es unüberlegt und nicht fair von ihr war, ihm am Mittag einen aufreizenden Kuss zu schenken, um ihm nun mitzuteilen, dass sie es sich anders überlegt hatte. Sie biss sich auf die Lippe. Wie brachte sie ihm das nur am besten bei? Sie hatte in sowas keinerlei Übung.

»Julian.« Sie holte tief Luft und blickte in seine verheißungsvollen Augen. »Es tut mir leid. Mir geht's nicht so gut. Und eigentlich würde ich einfach gern hier sitzen und mit Hanne noch etwas trinken.«

War es ihr gelungen, ihm eine höfliche, aber doch bestimmte Abfuhr zu erteilen? Abwartend sah sie ihn an. Seine Miene verdüsterte sich. Dann klopfte er sich auf die Oberschenkel und erhob sich.

»Frauen!«, meinte er kopfschüttelnd. »Aber gut. Wenn du deine Zeit lieber mit einer alten Frau verbringen möchtest. Deine Entscheidung. Verstehen kann ich es nicht.«

Damit drehte er sich um und marschierte davon. Mit Gewissensbissen, aber dennoch erleichtert lehnte Doro sich zurück.

Eine Familie betrat das Hotel. Der Vater trug die kleine Tochter auf dem Arm. Ihre Augen waren halb geschlossen. Einige Schritte dahinter schlenderte ein älteres Ehepaar herein und hielt Händchen. Wie niedlich.

Doros Herz wurde schwer. Wenn alles wie geplant verlaufen wäre, wäre sie jetzt eine frisch verheiratete glückliche Frau mit Aussicht auf Kinder. Sie dachte an Matthias. Nein, den wollte sie nicht mal mehr geschenkt! Unterm Strich war es bestimmt besser so, wie es gekommen war. Inzwischen war sie sich nicht mehr so sicher, dass die Ehe gehalten hätte. Was hatte sie überhaupt an ihm gefunden? Im Vergleich zu Felix war Matthias ein Langweiler. Obwohl sie Felix noch nicht so gut kannte, schätzte sie ihn deutlich spontaner und lebenslustiger ein. Dafür sprach zumindest die nächtliche Aktion im Ruheraum. Doro überkam ein wohliges Kribbeln bei dem Gedanken daran. Sie hätte gern mehr davon gehabt. Nicht nur vom Sex, der ohne Zweifel toll und aufregend gewesen war, auch sonst hatte Felix etwas an sich, das sie inspirierte. Er brachte sie zum Lachen, und die kleinen gegenseitigen Sticheleien hatten ihr gefallen. Er könnte das Salz in ihrer Suppe sein. Doch realistisch betrachtet war er mehr das Salz in ihrer Wunde. Sie seufzte.

»Hier.« Hanne hatte drei Long Island Iced Tea organisiert. »Gesund und schmackhaft.« Sie nickte. »Wo ist denn Julian abgeblieben?«

»Der ist gegangen.«

»Echt?« Hanne sah sich kurz um, zuckte mit den Schultern und setzte sich. »Tja, dann müssen wir uns den dritten Eistee halt teilen.« Sie zwinkerte und nahm gleich einen Schluck. »Zum Glück ist das nicht mir passiert«, meinte sie dann und deutete auf Doros einbandagierten Fuß. »Stell dir vor! Meine frisch entdeckten Modelfüße!« Sie verdrehte seltsam die Augen. »Nicht auszudenken!«

»Oh ja. Das wäre wirklich eine Katastrophe«, stimmte Doro zu.

»Allerdings.« Hanne nickte inbrünstig. »Hab ich dir übrigens erzählt, dass ich gestern mit deiner Mutter noch shoppen war? Ich hab tolle Sandalen gefunden! So hatte der Ausflug ins Krankenhaus beziehungsweise in die Stadt doch noch etwas Positives.« Hanne strahlte.

Doro nahm ihren Iced Tea. Eigentlich war dieser Cocktail nicht so ihr Geschmack, aber wenn Hanne sich schon die Mühe gemacht hatte, wollte sie ihn auch trinken.

»Ich zeig sie dir später mal. Die sind wirklich schick und bringen meine kleinen Models hier richtig gut zur Geltung«, schwärmte sie weiter. »Und die Verkäuferin war auch so nett! Sie hat mich gefragt, ob meine Füße wohl schon Frühlingsgefühle haben.« Hanne kicherte und steckte Doro damit an.

»Frühlingsgefühle?« Doro überlegte. Waren die der Grund für ihre Reaktion auf Felix? Es war erwiesen, dass Frühlingsgefühle eine hormonell bedingte Umstellung des Körpers vom Winter auf den Sommer waren. Das könnte bedeuten, dass ihr Liebeskummer nicht von langer Dauer sein würde. Sie dachte an Babsi und daran, dass Felix wahrscheinlich gerade in dieser Minute mit ihr schäkerte.

»Wobei ... Wenn ich es recht bedenke, hat sie ja schon recht. Das Wetter ist wirklich traumhaft. Ich fühle mich wirklich ein bisschen wie im zweiten Frühling.« Hanne setzte sich gutgelaunt aufrecht hin. »Meinst du, deine Mutter hat auch Frühlingsgefühle?«, fragte sie dann verschwörerisch.

»Meine Mutter? Oh ja. Das könnte eine Erklärung für ihr ständiges Verschwinden sein. Ich glaube, da läuft was zwischen ihr und Norbert.«

»Meinst du? Ich finde das ja nicht gut. Man fängt nichts mit einem verheirateten Mann an.«

»Sei nicht so hart mit ihr.«

Vehement hob Hanne die Hand. »Ich mein doch wegen Gundula! Eine Affäre mit einem verheirateten Mann geht selten gut aus. Die verlassen ihre Frau doch so gut wie nie. Und selber steht man da, mit gebrochenem Herzen.«

Doro war überrascht. Eine solche Einstellung hatte sie Hanne nicht zugetraut. »Hört sich an, als hättest du bereits Erfahrungen gesammelt.«

»Ach ...« Sie wollte offenbar nicht näher darauf eingehen. »Ich habe heute übrigens niemanden gesehen, der vom Dach gefallen ist«, wechselte sie das Thema. »Ist Gundula etwas aufgefallen?«

»Stimmt. Mir ist nichts bekannt. Schon fast ungewöhnlich, oder? Man hat sich schon an das Spektakel gewöhnt.« Doro lachte. Sie wusste noch immer nicht, was sie von der ganzen Geschichte halten sollte. »Was war gestern?«

»Da waren wir gegen sechs noch nicht auf dem Zimmer.«

»Alles in Ordnung bei den Damen?« Ein Mann in den Siebzigern stand plötzlich vor ihnen und stützte die Hände auf der Sofalehne gegenüber von Doro ab. Er trug einen Trachtenjanker, und Doro tippte auf einen Einheimischen. Sein Gesicht war rund und freundlich. »Ich bin der Seniorchef«, fügte er hinzu und lächelte.

»Vom Hotel?«, fragte Hanne. Manchmal war sie wirklich etwas schwer von Begriff.

»Ganz recht.«

»Dann kennen Sie sich doch hier gut aus?«

»Das will ich meinen.« Er lachte.

»Sagen Sie mal, haben Sie irgendwas davon mitbekommen, dass eine junge Frau verunglückt ist?«, fragte Hanne ganz aufgekratzt.

Doro war sich nicht sicher, ob es eine gute Idee war, den Mann auf das seltsame Vorkommnis anzusprechen. Aber Hanne schien da keinerlei Bedenken zu haben.

»Verunglückt? Wann und wo?« Er kratzte sich nachdenklich hinter dem Ohr.

»Sie ist vom Dach gefallen, um genau zu sein.«

»Vom Dach?« Er wirkte erschrocken. »Davon habe nichts gehört. Wann ist das denn passiert?«

»Am Montag«, sagte Hanne. »Und am Dienstag und Mittwoch.«

23.

Er sah sie mit großen Augen an, dann begann er schallend zu lachen.

»Das ist kein Witz!«, stellte Hanne klar.

Doro war kurz abgelenkt. War das nicht Margot, die da mit Schwung und Stechschritt ihren teuren Trolley Richtung Ausgang hinter sich herzog? Doro kniff die Augen zusammen.

»Und wo soll das passiert sein? Warten Sie. Beim Nebengebäude, unten beim Golfplatz«, mutmaßte der Seniorchef.

»Sie haben also doch davon gehört! Siehst du, Doro, deine Mutter und ich haben uns das nicht eingebildet.«

»Nun ja. Eingebildet ist vielleicht nicht ganz der richtige Ausdruck«, sagte der Mann.

»Wie meinen Sie das?«, erkundigte sich Doro, nun doch äußerst am Gespräch interessiert.

Er schnalzte mit der Zunge und legte seine Arme etwas bequemer über die Sofalehne. »Es gibt da eine alte Geschichte von einem Mädchen, das sich aus Gram über die Empfängnis eines unehelichen Kindes in den Tod gestürzt hat. Das soll vor gut hundert Jahren geschehen sein, als das noch eine echte Schande war. Sie war Zimmermädchen und hat die Schmach nicht ertragen. Aus

Verzweiflung hat sie sich beim Bettenüberziehen vom Dach gestürzt.«

»Kann ich verstehen. Betten überziehen hasse ich auch.« Doro kicherte.

»Es geht doch nicht ums Bettenüberziehen«, entrüstete sich Hanne. Sie nahm die Geschichte offenbar ziemlich ernst.

Der Seniorchef lachte auch. Hanne strafte ihn mit einem verständnislosen Blick. Doro riss sich zusammen.

»Aber wenn das so viele Jahre her ist …«

»Manche Leute sagen, sie würde seither immer wieder auftauchen und sich wiederholt vom Dach stürzen.«

»Ein Spukgespenst also?«

»Ich habe das Mädchen noch nie gesehen und glaube auch nicht an solcherlei Geistergeschichten. Aber manche machen sich einen Spaß daraus, die Geschichte am Leben zu erhalten.«

»Das ist kein Spaß. Ich habe sie gesehen!«, beteuerte Hanne.

»Tja.« Der Mann zuckte mit den Schultern. »Ich betrachte das mehr von der pragmatischen Seite. Manche halten sich einen Hund, wir haben eben ein angebliches ›weißes Fräulein‹.« Er lachte.

»Na, wenn das so ist, geh ich jetzt mal besser und versuche das arme Mädchen aufzutreiben«, sagte Hanne frohgemut.

»Ich glaube, Sie haben nicht richtig verstanden. Es handelt sich lediglich um eine Legende, eine alte Geschichte, die erzählt wird. Ein Märchen sozusagen.«

»Schon kapiert. Aber Sie haben nicht verstanden, dass ich die Frau gesehen habe. Und meine Freundin übrigens auch.« Plötzlich wurde sie blass um die Nasenspitze. »Heute allerdings noch nicht. Ihr wird doch nichts passiert sein?«, meinte sie grübelnd, dann kam wieder Leben in sie. »Also, wenn Sie mich bitte entschuldigen. Ich befinde mich auf einer Mission. Dem Mädchen muss doch geholfen werden. Das ist doch kein Zustand, sich immer wieder in den Tod zu stürzen. Das arme Ding! Ich werde ihr raten, endlich loszulassen und ihren Frieden zu schließen.«

Hanne stand auf und stolzierte davon.

»Dann mal viel Glück«, rief der Seniorchef ihr nach.

Doro sah ihr belustigt hinterher. Das war Hanne! Sie würde sie echt vermissen.

Felix wusste nicht so recht, wohin mit sich. So hatte er sich den letzten Abend hier nicht vorgestellt. Einsam und allein. Aber mit wem hätte er ihn verbringen sollen? Doro war mit ziemlicher Sicherheit mit Julian zusammen, und Babsi samt Freundinnen war auch keine Option. Blieben vielleicht noch Hanne und Gundula? Er beschloss, sich nach den beiden Frauen umzuschauen. Lustig waren die zwei allemal.

Er betrat den Aufzug und traf überraschenderweise auf Barbara, die ihn keines Blickes würdigte. Ihm war das nur recht. Gerade als sich die Türen schließen wollten, sprang Julian noch herein. Verdutzt schaute Felix ihn an.

Er schien schlechtgelaunt. Auch Barbara war der Frust deutlich anzusehen.

»Ärger im Garten Eden?«, fragte Julian an Babsi gewandt, da er offenbar einen Streit zwischen ihr und Felix vermutete. Barbara, die ebenso diese Schlussfolgerung zu ziehen schien, warf Felix einen abschätzigen Blick zu.

»Von wegen Garten Eden!« Sie schnaufte. »Ich könnte mit nichts als einem Feigenblatt bekleidet herumlaufen, und es würde nichts passieren.« Sie war also immer noch sauer, dachte Felix.

Julian konnte sich ein schadenfrohes Lachen nicht verkneifen. Der Aufzug hielt, und die Türen glitten auseinander.

»Möchtest du mit mir was trinken?«, fragte Julian ohne Umschweife Barbara.

Ihr missmutiger Gesichtsausdruck hellte sich auf.

»Warum nicht?« Sie hakte sich bei ihm unter. »Das könnte amüsant werden«, sagte sie und trat mit ihm aus der Kabine.

Felix war ganz froh, dass die Sache so zu Ende ging. Er konnte Julian zwar nicht ausstehen und gönnte ihm garantiert nichts, aber es war ihm deutlich lieber, Barbara als Doro in seiner Gesellschaft zu wissen.

Doro! Wo steckte die überhaupt? Wenn Julian mit Babsi unterwegs war und nicht bei Doro, dann könnte er … eventuell …

Mit leichtem Schwindelgefühl stakste Doro zum Aufzug. Vermutlich war es keine gute Idee gewesen, nach dem Rotwein auch noch Hannes ›gesunden‹ Iced Tea zu trinken. Eigentlich sollte sie wegen der Schmerzmittel gar nichts trinken. Aber das schwummrige Gefühl verlieh ihr auch eine gewisse Lockerheit und Leichtigkeit, und die machten die leider öfters wiederkehrenden Gedanken an Felix erträglicher. Sie war so doof, sich überhaupt auf ihn eingelassen zu haben. Das war nun die Quittung. An die Hoffnung, dass ihre Gefühle nur hormonell durch den Frühlingsanfang bedingt waren und wieder vorbeigehen würden, klammerte sie sich wie an einen Rettungsanker.

Wo wohl ihre Mutter gerade steckte?

»Entschuldigung!«, rief da eine glockenhelle Stimme. »Sind Sie nicht Frau Daubner?«

Doro drehte sich um. Die Dame an der Rezeption wedelte mit einem Brief.

»Ich hätte da etwas für Sie«, fügte sie hinzu.

Doro humpelte zurück. Die Dame schenkte ihr ein freundliches Lächeln und überreichte ihr einen weißen Umschlag. ›Dorothe Daubner‹, stand darauf. Wer schrieb ihr denn einen Brief? Und dazu noch hier im Hotel? Ein schauerlicher Gedanke durchfuhr sie.

Felix hatte sich erinnert, wusste, wer sie war. Dass sie zu Berufsschulzeiten ein Jahr zusammen in der gleichen Klasse gewesen waren. Und er dachte wohl, was einmal funktioniert hatte, funktionierte auch ein weiteres Mal. Warum sich die Mühe langer Erklärungen machen? Einige erniedrigende Zeilen taten es doch auch!

Vielleicht stand diesmal darin, dass es zwar durchaus Spaß gemacht hatte, sie flachzulegen, dass aber noch Verbesserungsbedarf bestand. Und sie viel zu leicht zu täuschen war, wenn sie glaubte, er erinnerte sich nicht. Am Ende dann noch der gutgemeinte Rat, sie solle endlich erwachsen werden.

Ja, das könnte ungefähr hinkommen, dachte sie. Sie musste den Brief gar nicht erst lesen. Fahrig steckte sie den blütenweißen Umschlag in ihre Tasche. Als er sich sträubte, drückte sie ihn einfach hinein. Es war ihr scheißegal, ob er zerknitterte. Sie hatte eh nicht vor, ihn zu öffnen.

Ihr war schlecht. Aufgewühlt humpelte sie durch die Halle. Sie war fast bei dem langen Gang zu ihrem Zimmer angekommen, als sie Felix die Treppe emporlaufen sah. Er hatte es offenbar eilig, denn er nahm bei jedem Schritt zwei Stufen auf einmal. Doro versuchte unbemerkt um die Ecke zu schlüpfen. Das Letzte, was sie jetzt ertragen würde, wäre sein Grinsen.

Gundula war die ganze Nacht nicht aufgetaucht, und somit blieb Doro allein in ihrem Zimmer. Wie gebannt starrte sie lange Zeit auf die Wand, die sie vom Nachbarzimmer trennte. Dahinter befand sich Felix. Bestimmt tief schlafend. Mit sich und der Welt zufrieden. Dann kam ihr der Gedanke, dass er auch schon abgereist sein könnte. Das würde jedenfalls zu ihren Erfahrungen mit ihm passen. Einfach verschwinden und einen Brief hinterlassen … Doro fühlte sich wie erschlagen. Wenn ihre Überlegung stimmte, musste sie ihn zumindest morgen und auch sonst nie wieder sehen.

Endlos starrte sie Löcher in die Dunkelheit. Zwischendrin warf sie einen kurzen Blick auf die Uhr. Wo war ihre Mutter? Musste sie sich Sorgen machen? Sollte sie an der Rezeption nachfragen? Oder Hanne? Aber damit würde sie sich nur lächerlich machen, entschied sie schließlich. Gundula war eine erwachsene Frau, die selbstsicher und zielstrebig durchs Leben marschierte. Soweit Doro wusste, hatte sie das Hotel nicht verlassen. Es konnte also unmöglich etwas Schlimmes passiert sein, ohne dass man sie informieren würde. Anderseits – gab es nicht Vorfälle, bei denen Menschen in der Sauna einschliefen und durch die Hitze starben? Allmählich schnappte sie wirklich über. Solche Szenen waren doch an den Haaren herbeigezogen. Sie hatte zu viele Krimis gelesen.

Wieder wanderte ihr Blick zur Wand hinüber. Sich über den Mann auf der anderen Seite Gedanken zu machen, half ihr auch nicht weiter. Irgendwann fiel sie in einen tiefen, traumlosen Schlaf.

Sie wachte auf, als ihre Mutter im Dunkeln auf Zehenspitzen zu ihrem Bett schlich.

»Auch schon da?«, fragte Doro.

Gundula zuckte derart zusammen, dass Doro schon befürchtete, sie würde an die Decke hüpfen. Erschrocken griff sie sich ans Dekolleté.

»Musst du mich so erschrecken?«, fragte sie schroff.

»Musst du dich so reinschleichen?«

»Ich schleiche nicht! Ich nehme nur Rücksicht!«

»So so. Und wo kommst du jetzt her? Wie spät ist es überhaupt?«

»Willst du mich verhören? Ich glaube, du verwechselst da was. Ich bin die Mutter. Du die Tochter.« Gundula ließ sich aufs Bett plumpsen.

»Aus dem Alter sind wir doch schon lange heraus«, stellte Doro fest.

»Stimmt. Dann gute Nacht.«

Doro griff nach ihrem Handy. »Ich würde mal sagen, guten Morgen. Es ist gleich sieben. Und wenn du glaubst, mir nichts erklären zu müssen, liegst du dermaßen falsch ...« Inzwischen hellwach setzte sich Doro im Bett auf und lehnte sich entspannt gegen die Wand.

Gundula grummelte. »Ich war bei Norbi.«

»Norbi?«, wiederholte Doro ungläubig. Sie merkte, wie sie lachen musste. Norbi!

»Norbert. Stell dich nicht dümmer, als du bist.« Fahrig zupfte Gundula an ihrer Bluse herum, die sie noch vom Vorabend trug.

»Und was hat seine Frau dazu gesagt?« Doro wirkte nicht besonders überrascht. Sie hatte sich so etwas in der Richtung schon gedacht.

»Die ist gestern Abend abgereist.« Gundulas Augen glänzten selbst im Dämmerlicht.

»Nein!«

»Doch.« Zur Bekräftigung ihrer Worte nickte sie impulsiv. »Um ehrlich zu sein, Norbi und ich, wir waren vor einiger Zeit ...« Sie suchte nach den richtigen Worten. Aber es gab nichts schönzureden. »... liiert.«

»Damit habe ich jetzt nicht gerechnet.« Die Ironie in Doros Stimme entging Gundula nicht.

»Ist ja gut. Wir hatten eine Affäre. Es war nicht richtig. Er ist verheiratet, und ich wusste das. Ich bin eben einfach schwach geworden. Wir haben uns auf Mallorca kennengelernt. Aber das weißt du ja schon. Zur Tarnung hat Norbi seiner Frau erzählt, dass es bei der Renovierung einer Villa einige Schwierigkeiten und Probleme gäbe. Das war eine glänzende Idee. So war ein Treffen mit mir nicht sonderbar oder verdächtig.«

»Und lass mich raten: Es hat ewig gedauert, bis die Arbeiten abgeschlossen werden konnten.«

»Könnte man so sagen.« Gundula grinste, dann wurde sie wieder ernst. »Aber irgendwann hab ich die Sache beendet. Es führte zu nichts, und ich merkte, wenn das noch weiter so gegangen wäre, würde ich gar nicht mehr von ihm loskommen.«

»Du hast dich verliebt!« Es war eine Feststellung. Doro war verblüfft. Ihre Mutter hatte sich noch nie festgelegt. Die Männer in ihrem Leben kamen und gingen, früher oder später.

»Ja. Mir ist es tatsächlich passiert. Hätte ich nicht gedacht, dass es mich auch einmal richtig erwischen könnte«, sinnierte Gundula. »Jedenfalls habe ich es beendet, bevor es zu spät war.«

»Und seine Frau Margot?«

»Die dachte doch andauernd, dass die Villa nur Scherereien machte. Dann fehlten Zahlungen für die Unmengen an geleisteten Arbeiten, die natürlich gar nicht stattgefunden hatten. Darum gab es keine Rechnungen, und ich hab auch verständlicherweise nichts bezahlt.«

»Daher wehte also der Wind bei ihrem Aufstand in der Bar.«

»Hm. Ich war völlig von den Socken, als die beiden plötzlich hier auftauchten. Und wehren konnte ich mich gegen die Anschuldigungen ja schlecht«, gab Gundula mit einem trockenen Lachen zu.

»Stimmt, dann wäre alles herausgekommen.«

»Ich wollte seine Ehe nicht gefährden. Dafür liegt mir zu viel an Norbi.«

»Und wie passt das nun damit zusammen, dass du die Nacht mit ihm verbracht hast?«

Ihre Mutter strich sich versonnen über den Arm. »Er hat es ihr gestern nach dem Essen gebeichtet. Stell dir das vor! Einfach so. Unser überraschendes Wiedersehen hat ihn aufgerüttelt. Er sagt, er wolle seine restlichen Jahre mit einer Frau verbringen, die ihn zum Lachen bringt und auf Trab hält.«

»Mit dir!« Doro staunte nicht schlecht. Nach all den vielen Jahren als freier Vogel wurde Gundula, wie es schien, auf ihre alten Tage doch noch sesshaft. »Und du bist dir sicher, dass du das auch willst?«, fragte sie sicherheitshalber nochmal nach.

»Unbedingt!«

»Dann sollte ich mich wohl für dich freuen«, meinte Doro lächelnd. »Aber ich muss ihn nicht Norbi nennen, oder?«

24.

»Und locker lassen«, sagte Julian ruhig. Doro atmete noch einmal tief ein und aus, bevor sie sich auf ihrer Matte aufsetzte. Heute war es ziemlich eng, da alle Teilnehmer der Aktiv-Woche zusammen ihre letzte Einheit hatten.

Wie ein Hering in der Dose lag sie zwischen Hanne und ihrer Mutter. Julian beachtete sie nur, wenn er musste, aber damit konnte sie leben. Felix, der entgegen ihrer Vermutung nicht abgereist war, war mit seiner Matte von Mitgliedern der Gruppe A abgedrängt worden und befand sich weiter hinten als üblich. Auch das war gut so. So musste sie ihn nicht dauernd ansehen.

Was für ein selbstüberzeugter Scheißkerl! Er hatte mit seinem blöden Brief nicht mal bis zur Abreise warten können.

Doro zog ihr Bein zu sich. Glücklicherweise passte ihr Fuß in die Ballerinas, die sie dabeihatte. So konnte sie die Heimfahrt wenigstens in Schuhen antreten.

»Liebe Leute. Das war's. Ich hoffe, Sie hatten eine schöne Zeit im Hotel und können einige Entspannungstechniken mit nach Hause nehmen. Es würde mich freuen, wenn der eine oder andere von Ihnen das Reaktiv-Walking für sich entdeckt hat. Raktoren erhalten Sie inzwischen fast überall. Zur Not auch im Internet. Ich verabschiede mich hiermit und wünsche Ihnen eine gute Heimreise.«

Die Teilnehmer spendeten mächtig Applaus, und Julian deutete eine kleine Verbeugung an. Es folgte Gedränge beim Aufräumen der Matten, Gemurmel, laute Unterhaltungen, Händeschütteln. Doro war froh, als sie endlich zur Tür hinauskam und wieder Platz um sich herum hatte. Hanne und Gundula folgten ihr.

»Schade!«, beteuerte Hanne. »Jetzt ist die Woche rum, und wir müssen Abschied nehmen. Ich hab mich so an euch beide gewöhnt!« Sie zog einen Schmollmund.

Gundula legte den Kopf schief, und ihre Lippen bildeten einen Strich.

»Finde ich auch. Ich weiß nicht, warum, aber du wirst mir fehlen. Du schreckliches Huhn.« Sie stieß ihr lachend in die Rippen. »Aber noch ist es nicht ganz so weit. Wir sehen uns doch am Parkplatz nochmal, oder?«, fragte sie hoffnungsvoll und trat dabei von einem Fuß auf den anderen.

Doro beobachtete sie neidvoll. Ihr Fuß war zwar besser geworden, aber fahren würde sie definitiv nicht können. Was bedeutete, dass sie sich auf eine rasante Heimfahrt in Gundulas Stil einstellen musste.

»Ich geh dann eben noch schnell einen Kaffee trinken. Wir sehen uns auf dem Zimmer, Dottylein. Dauert sowieso ein paar Minuten länger, bis du mit deinem Hinkefuß dort angekommen bist.«

Wie immer fehlte ihrer Mutter jegliches Feingefühl. Doro verdrehte die Augen, aber Gundula hatte sich schon auf den Weg gemacht.

Verwirrt sah Hanne zu Doro. »Sie geht einen Kaffee trinken? Warum nimmt sie uns denn dann nicht mit? Versteh ich nicht.«

»Ich schon. Sie trifft sich mit Norbert. Das ist nämlich so …« Doro hakte sich bei Hanne unter, und gemeinsam schlenderten sie davon, während Doro ihr von Gundulas beginnendem neuen Lebensabschnitt erzählte.

Als Felix den Gruppenraum verließ, befanden sich nur noch wenige Teilnehmer dort. Er hatte versucht, Doro in dem Gewühl ausfindig zu machen. Aber nach und nach wurde es leerer, und Doro war nirgends zu sehen. Sie musste gleich gegangen sein, als die große Verabschiedung begonnen hatte.

Bestimmt wäre ihm das früher aufgefallen, wenn Babsi sich ihm nicht an den Hals geschmissen, ihm ein Küsschen links und rechts auf die Wangen gedrückt und ihm ins Ohr geflüstert hätte: »Du weißt nicht, was dir entgangen ist.«

Dann hatte sie ihn mit ihren großen Augen angeklimpert, sich abgewandt und war zu Julian stolziert, um ihm wie zum Beweis einen innigen Kuss zu geben. So vertraut, wie Julian reagierte, würde Felix seinen linken Arm verwetten, dass in der letzten Nacht mehr zwischen den beiden gelaufen war, als einen Cocktail miteinander zu trinken. Doch das juckte ihn nicht.

Trotzdem war Felix frustriert. Er hatte sich vergangene Nacht auch gewisse Dinge ausgemalt, die er mit Doro umsetzen wollte. Aber er hatte sie einfach nicht finden können. Was ihn schließlich zuerst auf einen Absacker an die Bar gebracht hatte und später allein ins Bett. Je länger er sie gesucht hatte, desto schwerer wog die Vorstellung, sie nach diesem Tag nie wiederzusehen.

Als er dann mitten in der Nacht aufgewacht war und den Mond angestarrt hatte, wusste er, dass er mehr von Doro wollte als eine kurze Affäre. Sie bedeutete ihm etwas. Auch wenn er nicht verstand, wie das innerhalb der kurzen Zeit möglich war. An Liebe auf den ersten Blick glaubte er nicht. Aber sie hatten auch eine ganze Woche miteinander verbracht. Da konnte man schlecht von ›auf den ersten Blick‹ sprechen, oder?

Er musste sie finden. Jetzt! Bevor sie wegfuhr und für immer verschwand. Schmerzlich wurde ihm bewusst, dass er keine Ahnung hatte, wo sie überhaupt lebte. Aber es war ihm egal, wie weit der Weg von Stuttgart aus war. Er war es gewohnt, herumzureisen. Das würde ihn nicht davon abhalten, sie wiederzusehen. Wenn sie es denn wollte!

Das war die ungewisse Komponente, die ihm zu schaffen machte. So wie sich Doro gestern beim Essen verhalten hatte, war der Gedanke nicht abwegig, dass sie ihn gar nicht mehr begegnen wollte. Ja, Doro schien ihm absichtlich aus dem Weg gegangen zu sein. Das gefiel ihm überhaupt nicht. Und der Auslöser dieses beklemmendes Gefühls war keine verletzte Eitelkeit!

Im Laufschritt hastete er durchs Hotel. Warum war es nur so groß?

Gundula entdeckte er schließlich auf der Terrasse. Sie turtelte ausgiebig mit Norbert, dem Hubschrauberpiloten. Nanu? Das war neu! Flüchtig erinnerte sie ihn an eine Taube, die sich aufplusterte und gurrte. Aber das war nicht seine Baustelle. Sollte sie doch, wenn es ihr gefiel. Immerhin wusste er jetzt, dass Doro noch da sein musste, und lief weiter. Nachdem er alles abgesucht hatte, kam er auf die glorreiche Idee, einfach in ihrem Zimmer nach ihr zu schauen. Dass er nicht früher daran gedacht hatte! Er war wirklich nicht mehr ganz Herr seiner Sinne.

Hinkend und hüpfend hatte Doro es fertiggebracht, ihren Trolley eigenständig zu ihrem Auto zu bugsieren. Es hatte sie einige Anstrengung gekostet, aber die kräftezehrende Aufgabe hatte die positive Nebenwirkung, dass sie ihren Gefühlen ein Ventil gab. Sie litt an Gefühlsverstopfung, wie ihre Freundin Susanne immer bei Liebeskummer zu sagen pflegte. Unwillkürlich lächelte sie bei dem Gedanken an sie. Sie freute sich schon darauf, eine große Portion Eis mit ihr zu verputzen, um der sogenannten Gefühlsverstopfung den Garaus zu machen. Dann dachte sie an den Brief, der noch immer ungeöffnet in ihrer Handtasche verweilte. Nein. Sie wusste auch so, was darin zu lesen sein würde. Das wollte sie sich nicht auch noch antun. Allein das Wissen darum tat schon weh genug. Sie würde stattdessen schon mal den

Koffer ihrer Mutter ins Auto laden, damit sie schnell von hier verschwinden konnten.

Ein leises »Pling« verkündete die Ankunft des Fahrstuhls. Hoffentlich war das endlich ihre Mutter. Die Türen glitten auseinander. Sie humpelte einen Schritt in die Kabine und stieß fast mit Felix zusammen.

»Hmpf.« Ihr wurde gleichzeitig heiß und kalt.

»Hallo Doro.« Er lächelte verlegen. War das möglich?

Die Türen schlossen sich, und sie standen sich reglos gegenüber. Sie sahen sich tief in die Augen. Eine Sekunde später lagen sie sich in den Armen, und ihre Münder trafen aufeinander. Wer den ersten Schritt gemacht hatte, konnte Doro unmöglich sagen.

Der Kuss enthielt eine ganze Palette an Emotionen. Zuerst zaghaft fragend, dann sehnsüchtig und gleichzeitig leidenschaftlich. Fühlte Felix das auch?

Der Aufzug ruckte, die Türen glitten auseinander und schlossen sich wieder. Keiner wollte den anderen loslassen. Doro hatte das Gefühl, zu ertrinken. Und nur Felix konnte sie retten. Sie wollte, dass es funktionierte. Eine Chance. Nicht mehr und nicht weniger. Aber das war reine Phantasie.

»Doro, ich …«, begann Felix etwas außer Atem, als sie endlich voneinander abließen. Doch sie legte ihren Zeigefinder auf seinen Mund. Sie wollte keine Entschuldigungen oder Erklärungen hören. Auch nicht, wenn es bedeuten könnte, dass ihm der Brief nun vielleicht doch leidtat.

»Es war ein kurzes und schönes Abenteuer. Belassen wir es einfach dabei. Okay?«, meinte sie knapp, drückte auf den Knopf, und die Türen öffneten sich erneut. Ohne ihn anzusehen oder eine Antwort abzuwarten, humpelte sie hinaus.

»Nun warte doch mal!«

»Dotty, Schätzchen. Sag mal, hast du die Massageanwendungen nicht bezahlt?« Selten war Doro so froh, ihre Mutter zu sehen und als Puffer nutzen zu können. Frohgemut kam sie den Gang entlang.

»Ich? Warum sollte ich die denn bezahlt haben? Ich dachte, das kommt alles auf die Schlussrechnung.«

»Nein. Ich komme eben von der Rezeption und hab alles Offenstehende bezahlt. Aber man sagte mir, die Spa-Anwendungen würden extra berechnet, und du hättest die Rechnung bereits mitgenommen.«

Fragend sah Doro ihre Mutter an. Die zuckte mit den Schultern. »Ich weiß auch nicht.«

In Doros Gehirn ratterte es. Welche Rechnung? Wann sollte sie die denn bekommen haben? Könnte es vielleicht sein …? Nein. Unmöglich. War sie wirklich so blind?

Ohne ein weiteres Wort humpelte sie in ihr Zimmer und wühlte in ihrer Tasche. Sie zog den völlig zerknitterten Briefumschlag hervor. Mit zittrigen Fingern öffnete sie ihn.

›Wir bedanken uns für Ihren Besuch und erlauben uns, folgende Posten in Rechnung zu stellen …‹, las sie da.

»Da hast du sie doch«, meinte Gundula, die direkt hinter ihr stand.

Langsam nickte Doro. Die neue Erkenntnis musste sie erst mal verarbeiten. Sie überflog den Inhalt noch einmal. Es war tatsächlich nur eine Rechnung!

Gundula griff an Doro vorbei und zog ihr das Blatt Papier aus den Fingern. »Vom Anschauen wird das Ding auch nicht beglichen. Ich geh noch mal vor und zahl.«

Doro sah ihr grübelnd hinterher. Dann bemerkte sie, dass Felix ins Zimmer getreten war.

»Ich hab nicht die Absicht, einfach so zu verschwinden.« Er lächelte.

Doro schüttelte abwesend den Kopf.

»Das ist kein Brief von dir!«, stammelte sie.

»Warum sollte ich dir einen Brief schreiben?« Verständnislos zog er seine linke Augenbraue nach oben.

»Na, weil du das das letzte Mal auch so gemacht hast. Ich meine, da war es ein wenig anders, aber …«

»Das letzte Mal?«

»Damals, in der Berufsschule.«

»Berufsschule? Stimmt. Dachte ich es mir doch!« Er lächelte und entspannte sich. »Ich hab dauernd überlegt, warum du mir bekannt vorkommst. Und dann ist es mir eingefallen. Aber sicher war ich mir nicht.«

Doro nickte und stützte sich auf den Sessel.

»Ich wollte dich darauf ansprechen, aber dann kam immer was dazwischen. Ist doch auch schon Jahre her. Macht das einen Unterschied?« Er trat einen Schritt auf sie zu.

»Wie man es nimmt. Der Brief, den du damals hinterlassen hast, war …«, sie schluckte, »… nicht gerade erbaulich für mich. Um es mal so auszudrücken.«

Felix' Verwunderung war nicht zu übersehen. »Was?«

Doro schwieg. War ja klar, dass er sich nicht mehr erinnern wollte. Einfach alles abstreiten. Natürlich.

»Warte mal«, sagte er da. »Du meinst aber nicht den Brief, den ich an Oli geschrieben habe? Was hat der mit dir zu tun?«

»Oli?«, echote Doro.

»Klar. Er war damals ein guter Freund für mich. Aber so, wie er sich teilweise aufgeführt hat ...« Felix schüttelte traurig den Kopf. »Er war echt ein schlaues Köpfchen, aber anstatt was daraus zu machen, hat er sich nur für Partys und Alkohol interessiert. Er hat es ja kaum geschafft, das Klassenziel zu erreichen, dabei hätte er das Zeug für ein Studium gehabt. Ich hab zu der Zeit auch gern gefeiert, aber meine Ausbildung hätte ich nie riskiert! Deshalb haben wir uns auch gezofft und nicht mehr miteinander gesprochen. In einem letzten Versuch hab ich ihm ein paar Zeilen zum Nachdenken hinterlassen. Das hoffte ich zumindest. Vielleicht war es auch ein wenig schroff. Ich war wütend und enttäuscht von ihm. Weißt du, was aus ihm geworden ist? Hat er die Kurve bekommen?«

Doro rutschte in den Sessel. Sie wirkte ein wenig desorientiert.

»Alles in Ordnung?«, fragte er deshalb.

Sie sah ihn lange an. Unendlich lange. Dann erschien ein kleines Lächeln auf ihren Lippen. »Und ich dachte ... Egal. Den Brief hab ich bekommen. Keine Ahnung, warum. Aber es spielt auch keine Rolle mehr.«

»Hm.« Er kam einen weiteren Schritt näher. »Doro, was ich dir vorhin sagen wollte. Glaubst du, ich meine, könntest du dir vorstellen, dass wir uns weiterhin ab und zu mal sehen?«

»Weiterhin ab und zu?« Warum verhielt sie sich schon wieder wie ein Papagei? Sie war der deutschen Sprache doch mächtig!

»Gern auch mehr als weniger.« Felix sah ihr geradewegs ins Gesicht. Aber er war nicht sicher, ob sie ihn verstanden hatte. »Ach, ich bin nicht gut in solchen Dingen.« Er kratzte sich am Hinterkopf.

Die Gefühle stürzten wild auf Doro ein. Wollte er das sagen, was sie glaubte? Ihr Herz setzte für einen Schlag aus. Sie biss sich auf die Lippe und rappelte sich aus dem Sessel hoch – etwas unbeholfen, weil sie ihre Beine über die Lehne geschwungen hatte. Felix reichte ihr seine Hand und zog sie hoch. Sie landete direkt in seinen Armen.

»Was meinst du? Könntest du mich öfter ertragen? Wir könnten auch noch einige Gymnastikübungen gemeinsam austesten, die nicht so gefährlich sind für deine Füße. Ohne Hanteln. Dafür im weichen Bett?« Erwartungsvoll grinste er sie an.

Spielerisch legte sie ihren Zeigefinger auf ihre Lippen, als müsste sie darüber erst nachdenken.

»Ein Versuch kann bestimmt nicht schaden.« Dann lachte sie. »Aber es gibt auch eine Menge anderer Orte, an denen man sich gymnastisch betätigen kann. Ich bin da recht flexibel.« Sie funkelte ihn verführerisch an, und ihre Lippen bewegten sich auf seine zu. Er zog sie fester an sich.

»Da lass ich gern mit mir verhandeln«, erwiderte er belustigt. »Komm her, mein Humpelstilzchen! Wo wohnst du überhaupt?«, fragte er noch flüsternd, bevor sich ihre Münder trafen. Und diesmal lag in dem Kuss eindeutig Liebe!

Ende

Danksagung

Ein herzliches Dankeschön geht an meine Freundin Beate, die mir einmal eine Kurznachricht schickte, die ich derart lustig fand, dass ich sie um deren Verwendung für dieses Buch bat. Die Nachricht habe ich fast wörtlich übernommen und somit ist sie mit einigen Zeilen als Co-Autorin hierin verewigt.

Weiterhin bedanke ich mich beim Akon-Aktivkonzept, für die freundliche Erlaubnis der Verwendung ihres Konzepts und des Begriffs „Aktivwoche". Ich hoffe die daraus entstandene Geschichte gefällt Ihnen.

Außerdem bedanke ich mich bei meinem Schwager Stefan, dessen Job mir als Vorlage für Felix Beruf diente und der mir mit Freude die Materie rund um Gasfedern näher brachte. Sowie meiner Freundin Andrea, die mich mit Geschichten aus ihrem Leben als Kosmetikerin inspirierte.

Und natürlich danke ich meiner (Sch)Musekatze Emmi, die während des Schreibprozesses fast immer neben mir lag und mir schnurrend ihre Ideen mitteilte.

Ein neuer Job, ein Nobelrestaurant und drei Männer. Antonias Leben könnte wirklich einfacher sein. Nicht nur, dass sie in ihrem neuen Job zurechtkommen muss, auch die Männer in ihrem Leben rauben ihr den letzten Nerv ...

Antonia hat einen neuen Job. Obwohl branchenfremd, soll sie plötzlich Veranstaltungen organisieren. Wird das klappen? Denn nicht nur der bayerische Comedian Egon Wunderlich macht ihr zu schaffen, ebenso eine anstehende 500-Jahr-Feier ist für Antonia eine Herausforderung. Und wäre das nicht schon genug, soll sie auch noch im Nobelrestaurant ihres Bruders aushilfsweise kellnern. Dass der attraktive Tom ihren Pulsschlag noch zusätzlich erhöht, macht die Situation nicht unbedingt leichter...

Sommer, Sonne, Meer – Fehlanzeige!

Annabells Urlaubspläne sind längst geschmiedet: Entspannen am weißen Sandstrand von Zypern und sich die Sonne auf den Bauch scheinen lassen! Doch ihre Wünsche werden jäh zunichte gemacht und Annabell muss ihren Traumurlaub auf Zypern gegen den Campingplatz eines Badesees in der Oberpfalz eintauschen. So hatte sie sich ihren Sommer definitiv nicht vorgestellt!

Am Badesee ist von Entspannung erst mal keine Spur. Quirlige Nachbarn und eine Zeltlagergruppe, die es faustdick hinter den Ohren hat, halten Annabell auf Trab. Aber da gibt es auch noch das Männerquartett inklusive Sonnyboy Ricky, der immer einen flotten Spruch auf den Lippen hat, und Elias mit diesen unglaublich blauen Augen …

Schnell wird Annabell klar: *Dieser* Urlaub verspricht unvergesslich zu werden!

Ein altes Anwesen und ein guter Geist. Als Louisa ein altes Gutshaus erbt, ahnt sie noch nicht, dass damit zwei Männer in ihr Leben treten, die unterschiedlicher nicht sein könnten, und es gründlich auf den Kopf stellen...

Eine überraschende Erbschaft! Leider mit hohen Kosten verbunden. Nicht gerade die beste Ausgangsposition für die arbeitslose Louisa. Doch ermuntert durch ihre liebenswürdige, aber zugegebenermaßen schrille Großmutter, lässt sich Louisa auf das Abenteuer ein. Mit Sack und Pack zieht sie in die Nähe von Leipzig, um das alte Gutshaus zu renovieren. Dabei lernt sie nicht nur den durchaus attraktiven Bauunternehmer Christian kennen, sondern erhält auch noch tatkräftige Hilfe eines charmanten Geistes ...

Kann denn Lügen Sünde sein?

Emma dachte eigentlich, aus der Zwillingsnummer herausgewachsen zu sein. Aber als ihre Zwillingsschwester Sophie sich spontan dazu entschließt, zwischen den Jahren in die Südsee zu verreisen, kann Emma sie nicht hängen lassen. Sie gibt sich für sie aus und versucht Sophies Job zu retten. Dass ihre Schwester ausgerechnet einen Vertrag mit dem Skispringer Benjamin Dreier aushandeln soll, konnte Emma nicht wissen. Denn Benjamin ist für Emma kein Unbekannter, hat er ihr doch in einer ihrer härtesten Stunden zugesetzt. Zwar ist er unglaublich attraktiv, aber auch unausstehlich. Keine guten Voraussetzungen für eine Zusammenarbeit!

Doch als plötzlich ein Schneesturm hereinbricht und Benjamin ihr anbietet, sein Hotelzimmer mit ihr zu teilen, sprühen die Funken …

Es gibt sie wirklich, die kleinen Wunder des Lebens.

Maja Wunder fährt Taxi, aber so ein Fahrgast ist ihr noch nie untergekommen. Was soll sie nur mit diesem Typen machen, der nicht so recht weiß, wohin er möchte, aber auch nicht aussteigen will?

Oliver ist eigentlich mit dem Wagen da. Warum er an diesem Dezemberabend ein Taxi wählt, ist ihm selbst nicht ganz klar. Doch die Fahrerin ist der erste Lichtblick seines Tages. Und plötzlich hat er so ein Gefühl …

Bevor Maja sich versieht, überredet Oliver sie zu einer außergewöhnlichen Nacht, die sie quer durch das vorweihnachtliche München führt. Auch Wochen später kann sie dieses besondere Zusammentreffen nicht vergessen. Wird sie Oliver wiedersehen? Wird sich ihr ganz persönliches Wunder fortsetzen? Während sie noch darüber sinniert, schreibt das Leben bereits am nächsten Kapitel ihrer Geschichte …

Kati Blum ermittelt

Ob in Schneemännern versteckte Leichen, mysteriöse Todesfälle, bei denen sich alles nur um Schuhe zu drehen scheint, oder ermordete Zahnärzte – Kati Blum schafft es einfach nicht, ihre vorwitzige Nase aus den Ermittlungen rauszuhalten.

So steckt sie schon mal mit Freundin Nina knietief im Müll oder muss sich mit penetranten Männern im Bärenkostüm herumärgern, die es einfach nicht lassen können, mit ihren Waffen vor ihrem Gesicht herumzufuchteln.

Zum Glück ist da aber Lars, der immer zur Stelle ist, wenn es richtig brenzlig wird, und ihren Puls noch zusätzlich in die Höhe treibt ...